달콤한 제안

저도 할 말이 있는데요

달콤한 제안

김광태 지음

모아북스
MOABOOKS

농업인의 가치와 함께 지식함량을 위해 노고를 아끼지 않는 저자의 가슴 뭉클한 내용들은 감성을 자극하게 하고 있다.
오호근 - 청양농협 조합장

'누군가는 걸을 수만, 들을 수만, 볼 수만 있다면' 하고 간절히 기도하는데, 우리는 매일 기적 같은 일상을 살고 있다. 놀라운 행복이 이 책 속에 숨어 있다.
윤여흥 - 연무농협 조합장

오랜 기간 교육 업무에 역량을 집중하고 있는 저자의 삶의 흔적이 고스란히 묻어 있습니다. 많은 분들이 삶의 지표로 삼았으면 합니다.
표경덕 - 홍성 서부농협 조합장

"행복의 총량은 비슷하다. 삶이 팍팍하고 고달플수록 감사한 일을 하루 한 가지씩 찾아 적어보자." 이 책은 마치 친구에게 받은 살가운 편지처럼 다정하게 느껴집니다.
도기윤 - 농협인재개발원 부장

우리는 갈수록 점점 더 복잡해지는 세상과 홍수처럼 밀려드는 정보 속에 묻혀 살아가고 있다. 이런 시대에 늘 곁에 두고 읽으며 비춰보아야 할 거울 같은 책이다.
이상노 - 대전지방경찰청장

흙 내음 짙은 저자의 글은 아이부터 중노년의 모든 사람에게 따뜻한 정과 희망의 메시지를 안겨줍니다.
이한규 - 수원시 부시장

인생의 참행복은 평범한 일상 속에 있다. 삶의 진정한 가치를 찾기 위해 되새김질해야 할 금과옥조를 공감할 수 있는 언어로 빚어낸 보배로운 책이다.

고재준 - 에프티랩 대표이사

"누구든 처음 살아보는 낯선 인생길"을 걸으면서 분노, 좌절, 갈등, 불행을 느끼거나 한 번쯤 삶을 돌아보고 싶을 때, 감히 일독을 권한다.

안순철 - 단국대학교 대학원장

과정과 느림, 내면, 역경의 소중함을 맛깔나게 풀어내고 있는 이 책은 결과와 속도, 외면, 편리의 주술에 취해 있는 우리 마음의 빗장을 조금씩 열어준다.

황보영조 - 경북대학교 인문대학장

이 책은 어떻게 살아가는 것이 현명하고 지혜로운 삶인가를 담은 일종의 생활 철학 지침서다. 삶에 지쳐 의미를 잃어버린 이들에게 일독을 권한다.

김유중 - 서울대학교 국문학 교수

세상이 아무리 바뀌어도 나를 지탱하는 철학은 일상적 성찰과 사색을 통해 마련된다. 중심이 되는 생각의 바탕을 마련하려는 저자의 사로(思路)가 돋보인다.

오일환 - 평택대학교 중국학 교수

인간이 가야 할 방향(南)을 가리키는(指) 친절한 내비게이션을 만난 듯합니다. 내 안에 잠들어 있는 흥을 깨우는 목탁으로 널리 읽히기를 기원합니다.

박재희 - 민족문화콘텐츠연구원장

호흡이 간결하고 마음도 가벼워지는 글이다. 승자독식의 메마른 시대에 서로 공감하고 공생하는 것이 왜 중요한지, 이 책은 그 이유를 말해주고 있다.

최남희 - 한국교통대학교 행정학 교수

사람에 대한 배려와 일상에의 감사, 내적 성찰을 통한 자기관리, 시련을 뛰어넘는 의지, 생명과 농업의 가치를 강조한 이 책이 모든 이에게 '삶의 나침반'이 되길 기대한다.

이용성 - 한서대학교 신문방송학 교수

'인생은 멀리서 보면 희극이고, 가까이 보면 비극이다. 행복의 총량은 같다'는 행복론과 일상의 지혜 등을 주제로 나 자신을 되돌아보게 해준 보약 같은 책!

백형배 - 건국대학교 행정학 교수

"진정한 행복이란 무엇인가?"에 대한 답을 같이 찾아보자고 권유하는 책. 현대판 '마음을 밝히는 보배로운 거울'인《명심보감》임이 분명하다.

강봉수 - 제주대학교 문화윤리학 교수

폭넓은 영역에 걸쳐 다양한 사례를 제시한 깊고도 넓은 식견을 접하고, 저자의 소탈함 뒤에 숨겨진 비범함을 깨달았다. '평범이 곧 비범'이라는 격언을 실감한 셈이다.

김춘식 - 한국외국어대학교 신문방송학 교수

바쁘고 힘든 일상 속에서 우리의 마음은 종종 지쳐가고 있다. 이 책은 제대로 알아야 하지만 거의 잊어버리고 사는 삶의 지혜를 편안하게 이야기하고 있다.

조철호 - 광운대학교 정치학 교수, 前 한국세계지역학회 회장

우리가 사는 일상은 복잡하고 매번 새롭지만, 어떻게 보면 비슷한 상황들의 반복인 측면이 있다. 이 책은 상황을 읽는 기준, 나침반의 크기, 깊이, 범위의 차이를 보여준다.

정정현 - 농협대학교 경제학 교수

진정한 교육자이기도 한 친구의 삶의 이력이 고스란히 녹아 있는 책이다. 저자의 깊은 사유와 성찰에서, 내가 미처 생각지 못한 삶의 지혜를 배울 수 있다.

오갑수 - 테크노경희한의원 원장

수처작주(隨處作主), 언제 어디서든 주인으로 살라는 말이다. 그러나 나만 잘 먹고 잘 사는 삶이 아니라, 모두가 함께 잘사는 참살이의 해법을 이 책은 안내한다.

정범희 - 국토교통부 과장, 前 행정부 공무원노조위원장

"아침 햇살은 하루 종일 빛나지 않는다." 우리에게 가장 필요한 자원은 석유나 돈, 명예가 아니다. 이 책을 통해 시간의 소중함을 재차 환기했으면 한다.

이충로 - 농협안성교육원장

오랜만에 참으로 마음이 따뜻한 글을 만났습니다. 이런 따뜻하고 건강한 글이 많은 사람들에게 애독되기를 진심으로 바랍니다.

문석근 - 농협이념중앙교육원장

걱정이다. 이처럼 귀한 책이 꼭 읽어야 할 사람들에게 전부 전달될지가 말이다. 다들 나름의 힘든 여정이다. 그럴 때마다 한 장씩 넘겨보아야겠다.

명정식 - 농협창녕교육원장

불확실성과 불안의 시대! 어떻게 살아가야 하는지를 제시하는 청량제 같은 책이다. 황소의 코뚜레처럼 문제의 본질을 제시하는 핵심 키워드가 고스란히 녹아 있다.

엄태범 - 농협경주교육원장

첫 페이지를 펼쳐 읽다보면 다음 페이지가 이내 궁금해지고 저절로 메모를 하게 된다. 저자의 삶이 고스란히 담긴 삶의 나침반이자 보물지도다.

김춘래 - 농협청주교육원장

바쁜 일상에 파묻혀 내가 제대로 가고 있는지 삶을 되돌아볼 여유가 없을 때, 이 책을 읽으며 인생의 좌표를 수정하고 마음을 다잡게 됩니다.

강필규 - 농협홍보실 언론국장

살아오면서 몸소 경험한 생활의 지혜가 그득한 책이다. 우리 삶의 여정에 나침반 역할을 하기에 조금도 손색이 없는 양서다. 일독을 권한다.
이국찬 - 농협인재개발원 HRD전략팀장

이 책을 읽으면서 새로운 내용을 깨닫고 수없이 공감했습니다. 많이 느끼고 배우며 삶을 성찰할 수 있도록 안내하는 책입니다.
조정식 - 농협안성교육원 부원장

"나의 하루는 기적이다. 나는 벌써 행복한 사람이다. 지극히 평범한 일도 절절히 고마운 일이다." 진정한 행복, 가족의 소중함, 자기관리의 지혜를 듬뿍 얻을 수 있다.
안종진 - 농협청주교육원 부원장

인생의 진정한 행복은 무엇이고, 유의미한 삶의 태도는 어떠해야 하는지를 되묻고 친절히 안내하는 책. 팍팍한 일상에서 가까이 두고 생각날 때마다 꺼내 읽고 싶다.
최승철 - 영월농협 지점장

삶의 방향이 흐릿하고, 선택과 결정의 순간에 판단이 쉽지 않을 때, 가슴이 먹먹할 때, 이 책을 펼쳐보고 싶다.
임송학 - 법제처 국장

도끼를 갈아서 바늘을 만든다. 삶의 성패는 누가 더 오래 참고 견디느냐로 결정된다. 인생을 배운다.
서성만 - 서울시 국장

세상에 주눅 들지 않고 살기를 권함

사람이 목표를 세우지만, 이후에는 목표가 사람을 이끌기도 합니다. 글을 쓰기 위해 부단히 읽고, 깊은 사색의 시간도 가졌습니다. 마음에 새겨둘 좋은 글을 꾹꾹 필사도 했습니다. 필사한 수첩 분량만도 수십 권에 달하는 것 같습니다.

묘계질서妙契疾書, '번쩍 떠오른 깨달음을 잊기 전에 적어놓는다'라는 말입니다. 선현들은 거처의 곳곳에 붓과 벼루를 놓아두고, 자다가도 생각이 떠오르면 곧장 촛불을 켜고 그 생각을 적어놓았다고 합니다.

저도 잠시 잠깐 스치고 떠오르는 생각을 붙들어 간수하기 위해 나름의 노력을 했습니다. 침대 맡이나 화장실 혹은 자동차 안에 필기구를 놓아두고 떠오르는 생각의 단상을 기록했습니다. 그뿐만 아니라 텔레비전을 보다 참고하거나 인용할 가치가 있는 자료를 접하면 서재로 급히 달려가 메모를 했습니다. 갑작스런 이런 행동에 가족들이 놀라기도 한 기억이 선합니다.

참신한 단어와 아이디어가 떠오르지 않아 글 앞에서 쩔쩔맬 때면 필기구를 지참하고 밖으로 나가 걷곤 했습니다. 걷기는 혈액 순환을 돕기 때문에 새로운 생각을 이끌어내는 데 큰 도움이 되었습니다.

이렇게 축적한 자료와 다독多讀을 통해 얻은 정보를 바탕으로 머릿속으로 글의 얼개를 설계한 후, 수없이 가다듬고 교정하는 지루한 글쓰기 작업을 반복했습니다.

그런 의미에서 '라이팅은 리라이팅Writing is rewriting이다' 라는 말도 납득이 갑니다. 글은 고칠수록 빛이 나는 법임을 실감합니다. 특별한 글쓰기의 비법 같은 것은 존재하지 않음을 조금은 알 것도 같습니다.

자주 절감하지만, 문장을 작성하고 마침표를 찍는다고 해서 괜찮은 글이 저절로 생겨날 리 없습니다.

좀 더 가치 있는 단어와 문장을 찾아낼 때까지 펜을 놀려야 하고, 그렇게 지루한 일에 익숙해져 반복되는 싸움을 마쳤을 때에야 글이 깊어지고 단단해지는 것 같습니다.

강조컨대, 글을 완성하는 일은 단어를 선택하고, 고치고, 매만지고, 꿰매는 행위의 연속입니다. 글은 엉덩이 힘으로 써진다고도 할 수 있습니다. 의자에 엉덩이가 붙어 있는 시간과 필력은 비례한다는 주장 말입니다.

이 책은 많은 사람들의 헌신적인 노력으로 세상에 빛을 볼 수 있게 되었습니다. 이 책이 나오기까지 감사 드려야 할 분들이 많습니다. 먼저 글 전체를 꼼꼼히 정독하여 바로잡아 준 명정식 원장님과 김한

규 교수님, 그리고 궂은 작업을 마다하지 않은 이동우 과장에게도 깊은 감사를 드립니다.

특히 의사로서 바쁜 진료 일정에도 불구하고 시간을 쪼개서까지 상처 나고 허약한 문장 부위를 정성껏 진료하고 교정하여 생기를 불어넣어준 오갑수 원장에게도 필설로 다할 수 없을 만큼 고마움을 전합니다. 감히 숨은 저자라 할 수 있습니다.

끝으로 기고문이 책으로 재탄생할 수 있게끔 기회를 주시어 빛을 볼 수 있게 해주신 모아북스 편집부에도 지면을 통하여 감사드립니다.

아내는 곧잘 '고3 수험생 같다' 는 말로 저를 타박했습니다. 주중과 주말을 가리지 않고 서재에 틀어박혀 독서에 열중하는 것이 자못 못마땅했던 것 같습니다. 이 자리를 빌려 아내인 조길주와, 함께 시간을 갖지 못한 아들 김민준에게 미안함과 고마움을 동시에 전합니다. 가족은 무릇 시간을 함께해야 할 책무가 있음을 뒤늦게나마 깨닫습니다.

공부삼아 쓴 글이지만 결국은 많은 공부가 된 것도 사실입니다. 작업을 마무리하고 보니 홀가분한 해방감도 느끼지만, 여러모로 부족하기에 두려움도 앞섭니다. 부디 이 책이 황량한 마음의 텃밭에 촉촉한 단비가 되고 위안이 되었으면 합니다. 더 나아가 갈피를 잡기 힘들 때 북극성처럼 방향을 안내하는 환한 길잡이가 되었으면 합니다.

김광태

차례

2장 저도 할 말이 있는데요

3장 남들 따라하지 않기

4장 내 인생은 내가 정하고 내가 걷는다

5장 살다보니 알겠네요

평범한 일상 속에 깃든 행복을 찾아

·

·

·

1장

삶이

내게로 왔다

·

·

사람 욕심으로
채울 수 있는 것은

분명 이전보다 물질적으로는 더 풍족해졌음에도 행복도는 도리어 떨어지는 경우가 많다. 유력한 주범은 '지나친 욕심' 이 아닐까 한다. 인간의 적절한 욕심은 자기 발전을 위한 강력한 내적 동기부여로 작용하여 약이 된다. 그러나 늘 말썽이 되는 건 과도한 욕심이다. 지나친 욕심은 인생을 망치는 독이 된다.

옛날 어느 욕심 많은 상인이 장터가 떠날 정도로 땅을 치며 소리쳤다.

"아이고, 내 돈주머니! 내 돈주머니가 없어졌네. 이것 보시오, 내 돈주머니를 찾아주시오. 찾아주는 사람에게는 그 안에 든 돈 절반을 줄 테니 제발 찾아주시오."

그런데 얼마 지나지 않아 순박해보이는 한 청년이 돈주머니를 들고 상인을 찾아왔다.

"돈주머니를 잃었다 들었는데 이것이 당신 것입니까?"

상인은 반색하며 청년에게서 돈주머니를 건네받았다. 정말 잃어버렸을 때 들어 있던 돈 1,000냥이 그대로 들어 있었다. 그런데 청년에게 약속한 사례비 500냥이 아까워진 상인은 순간적으로 못된 꾀를 부렸다.

"어허, 이 돈주머니에 3,000냥이 들어 있었는데 지금 1,000냥만 있는 걸 보니 당신이 벌써 2,000냥을 가져갔구려. 내 약조대로 1,500냥은 드릴 터이니 가져간 돈 중 500냥은 저에게 돌려주시오."

"아닙니다. 정말 저는 주운 돈주머니를 고스란히 가져 왔습니다."

"이 사람이 점점……. 내 다른 사람 돈에 손댄 것은 뭐라 하지 않을 테니, 가져간 돈 중 500냥만 어서 돌려주시오."

결국, 해결점을 찾지 못하고 마을의 원님을 찾아갔다. 그리고 두 사람의 말을 들은 원님이 말했다.

"상인은 장터에서 3,000냥이 든 돈주머니를 잃었고, 청년은 1,000냥이 든 돈주머니를 주웠다고 하니 저 돈주머니는 상인 것이 아니라 다른 사람이 잃은 것일 거다. 상인은 가서 3,000냥이 들어 있는 돈주머니를 찾도록 해라. 저 1,000냥이 들어있는 돈주머니는 관아에서 보관하다가 주인을 찾지 못하면 청년에게 주도록 하겠다."

과욕이 결국 자신의 발목을 잡은 것이다.

"욕망의 충족을 통해서 행복을 얻으려고 애쓴다면 절대로 행복해질 수 없다. 진정한 행복은 욕망과 집착을 버릴 때 찾아온다"라는 부처의 가르침을 되새기자.

다산 정약용의 친필첩에 나오는 글이다.

"꿀벌은 방을 만들어 양식을 비축해두는데, 염려하고 근심함이 깊고도 멀다. 모두 함께 부지런히 일을 한다. 여타의 다른 꿈틀대는 벌레에 견줄 바가 아니다. 반면 나비란 놈은 나풀나풀 팔랑팔랑 날아다니며 둥지나 비축해둔 양식도 없는 것이 마치 아무 생각 없는 들까마귀와 같다.

그런데 꿀벌은 비축해둔 것이 있어서 마침내 큰 재앙을 불러들여 창고와 곳간이 남김없이 약탈자에게로 돌아가고 무리는 살육자에게 반쯤 죽는다. 그러니 어찌 저 나비가 얻는 대로 먹으면서 일정한 거처도 없이 하늘 밑을 소요하고 드넓은 들판을 떠돌며 노닐다가 재앙 없이 마치는 것과 같겠는가?"

근면하고 계획성 있는 꿀벌과 놀기 바쁜 나비를 대비하여 당연히 꿀벌을 높이 평가할 줄 알았는데, 거꾸로 꿀벌보단 나비가 더 부럽다고 뒤집어 말한다. 부지런히 애써서 남 좋은 일만 시키는 꿀벌보다는 부족하면 부족한 대로 온 천지를 노닐며 거침없이 살다 재앙 없이 한 세상을 마치는 나비의 삶이 한결 가볍고 부러웠던 것이다.

아등바등 애쓴 일들은 결국 남 좋은 일만 시켜주고, 저 하고 싶은 대로 했더니 재앙과 허물이 없는 삶을 누릴 수 있었다. 조금 부족하면 어떤가! 과욕을 부리지 않고 하루하루 기쁘게, 그리고 감사하며 사는 삶 또한 큰 복일 수 있다.

알렉산더 대왕은 페르시아 제국과 이집트, 유럽, 아시아, 아프리카에 걸친 광활한 땅을 정복했다. 그는 인도를 정복하려 공략하던 중 열병으로 사망한다. 그때 나이 33세에 불과했다. 10년 넘게 계속된 원정 생활에 따른 피로와 병사들의 반란 등으로 극심한 스트레스에 시달렸기 때문이다. 그가 죽으면서 남긴 마지막 말이라고 한다.

"나를 묻을 때는 나의 손을 무덤 밖으로 빼놓고 묻어주게. 천하를 손에 쥔 나도 죽을 때는 빈손이라는 것을 세상 사람들에게 말해주고 싶다네."

한 철학자는 그의 죽음 앞에서 이렇게 말했다고 한다.

"어제는 온 세상도 부족했으나, 오늘은 두 평 남짓의 땅으로 충분하네. 어제까지는 흙을 밟고 다녔으나 오늘부터는 흙이 그를 덮고 있네."

신하들은 알렉산더 대왕의 병세가 악화되자 세계를 정복한 대왕답게 거창한 유언을 남길 거라 생각했다. 그런데 결국 죽을 때는 자신도 예외 없이 그저 빈손으로 돌아간다는 것을 깨닫고, 후세 사람들에게 인생의 진리를 알리고 싶었던 모양이다. 한 세상을 살다 죽을 땐 누구나 빈손으로 갈 뿐이다.

무시무시한 인간의 탐욕에 대해 우리 속담은 기막히게 갈파하고 있다.

"바다는 메워도 사람 욕심은 못 메운다."

바닷물이 썩지 않는 건 바로 3퍼센트의 소금 때문이라고 한다. 우리 인생도 욕심을 조금만 내려놓으면 부패하지 않는다. 욕심이 더하기를 하면 할수록 행복은 자꾸 빼기를 거듭한다.

행복은
지금을 위한 것

    가끔은 홀로 세상을 마주해보자. 마음을 차분히 가라앉히고 한 번쯤 삶을 되돌아보면서 인간 욕구의 본질인 행복에 대해 생각해보자. 대부분의 사람들은 인생의 우선순위를 묻는 질문에 '건강, 가족, 친구'라고 대답하지만 실제로는 삶에서 이러한 것들보다는 돈과 일을 우선시 하는 경우가 대다수다.

    얼마만큼의 재산을 모은 뒤에, 이 일이 마무리 된 후에, 기반을 닦고 사업을 궤도에 올려놓은 후에 또는 은퇴 후에 여가 생활을 즐기겠다고 말한다. 이처럼 많은 사람들이 오늘의 행복을 희생하고 보류된 삶을 살고 있는 것이 현실이다.

    우리나라는 지난 반세기 동안 압축적인 경제성장을 통해 윤택한 경제적 삶을 얻었다. 그러나 지나친 경쟁에 내몰리면서 행복을 잃어가고 있다. 인디언의 관습 중에 말을 타고 달리다가 가끔씩 말을 세우고 뒤를 돌아보는 습관이 있다고 한다. 걸음이 느린 영혼에 대한 배려라고 하는데 일상에 너무나 바쁜 우리에게도 시사하는 바가 있다.

지금까지 앞만 보고 달려왔다면 내 몸은 말을 타고 여기까지 달려왔지만 자신의 영혼은 어디쯤 쫓아오고 있는지 한 번쯤 멈춰서서 주변을 살펴보고 뒤돌아볼 일이다. 내 일상의 삶을 성찰해보아야 나만의 진정한 행복을 찾을 수 있기 때문이다.

혹시 우리가 미래를 위해 지나치게 현재를 희생하는 삶을 살고 있지는 않은지 차제에 진지하게 되짚어보자. 미래의 행복을 위해 어느 정도 현재의 행복을 희생하고 유보하면서 미래를 위해 준비하고 대비하는 노력도 반드시 필요하다. 그러나 그것이 지나치면 늘 미래에 구속되어 끌려가는 삶을 살게 된다. 어떤 사람은 미래의 구원을 위해 현재의 삶 전체를 바치겠다는 결심을 하기도 한다.

오늘의 행복을 미래에서 찾지 말자. 월마트 설립자인 억만장자 샘 월턴은 1992년 죽음을 앞두고 자신의 인생에 대한 후회를 담은 유언을 남겨 많은 이들을 놀라게 했다.

"나는 잘못된 인생을 살았다. 자식에 대해 모르는 부분이 너무도 많았고, 손주들 이름은 절반밖에 외우지 못했으며, 지금 내 곁에 남은 친구는 아무도 없다. 그리고 아내도 의무적으로 내 곁을 지키고 있다."

행복한 미래는 지금 만들자. 만약 과거를 바꿀 수만 있다면 우리는 행복하고 근사한 삶을 살아갈 수 있을 것이다. 그러나 엎질러진 물을 주워 담을 수 없는 것과 마찬가지로, 아무도 과거로 되돌아가 그것을 바꿀 수는 없다. 멋진 미래는 지금 만들어야 한다. 왜냐하면 바로 지금이 머지않은 미래에는 과거가 되기 때문이다.

삶과 일의 조화, 그리고 오늘의 행복과 미래의 행복 간 균형이 필요하다. 행복의 비결은 영어 단어 'happiness'에 함축되어 있다. 행복을 뜻하는 이 단어의 어원은 '발생하다'는 뜻을 지닌 'happen'이다. 이는 행복은 발생하는 것이지 소유하거나 쟁취하는 것이 아니라는 사실을 시사한다.

물질적인 것은 잃어버려도 다시 찾을 수 있다. 그러나 지금 흘려보낸 행복은 결코 되찾을 수 없다. 이제부터라도 사랑하는 가족과 맛있는 음식을 함께 나누면서 따뜻하고 행복한 삶을 만들어보자. 지금 당장 소중한 가족 간의 사랑을 실행하자. 꾸물거리지 말고 배우자를 사랑하자. 더불어 친구들을 사랑하자. 이제부터는 행복을 자꾸 미래로 미루지 않았으면 한다.

행복의
총량은 같다

인생은 멀리서 보면 희극이지만 가까이 보면 비극이라는 얘기가
있다.

"어느 나무꾼이 산에 나무를 하러 갔다. 칡넝쿨을 거두려고 붙들
었는데 그것이 하필 그늘에서 잠을 자고 있던 호랑이 꼬리였다. 나무
꾼은 깜짝 놀라 나무 위로 피신했다. 화가 난 호랑이는 나무를 마구
흔들었다. 나무꾼은 놀라서 그만 나무에서 추락했는데, 하필 떨어진
곳이 마침 호랑이 등이었다.

이번에는 호랑이가 놀라 나무꾼을 떨어뜨리기 위해 전속력으로 달
리기 시작했다. 그럴수록 나무꾼은 사력을 다해 호랑이 등을 더 꽉
껴안았다. 그런데 한 농부가 찜통 무더위에 밭에서 일을 하다 이 광
경을 보고는 불평을 한다.

'나는 평생 땀 흘려 일하면서 사는데, 어떤 사람은 팔자가 좋아 빈
둥빈둥 놀면서 호랑이 등만 타고 다니는가?'

농부는 죽기 아니면 살기로 호랑이 등을 붙들고 있는 나무꾼을 부

러워했다."

남들을 보면 다 행복해보이고, 나만 고생하는 것 같다. 나는 뙤약볕에서 일을 하고 남들은 호랑이 등을 타고 신선놀음만 하는 듯하다. 그러나 실상을 알고 보면 사람 사는 것이 거의 비슷하지 않을까? 나와 거의 같은 고민을 하고 비슷한 외로움 속에 몸서리친다.

남과 비교하면 대부분 내 것이 작아보인다. 나에게만 아픔이 있는 것은 아니다. 누구나 다 아프다. 속내를 들여다보면 정도의 차이는 있지만 누구에게나 말 못할 나름의 고충과 아픔은 있게 마련이다. 단지 말을 안 하고 표현만 하지 않을 뿐이다.

긴 안목으로 보면 인간의 행복의 총량은 엇비슷하다. 한 사람이 모든 것을 다 갖는 삶은 누구에게도 오지 않는다. 겉으로만 그렇게 보일 뿐이다. 무슨 일이 생기더라도 얻는 것만 있거나, 잃는 일만 있는 상황은 우리 삶에서 결코 일어나지 않는다. 햇볕이 강렬하면 그늘 또한 짙다. 계속 햇볕만 내리쬐면 결국 사막이 된다. 산이 높으면 골 또한 깊은 법이다. 막힘없이 곧게 뻗은 고속도로만 달리다 보면 졸음운전하기 십상이다. 소리에는 고음도 있고 저음도 있듯, 평탄대로와 비탈길 그리고 꽃밭과 가시밭길이 공존하게 마련이다.

각자무치角者無齒라 했다. 소나 사슴처럼 뿔이 있는 동물은 날카로운 이빨이 없다. 초식동물인 만큼 풀을 효과적으로 씹기 위해 어금니가 발달했다. 대신 육식동물인 사자와 호랑이는 강한 턱과 날카로운 송곳니를 지니고 있다. 나는 새는 빨리 걷지 못하고, 날지 못하는 타조는 걸음이 매우 빠르다. 화려한 꽃은 열매가 보잘 것 없고, 열매가 좋은 꽃은 그리 화려하지 않다. 이처럼 자연의 이치에는 항상 양면성이 존재하게 마련이다.

인간사 또한 별반 다르지 않다. 한 사람이 모든 재능과 복을 전부 다 독차지할 수는 없다. 거칠게 극단적으로 비유하자면 이렇다. 춥고 배고픈 노숙자는 근심과 걱정 등의 정신적 압박은 상대적으로 낮을 수 있다. 그러나 큰 부를 소유한 사람들의 정신적 스트레스는 클 수밖에 없다. 재물이 늘어나면 근심도 늘어나고 지위가 높아지면 외로움도 더하게 마련이다. 삶이나 인생이 마냥 불공평하지만은 않은 듯하다.

좋은 땅에서 반듯하게 자란 나무는 바로 그 때문에 일찌감치 베어져 어느 집 기둥으로 쓰일 가능성이 높다. 그래서 못생긴 나무가 선산을 지키게 되는 '공평한' 일이 벌어진다. 우리가 사는 세상사도 크게 다르지 않다. 결국 행복의 총량은 엇비슷하다.

좀 부족하고
약간 모자란 상태

누군가는 간절히 원하는 어떤 것을, 모든 사람이 다 원하는 것은 아니다. 그러나 행복만큼은 누구를 막론하고 갈망한다. 그런데 세상에는 참으로 다양한 종류의 행복이 존재한다. 건강과 장수, 외모, 재산, 높은 지위에 오르는 행복 ……. 이 중 과연 진정 가치 있는 행복은 무엇일까?

플라톤이 제시하는 행복의 5가지 조건을 살펴보자.

첫째, 먹고살기에 조금은 부족한 듯한 재산.

둘째, 모든 사람이 칭찬하기엔 조금 부족한 외모.

셋째, 자신이 생각하기에 절반만 인정받는 명예.

넷째, 남과 겨루었을 때 한 사람에게는 이기지만, 두 사람에게는 이기지 못하는 힘.

다섯째, 연설할 때 청중의 절반 정도만 박수를 보내는 말솜씨.

이처럼 플라톤이 생각하는 행복의 조건들은 완벽하고 만족할 만한 상태에 있는 것이 아니다. 다소 부족하고 모자란 상태다. 재산이든 외모든 명예든 완벽한 상태에 있으면 바로 그것 때문에 근심과 불안, 긴장이 교차하는 생활을 하게 되기 때문이다. 적당히 모자란 가운데 그 부족한 부분을 채우기 위해 노력하는 일상의 삶 속에 행복이 있다고 플라톤은 생각한 것이다. 없는 것에 주목하면 불만이 생긴다. 있는 것에 시선을 돌리면 감사하는 마음이 생긴다. 따라서 없는 것에만 주목하면 불행해지고, 있는 것에 주목하면 행복해진다. 결국 행복과 불행은 어느 쪽에 주목하느냐의 차이일 뿐이다.

자본주의 사회에서 욕심 없이 살 수만은 없다. 그러나 소유와 탐욕의 삶에 지나친 가치를 두면 그 삶은 영원히 행복할 수 없다. 소유와 탐욕의 가치는 끊임없이 더 많은 것을 바라는, 채울 수 없는 욕망이기 때문이다. 어차피 부자가 한 평생 모은 재산은 죽을 때 단 한 푼도 가져갈 수 없다. 자손에게 물려주지만 그 재물은 마침내 다른 사람의 손에 들어가고 마니 안타까울 뿐이다.

중국의 《고문진보古文眞寶》란 책에 "천 년 동안에 땅 주인이 800번이나 바뀌고, 좋은 농토가 만 이랑이라 해도 하루 세 끼를 먹을 뿐이요良田萬頃, 一日三餐, 고래등 같은 큰 집 천 칸이나 되어도 잠자리에 들어보면 팔 척 몸 눕힐 뿐大廈千間, 夜眠八尺"이라는 글이 보인다. 세 끼면 충분하고 여덟 자 공간이면 몸 뉠 수가 있는데 인간의 탐욕은 끝이 없다는 것이다.

행복은 거창한 것이 아니라, 후유증 없는 일상의 잔잔한 즐거움도 가치 있는 행복일 수 있겠다. 다산 정약용 선생은 병조판서 오대익吳大益의 71세 생일을 축하하는 글에서 행복을 두 가지로 나눠 정의하고 있다. 하나는 '뜨거울 열熱' 자의 열복熱福이고, 다른 하나는 '맑을 청淸' 자의 청복淸福이다.

열복은 가슴을 뜨겁게 해주는 화끈한 행복이다. 세속에서 말하는 성공과 출세다. 외직에 나가 장군이 되어 깃발을 세우고 결재도장을 찍으며 젊은 여인들과 신나고 흥겹게 놀다가 내직으로 들어와 높은 가마를 타고 조정에 들어가 정사를 결정하는 것을 열복이라고 한다. 속된 말로 출세한 사람의 행복이다.

그러나 청복은 좀 다르다. 언뜻 사소하지만 청아한 삶의 일상이야말로 진정한 행복이라는 것이다. 비록 깊은 산 속, 아무도 알아주는 이 없는 곳에 살고 있지만 푸른 계곡물을 바라보며 발을 담그고, 예쁜 꽃과 나무들을 벗하며, 인생에서 작지만 의미를 찾는 것이 청복이다. 듣기만 해도 마음이 상쾌하고 행복해지는 맑고 청아한 일상의 행복이다.

인간으로서 행복을 추구하는 것은 너무나 당연한 일이지만 화끈한 출세인 열복과 조용한 기쁨인 청복 중에 어느 것을 선택할 것인가는 너무도 자명하다. 한때의 통쾌함을 100일의 근심과 맞바꾸려 들지 말자. 잠깐 동안은 기분을 풀어 시원 통쾌하겠지만, 여기서 늘 더 큰 재앙이 비롯되기 때문이다. 우리 모두 화끈한 열복이 아닌 독서로 단아한 청복을 만끽해보자.

기준을 낮추면
만사가 감사할 일이다

우리는 흔히 사람을 처음 만날 때면 "무슨 일 하세요?"라고 묻는다. 이는 어떤 직위에 있고 돈은 얼마나 벌고 있느냐는 질문이다. 이처럼 오늘날 우리의 문화는 돈이나 부 그리고 높은 직위 자체를 성공의 척도나 행복의 기준으로 생각한다는 반증이다.

그러나 성공과 행복을 말할 때 삶의 질이나 만족도, 평안한 마음상태 그리고 감사하는 마음 등도 행복한 인생을 살아가는 데 매우 중요한 요소임에 틀림없다. 따라서 삶에서 성공과 행복의 척도는 단지 소득이나 재산 그리고 직위처럼 금전적, 경제적 혹은 겉으로 드러나는 것에만 한정해서는 측정될 수도 없을뿐더러 부정확하기까지 하다.

조선시대 세 분의 임금 밑에서 무려 다섯 차례나 재상을 지냈다는 명신인 오리梧里 이원익李元翼의 좌우명은 '지행상방 분복하비志行上方 分福下比'다. 뜻과 행실은 나보다 나은 쪽과 견주고, 분수와 복은 나보다 못한 쪽과 비교하라는 말이다. 뜻을 세우고 행실을 닦는 일은 늘 시선을 높은 데 두어 미치지 못한 듯이 하되, 누리는 복은 나보다 못한 쪽을 보며 '이만하면 됐다' 하는 마음을 지니라는 가르침이다.

기준선을 조금 낮춰보자. 인생에서 가장 큰 긴장 요소 가운데 하나는 우리 스스로 세운 과도한 기준에 끊임없이 맞추어 살아야 한다는 강박관념이다. 때론 마음을 편안하게 갖고 이따금 그러한 기준을 약간만이라도 완화해볼 일이다.

미국 노스웨스턴대학교의 한 연구소는 시상대에 오른 은메달 선수와 동메달 선수의 표정을 분석하여 행복점수를 매기는 실험을 했다. 동메달 선수는 10점 만점에 7.1점을 받은 반면, 은메달 선수는 고작 4.8점을 받아 은메달은 동메달보다 상대적으로 덜 행복해한다고 발표했다. 그 이유가 뭘까? 까닭은 바로 은메달의 비교 대상은 금메달인 반면, 동메달은 'NO 메달'이기 때문이다.

이처럼 행복은 '감사함'에 있지 '비교'하는 것에 있지 않음을 알 수 있다. 어떤 상황에서도 위에 견주면 모자라고, 아래에 비교하면 남는 법이다. 남과 비교하면 다 내 것이 작아보인다. 비교해서 불행하지 말고 내게 있는 것으로 기뻐하고 감사하는 마음이 중요하다.

"발이 없는 사람을 보기 전까지는 내게 신발이 없다는 사실을 슬퍼했다"라는 페르시아 속담은 이 같은 사실을 예리하게 꼬집는다.

전문가들에 따르면, 감사는 스트레스를 완화시키고 면역계를 강화하여 에너지를 높이고 치유를 촉진한다고 한다. 감사는 정서에 좋은 반응을 일으켜 혈압을 떨어뜨리고 소화 작용도 촉진한다. 우리가 매사에 기뻐하고 감사하면 우리 신체의 면역체계를 강화시켜 준다. 매일 감기약이 아니라 '감사약'을 먹어야 하는 이유다.

우리가 1분간 기뻐하며 웃고 감사하면 신체에 24시간의 면역체가 생기고, 1분간 화를 내면 6시간 동안의 면역체계가 떨어진다고 한다. 그런 의미에서 감사는 곧 항암제요 해독제요 방부제다. 감사만큼 강력한 스트레스 정화제도 없고, 감사만큼 강력한 치유제도 없는 것이다.

"사람이 얼마나 행복한가는 그의 감사함의 깊이에 달려 있다"라는 존 밀러의 지적을 깊이 아로새기자. 그리하여 덧없는 시간 속에 덧없는 인생들이 덧없는 생각을 하다가 덧없이 스러져가지 않도록 삶에 감사하는 마음을 품고 힘쓸 일이다.

내 평범한 일상도
누군가에게는 기적이다

인간이 불행한 이유는 자신이 행복하다는 사실을 모르기 때문이라고 한다. 행복을 자각한 사람은 행복해진다는 말이다. 자신에 관한 사소한 깨달음이 행복과 불행을 결정한다.

헬렌 켈러는 '보지도 듣지도 말하지도 못하는' 3중 장애인이었다. 생후 19개월 무렵 병으로 시각과 청각을 모두 잃은 그녀가 느낄 수 있는 유일한 방법은 만지는 것, 바로 촉각뿐이었다. 그의 소원은 단지 '3일만이라도 보는 것Three days to see' 이었다. 세상 사람들은 더할 나위 없이 아름답고 빛나는 세상을 볼 수 있는 '축복의 두 눈'을 가지고 있음에도 그 축복이 얼마나 인생을 풍요롭고 충만하게 만드는지 잘 모른다.

누군가는 지금 이 순간 이렇게 간절히 기도할지도 모른다. 다만 '걸을 수만 있다면, 또는 설 수만 있다면, 혹은 들을 수만 있다면, 말할 수만 있다면, 볼 수만 있다면, 살 수만 있다면' 더 큰 복은 바라지 않겠노라고.

그런데 놀랍게도 나는 누군가의 간절한 소원을 이미 다 이루며 살고 있다. 고맙게도 누군가가 간절히 기다리는 기적이 내게는 날마다 일어나고 있다. 우리는 부자가 되진 못해도, 빼어난 외모는 아니어도, 지혜롭진 못해도, 평범한 내 삶에 눈물겹도록 감사해야 할 일이다.

"날마다 누군가의 소원을 이루고, 매일 기적이 일어나는 나의 인생과 내 삶, 나 자신 그리고 나의 하루를 사랑하자."

언더우드의 기도문 《그럴 수만 있다면》에 나오는 글이다.

어떻게 해야 행복해지는지도 굳이 고민하지 말자. 내가 이미 얼마나 행복한 사람인지 날마다 깨닫자. 나의 하루는 기적이다. 나는 벌써 행복한 사람이다. 돌이켜보면 지금 내가 가진 지극한 평범함도 절절히 고마운 일들뿐이다. 그렇다. 살짝만 뒤집어보아도 고마운 일들뿐이다.

가족 때문에 화나는 일이 있다면, 그건 그래도 내 편이 되어줄 가족이 있다는 뜻이다. 쓸고 닦아도 금방 지저분해지는 방 때문에 한숨이 나오면, 그건 내게 맘 편히 쉴 만한 공간이 있다는 사실이다. 가스 요금이 너무 많이 나왔다면, 그건 내가 지난겨울을 따뜻하게 살았다는 반증이다. 지하철이나 버스에서 옆 사람의 떠드는 소리가 자꾸 거슬린다면, 그것 또한 내게 들을 수 있는 귀가 있기 때문이다. 주차할 곳을 못 찾아 빙글빙글 돌면서 짜증이 밀려온다면, 내가 걸을 수 있는데다가 차까지 가졌다는 것을 말한다. 일한 후 온몸이 뻐근하고 피곤하다면, 그건 내가 열심히 일했다는 보상이다. 이른 아침 시끄러운 자명종 소리에 깼다면, 그건 내가 살아 있다는 확실한 증거다.

오늘 무언가가 날 힘들게 한다면 때론 뒤집어 생각해보자. 그러면 마음이 이내 가라앉고 고맙기까지 한 일로 둔갑할 수 있다.

감사하는 마음을 찾기 위해서는 어떻게 해야 할까? 감사할 일 역시 보려고 해야 보이고 찾으려 해야 찾아진다. 감사하는 마음을 기르려면 감사할 일을 적극적으로 찾아보아야 한다. 우리가 감사할 일을 느끼지 못하는 이유 중 하나는 아주 특별한 일만 찾으려 하기 때문일 것이다.

일상의 사소한 일에서부터 감사할 일을 찾아보자. 감사할 일을 찾다 보면 감사할 일이 더 많이 눈에 보이게 마련이다. 삶이 팍팍하여 힘들고 고달플수록 고맙고 감사한 일을 일부러라도 하루 한 가지씩 찾아 적어보자. 비록 소소하지만 확실한 행복인 소확행 小確幸 이 답이다.

행복한
부부 관계의 비결

친구들에게 공처가로 놀림을 받는 애처가와 가족보다는 친구와의 우정이 먼저라 여기며 대외활동이 왕성한 사람 중 과연 누가 더 행복할까. 통계학적으로 보면 애처가로 불리는 사람의 마음가짐, 즉 행복도가 친구와의 우정이 우선이라 생각하는 사람보다 더 좋은 것으로 나타난다.

한국인의 마음 건강은 친구 보다는 가족, 가족 중에서도 특히 배우자와의 친밀도가 높을 때 더 안정적이고 행복한 것으로 여겨진다. 현대사회로 진입할수록 가족의 테두리가 약해지고, 이혼과 비혼이 급증하는 추세가 나타나지만, 역설적으로 '가족 중심 관계'의 중요성이 다시금 확인된 연구 결과도 나온다.

한국보건사회학회의 학술지《보건과 사회과학》에 게재된 '한국인의 마음가짐: 어떤 사회지원망 속에서 건강한가?' 라는 보고서에 따르면 '가족' 이 안정적이고 긍정적인 삶의 근원인 것으로 나타났다.

그 이유는, 한국사회에서 지금까지 의지해 왔던 연고주의나 사적 관계의 밀도가 약화된 상황에서 가족이나 사적 관계 중심의 지원망을 보완하는 것이 한국사회가 경험하고 있는 마음가짐의 문제를 어느 정도 완화하는 방안이 될 수 있기 때문이다.

영국의 대문호 셰익스피어는 "프로포즈할 때 남자의 마음은 5월이지만, 결혼하고 난 뒤에는 12월이 된다"라고 말했다. 이는 여자들도 마찬가지다. 프로포즈 받을 때는 화사한 5월 날씨처럼 마음이 화창하고 맑은데, 결혼하고 나면 곧바로 겨울처럼 시리고 추워진다. 결혼이라는 '풀타임 직업'을 갖게 되어 심신이 피로하고 지치기 때문이다. 결혼 전 혼자일 때는 주말마다 늦잠도 자고, 나름 하고 싶은 대로 하고 살았지만 결혼을 하게 되면 주말이 마치 지옥처럼 변한다. 요리며 청소도 해야지, 아이들도 돌보아야 한다. 시댁과 시부모의 대소사도 챙겨야지, 그야말로 나 자신만의 삶은 실종되기 일쑤다. 일터만 바뀌는 게 아니라 몇 배나 더 해야만 하는 일이 늘어난다.

행복한 부부관계를 위한 성격은 바꿔가는 게 아니라 다만 '맞춰가는 것'이다. 맞춰가기 위해서는 부부가 서로서로 담백하고 솔직하게 상황과 의견을 전달하자. 스스로 선택한 지나친 희생과 선행善行에 발목 잡히지 말자. 희생과 침묵만이 선이라는 생각 또한 버리자. 의사표현을 분명하게 하는 사람에게는 아무리 가족이라도 함부로 대하지 않는다.

자신의 욕구와 의지를 희생하고 얻은 일시적 휴전休戰 평화는 감정을 담보로 얻는 것이기 때문에 결코 오래갈 수 없다. 큰소리 내는 것이 싫어서 자기 침묵만 고수한 자신에게도 절반의 책임은 있다. 가정의 평화와 부부의 행복을 위해서 용기라는 망치로 침묵을 깨고 자신의 생각과 의견을 표현하는 훈련을 시작하자.

아울러 부부의 행복을 키워나가기 위해 같이 좋아하고 즐길 수 있는 운동이나 취미를 가져보자. 함께 좋아하고 즐길 수 있는 운동이나 취미를 하면서 대화를 나누다 보면 부부 사이도 절로 돈독해지고, 부부싸움을 하더라도 같은 운동이나 공통의 취미 생활을 계기로 자연스럽게 풀 수 있다.

결혼 생활이 힘들어지는 이유는 도박이나 폭력 등 삶의 뿌리를 뒤흔드는 커다란 사건 때문만은 아니다. 사소한 문제로 싸우는 일이 잦아지고, 이로 인해 대화가 단절되고 좋지 않은 감정이 누적되어 더이상 마음과 감정의 골과 간극을 메울 수 없기 때문이다.

결혼은 죽을 때까지 내 곁에 함께 있어줄 가족을 서로가 맞추어 가면서 만드는 과정일 뿐이다. 친밀한 부부관계를 위한 앤드류 카네기의 말을 새겨보자.

"아내는 남편에게, 남편은 아내에게 성인聖人과 같이 어질기만을 바라서는 안 된다. 만약 당신의 아내나 남편이 성인이었다면 당신과 결혼하지 않았을 것임을 생각하라."

'나중에' 말고
'지금' 행복하자

"여행은 가슴이 떨릴 때 가야지, 다리가 떨려 후들거릴 때 가면 안 된다"라는 말이 있다. 여행은 가슴이 떨리고 힘이 있을 때 가야 한다. 다리 떨리고 힘없으면 여행도 못 다닌다. 그러나 자식 키우는 부모가 이런 말을 들으면 대부분 이렇게 응수한다.

"그런데 말씀은 좋은데 아이들 공부도 시켜야 하고, 결혼도 시켜야 하고, 해줄 게 많으니 여행은 꿈도 못 꿉니다. 나중에 시집 장가 다 보내고 그때나 가렵니다."

그러나 나중은 없다. 세상에 가장 허망한 약속이 바로 '나중에' 라고 한다. 무엇인가 하고 싶으면 바로 지금 당장 실천에 옮겨야 한다. 영어로 'Present' 는 '현재' 라는 뜻이지만, '선물' 이라는 의미도 있다. 우리에게 주어진 '현재' 라는 시간은 그 자체가 선물임을 알아야 한다.

오늘을 즐기지 못하는 사람은 내일도 행복할 수 없다. 내일을 위해 오늘을 불행하게 보내지 말자. 암 환자들이 의사에게 공통적으로 하는 얘기가 있다고 한다.

"선생님, 제가 예순 살부터는 여행을 다니며 즐겁게 살려고 평생 아무 데도 다니지 않고 악착같이 일만 해서 돈을 모았습니다. 그런데 이제 암에 걸려 꼼짝도 할 수가 없네요. 차라리 젊었을 때 틈나는 대로 여행도 다닐 걸, 너무너무 억울합니다."

이런 어른들도 있다고 한다.

"오늘은 정말 갈비가 먹고 싶네. 그래도 내가 평생 먹지도 않고 쓰지도 않으면서 키운 아들, 딸이 셋이나 있으니 큰아들이 사주려나, 둘째 아들이 사주려나, 아니면 막내딸이 사주려나."

그렇게 목을 길게 늘어뜨리고 하염없이 자식들을 기다리는 사람이 있었다고 한다. 어떤가? 정말 답답하다는 생각도 들 것이다.

어느 자식이 일하다 말고 "어? 우리 엄마가 지금 갈비를 먹고 싶어 하네. 당장 달려가서 사드려야지!" 할까. 아무리 자기 뱃속에서 나왔어도 이렇게 텔레파시가 통하는 자식은 세상에 없다. 지금 갈비가 먹고 싶은 심정은 오직 자기 자신만 알지 아무도 모른다.

그러니 갈비를 누가 사줘야 할까? 내가 달려가 사 먹으면 된다. 누구 돈으로 사 먹어야 하는가? 당연히 내 돈으로 사 먹어야 한다. 결국 나한테 끝까지 잘 해줄 사람은 자신밖에 없다는 얘기다.

또 하나 명심해야 할 것은 나의 행복을 자식에게 떠넘겨서는 안 된다는 사실이다. 자식이 자주 찾아와 효도하면 행복하고, 아무도 찾아오지 않으면 불행하다고 말하는 사람은 자신의 삶을 껴안을 줄 모르는 사람이다. 자식들은 자라면서 온갖 재롱을 피우고 순간순간 예쁘고 귀여운 모습을 보일 때 이미 효도를 다 한 것이다. 진정으로 행복해지고 싶다면 가만히 앉아서 누가 나를 행복하게 해주기만을 기다리는 수동적인 생각부터 바꿔야 한다. 먹고 싶은 것이 있으면 내가 알아서 사 먹고, 행복해지고 싶다면 지금 당장 행복한 일을 만들어야 한다.

나중은 없다. 지금이 나에게 주어진 최고의 선물임을 잊지 말자. 오늘부터라도 어떤 상황에 부딪히더라도 '나중에' 라는 말은 지구 밖으로 멀리멀리 던져버리고 지금 당장 실천하고 행동하여 행복의 기쁨을 누리자. 먼 곳에 있는 물로는 옆에 붙은 불을 끌 수 없다. 이웃사촌이 멀리 있는 친척보다 낫다. 나중보다 중요한 것은 지금 이 순간, 바로 여기다.

"당신의 시간은 가장 소중한 재산이다. 오늘은 당신이 가진 모든 것이다. 단 1분도 허비하지 말라."

연설가 오그 만디노의 말이다.

행복은 성취의 산물이 아니다. 삶의 매 과정 자체가 행복이다. 작가 마가렛 리 런백Margaret Lee Runbeck은 "행복은 종착역에 도착했을 때 발견되는 것이 아니라 여행 중에 발견되는 것이다" 라고 얘기한다. 그렇지 않은가? 종착역에 도착했을 때는 그 행복함이 많이 떨어진다. 그 과정에 더 많은 행복이 있다. 마치 우리가 여행을 가기 전에 갈 곳을 미리 찾아보고 '이것 해야지, 저것 한 번 봐야지, 이런 것은 꼭 먹어봐야지' 하며 준비하면서 즐거움과 행복을 느끼듯이 말이다.

우리는 흔히 산 정상에 오르면 행복할 거라 생각한다. 그러나 산꼭대기에 오른다고 마냥 행복한 건 아니다. 어느 지점에 도착하면 모든 사람이 행복해지는 그런 곳은 없다. 같은 곳에 있어도 행복한 사람이 있고, 불행한 사람이 있다. 같은 일을 해도 즐거운 사람이 있고, 불행한 사람이 존재한다. 같이 음식을 먹지만, 기분 좋은 사람과 기분 나쁜 사람이 있다.

좋은 물건, 맛있는 음식, 멋진 장소보다 더 중요한 것은 그것을 대하는 삶의 태도다. 무엇이든 즐기는 사람에겐 행복이 되지만, 거부하는 사람에겐 불행이 된다. 정말 행복한 사람은 모든 것을 전부 가진 사람이 아닐 것이다. 지금 하는 일을 즐기는 사람, 자신이 가진 것에 만족해하는 사람, 하고 싶은 일이 있는 사람, 갈 곳이 있는 사람, 갖고 싶은 것이 있는 사람이다.

행복은 먼 뒷날 결과에 따라 주어지는 월계관이 아니다. 그때그때 앙금처럼 내 마음속에 침전되어 가라앉는 작은 알갱이들이다. 삶의 매 과정과 순간순간에서 느끼는 작은 보람과 성취감이다. 그런 하나하나의 과정과 순간이 쌓이고 모여 나름의 과실처럼 열매 맺는 것이 바로 행복이 아닐까. 지금, 그리고 매 과정에 충실하면서 행복을 느끼고 길어올리자.

다만
내 마음속에 있다

시간이 없다며 쩔쩔매는 이에게 물었다.

'왜 그리도 바쁘게 사느냐?' 라고.

그의 대답은 '행복하기 위해서' 였다.

많은 건물과 돈을 갖고도 악착같이 돈을 벌려는 이에게 물었다.

'왜 그렇게 많은 돈이 필요하냐?' 라고.

그의 답변은 '행복하기 위해서' 였다.

많은 권력을 갖고도 만족을 못하는 정치인에게도 물었다.

'왜 그렇게 큰 권력이 필요하냐?' 라고.

그의 대답도 '행복하기 위해서' 였다.

도대체 '행복' 이 어떤 것이기에 모두들 '행복, 행복' 하는지 궁금했다.

나이 지긋한 철학자에게 질문했다.

'행복이 대체 뭐냐?' 라고.

그의 대답은 '그걸 알기 위해서 평생 공부했지만 아직도 잘 모르겠다' 였다.

많은 신도들로부터 추앙받는 목사님께 여쭈었다.

그의 대답은 '그걸 알기 위해 평생 기도했지만 아직도 응답이 없다' 였다.

수십 개의 계열사 기업을 거느린 대기업 회장에게도 물었다.

'행복이 뭐냐?' 라고. 그의 답변은 '그걸 알기 위해서 평생 돈을 벌었지만 아직도 행복하지 않다' 였다. 참으로 답답한 일이었다.

행복을 찾기 위해 많은 사람들을 만났지만 해답을 찾지 못하고 돌아오던 길에 추운 거리에서 적선을 기다리는 걸인을 만났다. 단도직입적으로 물었다. '행복이 뭐냐?' 라고. 그의 대답은 간단했다. '오늘 저녁 먹을 끼니와 잠잘 곳만 있으면 행복한 것 아니냐?' 라고. 자신의 현실을 있는 그대로 인정한 후, '그래도 난 행복하다' 라고 마음먹는 것도 필요하다. 세상에는 완벽하고 완전한 행복은 있을 수도, 가능하지도 않기 때문이다.

그렇다. 행복은 먼 곳에 있지도, 미래에 존재하지도 않는다. 돈으로 살 수 있는 것도, 빌려 쓸 수도, 훔쳐올 수 있는 것 또한 아니다. 다만 내 마음속에 있다는 얘기다. 그렇다면 행복을 위해 나의 행복관을 다시 한 번 돌이켜 보고 바꿔볼 필요가 있다.

"본래 좋은 것이나 나쁜 것은 없다. 다만 우리의 생각이 그렇게 만들 뿐이다." 셰익스피어의 지적이다.

행복도 객관적이고 주어진 상황만이 전부는 아니다. 스스로 무조건 행복해지기로 마음먹고 행복한 상황을 선택하자. 자신의 마음 하나만 제대로 절제할 수 있다면 세상의 행복은 다 내 것이 될 수 있다. 우리는 자신이 행복해지려고 마음먹은 만큼 행복해질 수 있다. 어쩌면 행복은 마음먹기에 달려 있는 것일지도 모른다.

- 2장

-

-

-

저도

할 말이

있는데요

-

-

적절한 좌절은
인생의 밑천이다

온실 속 화초처럼 비바람도 맞지 않고 안락하게 자라온 사람이 평생 그렇게만 살 수 있을까? 아마도 인생의 항해에서 거센 파도와 모진 세파에 흔들리지 않고 무탈하게만 살아가는 사람은 없을 것이다.

살다보면 맑게 갠 날도 있지만 비나 소나기 혹은 폭우가 내리는 궂은 날도 분명 있다. 살면서 힘들고 어려운 일들은 늘 그리고 얼마든지 기다리고 있게 마련이다. 따라서 변화무쌍한 인생의 날씨 속에서 꿋꿋이 살아내기 위해서는 좌절과 역경을 극복할 용기와 정신근력을 키우는 훈련이 필요하다. 비바람을 견디고 핀 꽃이 건강하고 아름답다.

현재 중국의 국가주석인 시진핑習近平은 부총리의 장남으로 '베이징 도련님'이었다. 그런 그도 부친의 갑작스런 실각으로 16세 때 황토 고원의 량자허梁家河 토굴로 쫓겨가 7년이나 살아야 했다.

귀하게만 자라온 소년은 벼룩과의 사투, 거친 잡곡밥, 고된 작업량, 실사구시實事求是의 사상 개조 등 네 가지 관문을 넘어야 했다. 이른바 토굴사관土窟四關이다. 이처럼 못 견딜 것 같은 가혹한 시련도 결국 그에게는 단지 좌절과 절망의 시간이 아닌 향상과 도약의 기회가 되었다.

뜨거운 가마 속에서 구워낸 도자기는 결코 빛이 바래지 않는다. 자신이 경험하는 좌절에서 의미를 찾아야 한다. 인생길에서 겪는 역경은 얼마든지 내게 좋은 경험과 훌륭한 자산이 될 수 있다.

버락 오바마 전 미국 대통령의 딸도 레스토랑에서 시간당 12~15달러를 받고 일했다고 한다. 딸들이 독립적이고 자신감 넘치며 스스로 좋은 삶을 개척할 수 있는 젊은 여성이 되길 바란다는 어머니 미셸 오바마의 평소 철학에 따른 것이다.

이처럼 부유한 부모 밑에서 유복하게 자란 아이들도 또래와 다를 바 없이 궂은 아르바이트를 하는 이유는 땀을 흘리며 돈의 가치를 깨달으라는 부모의 '차가운 애정'이 깔려 있는 것이다.

물론 고난을 기뻐하고 안락함을 싫어할 사람은 없다. 그러나 험난한 인생길을 헤쳐 가다보면 수많은 어려움과 갖은 고난을 겪지 않을 수 없다. 이 과정에서 역경을 대하는 태도가 특히 중요하다. 역사학자 토인비는《역사의 연구》에서 인류가 발전할 수 있었던 동인動因을 거칠고 척박한 환경 그리고 가혹한 고난에서 찾았다.

청어를 먼 북해에서 그냥 운반했을 때는 거의 다 죽어버렸지만, 천적인 물메기 몇 마리를 수조에 넣은 다음 운반했을 때는 대부분이 싱

싱한 상태로 건너올 수 있었다. 적절한 긴장과 위협이 청어를 더욱 활기차게 만든 것이다.

일찍이 맹자도 이러한 인간의 속성을 꿰뚫고 있었다.

《맹자》에 "걱정과 어려움이 나를 살게 하고, 안락함이 나를 죽음으로 이끈다"라고 했다. 걱정과 고난을 통해 사람은 성장하고 발전하지만, 당장의 안락에만 젖어 있을 때 사람은 패배의 길로 들어선다는 경고다.

별을 보려면 어둠이 꼭 필요하다. 밤하늘이라는 어둠이 있어야만 별을 구경할 수 있듯, 합당한 고통과 시련이라는 어둠이 없다면 삶의 별 또한 볼 수 없다. 칠흑 같은 밤을 지나지 않고서는 새벽에 다다를 수 없듯, 시련은 마음을 자라게 하고 영혼을 성숙시킨다. 기꺼이 적절한 시련과 고통을 감내할 필요가 있는 것이다.

"사랑하는 사람에게 할 수 있는 가장 나쁜 일은 바로 그들이 할 수 있고, 해야 할 일을 대신 해주는 것이다"라고 링컨은 지적한다. 도와주는 것이 도리어 해가 되고 독이 될 수 있다는 말이다. 연은 순풍이 아니라 역풍에 가장 높이 나는 법이다.

일부 조류는 비바람이 부는 날을 일부러 골라 둥지를 짓는다고 한다. 멍청해서가 아니다. 악천후에도 견딜 수 있는 튼실한 집을 짓기 위해서다. 나뭇가지와 돌멩이뿐만 아니라 비와 바람도 둥지의 재료로 삼는 것이다.

응당 조류에게도 배워야 한다. 인생의 적절한 좌절은 큰 불행을 이겨내는 데도 도움이 된다. 적절한 시련과 고통의 경험이 성공으로 이끈다. 역경을 장차 건강한 삶의 예방주사라 생각한다면 이는 '위장된 축복' 일 수도, '단련의 기회' 나 '인생의 밑천' 이 될 수 있다. 우리 자녀들도 적절한 좌절과 역경을 경험하도록 할 일이다.

칭찬의
힘

우리는 흔히 야단을 쳐서 상황을 개선할 수 있다고 착각한다. 그러나 야단이나 질책은 나쁜 행동을 금지시키는 데만 유용하다. 좋은 행동을 이끌어내기 위해서는 칭찬이 효과적이다. 따라서 자녀나 직원들이 잘못했을 때는 따끔하게 야단치고 벌을 주면 그 행동을 줄이는 데는 도움이 된다. 그러나 성과나 실적 혹은 능률을 높이고 싶을 때 야단을 치는 것은 그다지 도움이 되지 않는다. 오직 칭찬만이 그것을 가능케 한다.

우리가 일상에서 경험하듯 칭찬을 들으면 왠지 기분이 좋아지고, 더 잘하고 싶은 마음이 든다. 사람은 기분이 좋을 때 성과도 좋아지는 법이다. 칭찬에는 사람을 행복하게 만드는 신비한 힘이 들어 있는 것이다. 칭찬에 인색할 이유가 없는 까닭도 바로 여기에 있다. 아이들에게 칭찬의 말을 건네 보자. 그러면 아이들은 부모의 칭찬에 엔돌핀이 돌아 얼굴에 홍조까지 띠며 싱글벙글한다.

칭찬을 많이 받고 자란 아이는 성품까지 맑고 밝아진다고 한다. 게다가 매사에 긍정적이고 적극적이어서 학업 성적도 덩달아 올라간다. 교사로부터 자주 칭찬을 듣는 학생이 그렇지 못한 학생보다 학업 성적이 월등히 좋다는 연구 보고도 있다. 선생님의 칭찬은 어린이를 북돋는 샘물인 것이다.

칭찬은 비단 어린이에게만 유효한 것은 아니다. 어른에게도 더할 나위 없는 영약이다. 오히려 어른에게 효험이 강하다. 직장 상사의 "참 잘했어", "정말 고생했네" 같은 칭찬 한마디에 활짝 웃는 직장인이 어디 한두 명인가. 직장인이 가장 듣고 싶어하는 말이 "잘했어!", "수고했어!"라는 표현이라고 한다.

한마디 칭찬에 고무되어 더욱 열심히 일을 할 터이니, 돈 안 들이고 일의 능률을 높일 수 있는 방법으로 칭찬만한 것이 없는 것이다. 옷을 벗게 하는 것은 세찬 바람이 아니라 따스한 햇볕이다.

칭찬이 회사를 지켜낸 사례도 있다. 신기술을 개발한 어느 중소기업에 산업스파이가 침입한 적이 있었다. 아침 일찍 출근한 청소부에게 발각되어 격투 끝에 스파이를 잡을 수 있었다.

이 청소부에게 회사 사람들은 "당신은 청소부일 뿐인데 어째서 위험을 무릅쓰면서까지 우리 회사의 기술을 지켜내려 했습니까?"라고 물었다. 그러자 그 청소부는 "제가 이 회사에서 인정을 받고 있다고 생각하기 때문입니다"라고 답변했다.

그 회사의 사장이 출근할 때마다 청소부에게 "덕분에 우리 회사가 항상 깨끗해서 좋습니다"라는 칭찬을 해주었는데, 이로 말미암아 자신도 이 회사에 꼭 필요한 사람이라는 생각을 하게 된 것이다.

인정을 받으니 자부심이 절로 생겨 더욱 더 일을 열심히 했을 것이고, 또 회사를 사랑하는 마음까지 생겨났을 것이다. 그런 마음이 있었기에 위험을 무릅쓰고 회사의 기밀을 지켜낼 수 있었던 것이다. 결국 칭찬이 회사까지 지켜내는 엄청난 힘을 발휘한 셈이다.

칭찬의 힘은 의외로 강하다. 이는 사람의 마음을 움직이기 때문이다. 이제 칭찬에 인색하지 말자. 아랫사람을 대하면 장점을 찾아내어 격려하고 칭찬하자. 조엘 오스틴은 그의 저서 《잘 되는 나》에서 "단순한 실수는 최대한 보듬어주어야 한다. 잘못 하나를 지적하기 전에 먼저 칭찬거리 다섯 가지를 말해야 한다"라고까지 강조한다. 그만큼 칭찬하고 또 칭찬하라는 것이다. 사람은 누구나 칭찬에 목말라 있는 마른 스펀지와 같기 때문이다.

그렇다고 모든 칭찬이 가치가 있는 것은 아니다. 사소한 것을 과장하는 칭찬, 계산적으로 하는 칭찬, 마지못해서 하는 칭찬, 남을 조롱하기 위해 하는 칭찬은 칭찬이 아니다. 이런 칭찬에 기분 좋아할 사람은 아무도 없다. 자신을 우습게 보고 또 나쁘게 이용하려 한다는 느낌을 받기 때문이다.

이렇듯 칭찬을 잘못하면 독이 된다. 따라서 칭찬에는 말하는 사람의 진정한 마음이 담겨야 빛이 난다. 우리 아이들과 직장 식구들 모두에게 진정성 있는 칭찬을 아낌없이 해 줄 일이다.

칭찬보다
나은 꾸중

살면서 우리가 가장 듣기 싫은 소리 중의 하나가 꾸중이다. 꾸중은 잘못을 저질러서 마땅히 듣는 것이지만, 혼이 나는데 기분 좋을 사람은 아무도 없다. 그러나 잘못을 했으면 응당 꾸중을 달게 받아야 한다. 꾸중을 좋게 받아들이면 세상살이에 보약이 될 수 있기 때문이다. 꾸중을 듣고 크게 반성하여 그 사람이 달라진다면 꾸중의 효과는 큰 것이다.

그런데 문제는 꾸중이 언제나 좋은 결과만을 낳는 것은 아니라는 사실이다. 도리어 역효과를 내는 경우도 흔하다. 꾸중을 들을 자세가 되어 있지 않은 사람에게 하는 꾸중은 하나마나다. 이런 사람에게는 아무리 좋은 취지로 타일러도 들으려 하지 않고 오히려 빗나간다.

근래 어른의 충고를 무시하고, 심지어 대들기까지 하는 청소년들이 많아 참으로 걱정스럽다. 자신의 잘못을 인정하지 않고, 듣기 싫은 소리를 한다고 불끈불끈 흥분하는 젊은이들에게 기대할 것은 별로 없다.

꾸중의 역효과는 꾸중을 하는 사람 때문에 생기기도 한다. 크게 흥분하여 날카롭게 몰아세우면 상대는 주눅이 들거나 아니면 도리어 반감을 가질 수 있다. 그리고 잘못을 낱낱이 들추어내어 피곤하게 지적하면 겉으로야 어쩔 수 없지만 속으로는 꾸중하는 사람의 말을 외면하거나 무시할 수도 있다.

그래서 꾸중은 부드러운 말씨로 간단하게 해야 한다. 목소리의 '톤' 이 높아질수록 '뜻' 은 왜곡된다. 흥분하지 말자. 낮은 목소리가 힘이 있다. '귀' 를 훔치지 말고 '가슴' 을 흔들고 마음에 남는 말로 하자.

타이르거나 부탁조의 권유형으로 하면 효과적이다. 예를 들어 회사에 지각을 자주하는 직원에게 꾸중을 하는 경우라면 "아무개 씨, 왜 사람이 그 모양이야? 회사가 무슨 놀이터인 줄 알아? 똑바로 해" 라고 질책하기보다는, "요즘 무슨 일 있어요? 출근이 좀 늦네요"라고 간단히 말을 하면 더욱 효과적이다. 자기를 걱정해 주고, 또 사실을 있는 그대로 간단히 지적하는데 토를 달거나 이의를 제기할 이유가 없는 것이다.

꾸중에도 요령이 필요하다. 꾸중을 칭찬이나 격려처럼 들리게 하는 것도 그 요령 중의 하나다. 무턱대고 잘못을 지적하기보다는 긍정적인 면을 부각시킨 뒤에 잘못을 따끔히 지적하고, 이어서 좋은 말로 끝을 맺는 것이 효과적이다. 가령, 지각을 자주하는 직원에게 "아무개 씨처럼 유능한 직원이 웬일이야. 잦은 지각은 곤란하지. 지각을 하면 당신만 손해 보는 것이 아니야. 회사도 손해를 봐. 잘해보자!" 라 하면서 달래면 그 직원은 몸 둘 바를 모를 것이다.

크게 꾸짖을 때뿐만 아니라 사소한 잘못을 지적할 때에도 이런 방식이 유효하다. 부하 직원이 작성한 보고서가 마음에 들지 않는다고 가정해보자. 당장 큰소리로 "이게 뭐야! 초등학생도 이만큼은 하겠다. 다시 해와!"라고 호통을 칠 수도 있는데, 그렇게 하면 지금 당장은 무슨 효과가 나타날지는 모르지만 장기적으로 보면 오히려 역효과가 난다. 기분이 상해서 업무에 열의를 보이지 않을 수도 있고, 상사를 윗사람으로 존중하지 않을 수도 있기 때문이다.

그런데 만약 "김 대리, 이 부분은 참 아이디어가 참신하군"이라는 칭찬의 말로 시작해 "이 부분은 좀 이상한데. 이렇게 고치면 어떨까?"라고 지적 사항을 좀 부드러운 질문 형식으로 말한 다음, "그 부분만 고치면 전체적으로는 아주 좋을 것 같아. 부탁하네!"와 같이 긍정적으로 마무리를 하면 기대 이상의 효과를 올릴 수 있을 것이다. 지적도 칭찬처럼 들려 결국 지적을 곱게 받아들이고, 더욱 고무되어 분발할 것이기 때문이다.

여기서 정말 중요한 점이 있다. 칭찬도 어떻게 하느냐에 따라 전혀 다른 내용의 말이 되기 때문이다. 칭찬을 한 후, 지적할 때 사용하는 '그런데'나 '그러나'와 같은 접속사다.

예를 들어 "자네의 패기는 정말 대단하네. 그런데 거기에 신중함이 더해지면 더욱 좋겠네."

이 말은 칭찬의 말임에는 틀림없지만 받아들이는 사람의 느낌은 크게 다르다. 바로 '그런데' 라는 한 단어 때문이다. 이런 접속사는 사용하지 않는 것이 좋다. 한참을 칭찬하다가 갑자기 '그런데' 혹은 '그러나' 라고 말해 버리면 듣는 사람은 이내 맥이 빠진다. 결론적으로 질책이 되고 만다.

같은 말이라도 '그런데', '그러나' 가 빠짐으로써 말 전체가 칭찬의 말로 들린다. 그래서 질책을 듣는 사람도 기꺼이 충고를 받아들이며 즐거운 마음으로 잘못을 시정한다. 거기에 '고생했다' 는 말을 덧붙이거나 자신의 실수담이라도 이야기해준다면, 당신은 상대방에게 최고의 상사, 동료 혹은 친구가 될 수 있다.

'꾸중이나 지적' 의 앞과 뒤에 칭찬과 칭찬이 들어가는 이러한 대화법을 일명 '샌드위치 대화법' 이라 한다. 자, 이제 직원들이나 자녀에게 꾸중과 지적을 해야 할 위치에 있는 사람들은 '칭찬 - 꾸중 - 칭찬' 의 '샌드위치 대화법' 을 적절히 사용해보자. 담하용이談何容易라고, 물론 말하는 것은 쉽다. 그러나 실제 상황에서 행동으로 실천하기는 어렵다. 어렵다고 포기할 것이 아니라 부단히 노력하고 습관화하여 체화시킬 일이다.

힘이 되는
일상 독서 습관

인간은 배고프면 먹고 졸리면 잠을 잔다. 이 기본적인 일상을 빠뜨리면 육체적 생존은 불가능하다. 그런데 왜 신체적 생존을 넘어 독서가 필요한 걸까?

인간은 물질적·생리적 충족만이 아닌 정신적인 삶의 만족과 가치 또한 중요하기 때문이다. 그래서 옛 성현들은 "재물을 많이 쌓아두는 것보다는 독서로 삶의 지혜를 몸에 지니는 것이 낫고, 1만 권의 책을 끼고 있는 것이 100개의 성을 손아귀에 둔 것보다 낫다"라고 했다. 통장의 잔고가 내 삶을 지켜주지는 못하고, 재물은 미꾸라지처럼 내 손가락 사이로 빠져나가니, 사는 동안 나를 든든히 지키려거든 재물에 목숨 걸지 말고 독서 습관을 생활화하라는 것이다.

조선의 왕이자 학자였던 정조는 지나칠 정도로 독서에 몰두하는 사람이었다. 하루라도 독서하지 않으면 편안할 수 없었다 한다. 말년의 정조는 안경 없이는 책을 볼 수 없었고, 임종 몇 달 전에는 중요한

행사에도 참석하지 못할 정도로 건강이 악화되었다. 그러자 급기야
는 신하들이 나서서 지나치게 학문에 정력을 쏟지 말 것을 임금께 간
언하기에 이르렀다. 그러나 정조는 "나 역시 쉼을 생각하지 않는 것
이 아니나 힘써 공부하지 않으면 편안할 수 없다"라고 했을 정도다.

조선의 문신 홍석주 역시 정조 임금 못지않았다. 그는 동시다발로
여러 권의 책을 읽었다. 아침에 머리를 빗을 때 읽는 책과 안채 자리
곁에 두는 책이 달랐다. 공무에 지쳐 귀가한 후에도 반드시 몇 줄이
라도 읽고서야 잠자리에 들었다. 그는 또 날마다 일과를 정해 읽었
다. "일과는 하나라도 빠뜨리면 안 된다. 사정이 있다고 거르면 일이
없을 때도 게을러진다"라고 말했다.

이처럼 치열하게 독서를 규범화하고 일상화한 선조들의 독서 습관
을 우리도 본받아야 한다. 이를 위해 자투리 시간을 최대한 활용해보
자. 화장실, 소파, 침대 등 곳곳에 읽을거리를 놓아두고 책을 읽을 수
있는 여건과 상황을 인위적으로 조성하자. 그렇게만 해도 우리 삶의
질은 어느덧 괄목상대하게 바뀔 수 있다.

과연 책을 많이 읽는 것만이 상책일까? 어떻게 책을 읽는 것이 올
바르며 힘이 되는 독서법인지도 성찰해볼 가치가 있다.

먼저, 독서를 할 때는 한 줄을 읽더라도 건성으로 대충 읽지 말고
정신을 똑바로 차려 집중해서 읽자. 많이 읽는 독서왕이 되려 하지
말고 되새김질하는 소(牛)의 독서법을 익히는 것이 중요하다. 읽기
는 하되, 새겨 읽는 것이 바람직한 것이다. 뜻을 생각하면서 익숙하

도록 자세히 읽는 숙독熟讀이 필요하다는 얘기다.

조금씩 끊어서 읽고 또 읽고, 완전히 이해해서 다시 더 읽자. 아무리 어려운 책도 읽고 또 읽으면 의미가 생생하게 살아나는 순간이 오게 마련이다. '공부는 머리가 아닌 엉덩이로 한다'는 말처럼 한 걸음한 발짝씩 내딛다보면 어느새 목표에 도달할 수 있다. 한 줄을 읽어도 내 것으로 만들어야 한다. 열 권 백 권을 읽어도 꼭꼭 씹어 소화하지 못하면 읽지 않은 것과 마찬가지다.

둘째, 잊기 전에 메모하자. 묘계질서妙契疾書, 즉 오묘한 깨달음이오면 재빨리 적는다는 말이다. 묘계妙契, 즉 오묘한 깨달음은 잘하기가 어렵지만 그 즉시 써두는 질서疾書는 쉬운 일이다. 빨리 적어 놓지않으면 금세 달아날까 염려되기 때문이다.

책을 읽다가 번뜩 떠오르는 생각이 있다면 그 순간을 놓치지 말고즉시 메모해두자. 깨달음은 섬광처럼 왔다가 간데없이 사라진다. 이짧은 순간을 붙들어, 이를 잘 확장시킬 때 큰 공부로 이어진다.

메모는 생각의 흔적이다. 공부는 생각 간수를 잘하는 데서 시작된다. 책을 읽을 때야말로 스쳐지나가는 생각들이 가장 활발해지는 시간이기도하다. 책 읽는 사람의 곁에는 늘 메모지가 필요한 까닭이다.

셋째는 필사筆寫, 즉 옮겨쓰기다. 필사는 손끝으로 하는 사유思惟다. 또한 책을 되새김질하는 과정이기도 하다. 이 과정은 단순히 글을 쓰는 데서 끝나지 않고, 글자를 뚫어지게 응시하면서 옮겨쓰는 것이기 때문에 책을 100번 읽는 것보다 한 번 필사하며 읽는 것이 더효과적이다.

독서에는 세 가지가 있다. 목과目過, 구과口過, 수과手過가 그것이다. 눈으로 읽는 것은 입으로 소리 내서 읽는 것만 못하다. 입으로 소리 내어 읽는 것은 손으로 써 가면서 읽는 것만 못하다. 나아가 필사는 글쓰기에도 큰 도움이 된다. 좋은 글쓰기의 방법 중 하나는 내가 배우고 싶은 글을 되풀이해서 옮겨써보기에서 시작된다. 좋은 문장을 필사하면 그 문장의 기세가 내게로 스며들고 체화된다. 그리하여 글을 쓸 때 부지불식간에 그 글의 기세가 결국 자신의 문장 속에 녹아든다. 필자도 좋은 글 등을 필사한 노트가 수십 권에 달한다.

끝으로, 공부는 바른 자세에서 나온다는 사실을 명심하자. 자세를 갖추어야 진득한 마음이 생기는 법이다. 책 읽는 자세만 보아도 독자의 정신 상태가 드러난다. 자세가 안정된 사람은 공부의 속도가 빠르다. 심지가 굳고 뜻이 안정되어 있다는 증거다. 바른 옷차림과 곧은 자세 그리고 정돈된 책상은 정신을 집중시켜 준다.

숙독과 필사, 그리고 곧고 바른 자세로 독서 효과를 극대화하자. 그 축적된 힘은 어떻게든 한 사람의 교양과 인격 향상의 자양분과 밑거름이 되는 법이다. 밥 먹은 효과는 피부의 윤택으로 드러나듯, 책 읽은 보람은 사람의 교양과 인격으로 나타나게 마련이다.

인사를 보면
열을 안다

우리는 흔히 '젊은 사람들은 버릇이 없다'라고 말한다. 그래서 예절을 가르쳐 주어야 한다고도 한다. 근래에는 인성교육이 필요하다고 걱정을 한다. 그러나 최근에만 이 같은 얘기가 나오는 것은 아니다. '요즈음 젊은이들은 버릇이 없다'는 표현은 함무라비 법전 등에도 나온다고 한다.

이처럼 아주 먼 옛날부터 이 같은 주장이 계속하여 회자되는 연유는 무엇일까? 아마도 사회의 변화 속도가 극히 미미했던 당시에도 기성세대들의 입장에서 보면 젊은 세대들은 늘 못마땅하게 보였을 것이다. 게다가 기성세대가 자신들의 젊은 시절은 미화시켜 기억하고 합리화하려 했던 일면도 한몫했을 수 있다.

더 중요한 것은 인간은 발전하는 존재가 아니어서, 사람의 마음은 예나 지금이나 별반 다르지 않고 변함이 없다는 사실이다. 과학기술은 이전의 토대와 성과 위에서 출발하기 때문에 발전하지만, 인간은 항상 원점에서 다시 시작함으로 발전하는 존재가 아닌 것이다.

현대는 현기증이 날 정도로 변화의 속도가 너무나 빠르다. 따라서 지금의 기성세대가 젊은 세대에게 느끼는 예절에 대한 세대 차의 감정은 그야말로 격세지감을 느낄 수밖에 없다. 그러나 기성세대의 반성 또한 긴요하다. 먼저 청소년들만 나무랄 것도 못 된다. 어른들이 솔선수범을 보여 주지 못한 잘못도 크다. 아이들은 어른들의 말은 귀담아 듣지 않아도 행실은 꼭 따라한다는 점을 상기하자.

교육현장도 마찬가지다. 성적만 좋으면 인간성은 나빠도 괜찮다고 여긴다. 대학도 취업률이 중요하지 인성교육은 늘 뒷전이다. 그러나 과정과 절차가 잘못되면 당장은 결과가 좋아도 오래가지 못한다. 건강한 인성적 기초와 바탕이 허약하면 화려한 스펙은 결국 사상누각일 뿐이다.

직장생활 또한 다르지 않다. 일정한 기준과 시험에 통과해 직장에 들어온 사람들의 능력은 오십 보 백 보다. 문제는 사람 됨됨이다. 웬만한 실력 차이는 그 사람의 인성으로 얼마든지 메우고도 남는다. 직장생활을 하면서 가장 무서운 얘기가 바로 '하나를 보면 열을 안다'는 말이다. 이 표현이 무서운 이유는 '첫인상 하나'만 보고 모든 것을 판단하겠다는 의미이기 때문이다. 그래서 '열이 판단되는 하나'를 갖추려는 노력이 무엇보다 중요하다.

이 열이 판단되는 하나 중에 '인사'만 한 것이 없다. 한국 사회에서는 인사가 곧 인성이다. 대상을 막론하고 큰 목소리로 인사하는 사람은 누구에게나 좋은 이미지를 심어준다. 좋은 평판이 좋은 기회를 몰고오는 법이다.

다음은 《리더십》 강의 때 강조하는 일화다. 미국 어느 한 회사의 똑똑한 중역 간부가 본사에 따져 묻는다.

"나는 일도 잘하고 능력도 출중하며 업무 성과도 탁월한데, 왜 임원으로 승진을 안 시켜줍니까?"

본사의 답변은 이랬다.

"맞다! 그러나 당신은 미소도 짓지 않고 유머도 없다. 게다가 청소부나 경비원에게 인사도 하지 않는다. 애석하지만 그래서 임원으로서의 자격이 없다."

리더는 얼마나 높은 지위에 오르느냐보다는 그 지위를 감당할 도덕적 품성과 올바른 인성과 인품을 구비하고 있느냐의 여부가 더 중요하다는 얘기다.

무슨 일을 하든, 어떤 직위에 오르든 결국 인성으로 귀결된다. 먼저 '인품을 갖춘 사람'이 되어야 한다. 우리 사회를 책임질 젊은이들이 올바른 품성을 겸비한 인격체로, 훌륭한 리더로 성장할 수 있도록 인사 습관을 생활화했으면 한다.

하기 싫은 일이
사람을 키운다

세상의 모든 부모들은 자녀의 성공을 간절히 바란다. 그러나 성공을 위해선 당장은 힘들고 하기 싫은 과정도 반드시 거쳐야 한다. 이러함에도 대개의 경우 부모들은 애처롭고 안타까운 마음에 아이의 장래를 위한 동기부여를 차마 결행하지 못하는 게 현실이다.

많은 경우 하기 싫어서, 어려워서 또는 의욕이 나지 않아서 할 일을 미루는 사람들이 많다. 그러나 의욕이 없어서 시작하지 못하는 게 아니라 시작하지 않기 때문에 의욕이 생기지 않는 것이다. 입맛이 없어도 한 술 뜨다 보면 입맛이 돌고, 산책하기 싫어도 일단 나서면 나오기를 잘했다는 생각이 드는 법이다. 몸이 천근만근 무거워 일어나기 싫을 때도 벌떡 일어나서 움직이면 언제 그랬냐는 듯 일상생활이 가능해진다는 사실을 우리는 잘 알고 있다.

어떻게 이런 일이 가능할까? 의욕이 있건 없건 어떤 일을 시작하면 우리 뇌의 측좌핵 부위가 흥분하기 시작해 점점 더 그 일에 몰두할 수 있게 의욕을 만들어주기 때문이다.

우리의 몸과 마음은 일단 발동이 걸리면 자동으로 작동되는 기계처럼 바뀐다. 그래서 하기 싫은 일도 일단 시작하면 그것이 계기가 되어 계속하게 된다. 이런 현상이 바로 심리학에서 말하는 '작동 흥분 이론work excitement theory'이다. '일체유심조一體唯心造'도 맞지만, '일체유행조一體唯行造'라는 말도 틀리지 않다. 생각도 중요하지만 행동도 못지 않게 필요하다.

윌리엄 글래드스턴은 총리를 네 번이나 역임했던 영국의 정치가다. 대학시절 그는 수학이 너무 싫어서 아버지한테 편지를 쓴다.

"수학을 안 배우는 학교로 편입하고 싶어요."

그러자 아버지가 답장을 한다.

"필요도 없어 보이고, 잘 하지도 못하는 수학이 싫다는 말은 알겠다. 그러나 앞으로 살면서 힘든 일, 싫은 일에 맞서야 할 때가 숱할 텐데 미리 연습하는 셈 쳐보렴."

한편으론 하고 싶은 일을 하며 살라고도 한다. 자주 듣는 말이지만 현실은 사뭇 다르다. 하기 싫은 일을 어떻게 참아내느냐! 대다수 인생의 승부는 여기서 갈리게 된다.

인간의 행동이란 관성의 법칙에 따라 일단 착수해 발동이 걸리면 멈추기가 어려운 법이다. 하다보니까 덩달아 재미도 붙고 의욕도 높아지는 선순환이 이뤄진다. 자녀 자신의 미래를 위해 꼭 해야 할 일인데도 차마 말이 떨어지지 않을 때는 윌리엄 글래드스턴의 아버지가 가르쳐준 교훈을 상기하자. 그리하여 자녀들이 미래의 삶을 예행 연습 하는 셈치고 장래를 위해 참고 견뎌내도록 따뜻한 독려를 아끼지 말자.

하기 싫어도 꼭 해야만 하는 일은, '지금 아니면 영원히 못할 수도 있다'는 사실과 더불어 '어떤 형태로든 향후 인생의 세파를 헤쳐나 갈 소중한 자산인 자양분이 된다'는 점을 기억하자. 자녀가 건전한 성인으로 자립할 수 있는 능력을 갖추도록 '브레이크 없는 애정 일변 도'에서 벗어나 엄격하면서도 차가운 사랑 또한 필요하다.

어미 곰이
자식을 버리는 이유

졸업 시즌을 맞이하면 젊은이들은 사회로 진출하고, 아이들과 학생들은 입학과 새학기를 맞게 된다.

미국의 커뮤니케이션 이론가인 폴 스톨츠 박사에 따르면 인생을 살아가는 데는 필요한 3가지 지수, 즉 지능지수IQ, 감성지수EQ 그리고 역경지수AQ, Adversity Quotient가 있는 바, 결국은 역경지수가 높은 사람이 성공하는 시대가 올 것이라 한다. 그만큼 세상살이가 힘겨워지기 때문이다. 많은 전문가들 또한 앞으로는 힐링을 넘어 멘탈 헬스, 즉 정신 건강이 강조될 것으로 예견한다.

역사와 자연은 무엇을 말해주고 있으며, 장래에 수많은 역경과 마주하고 어쩌면 자양분 삼아 살아가야 할 세대들은 역경을 어떻게 바라보아야 할지를 생각해보자.

인류 문명의 발원도 척박한 환경을 극복하는 데서 시작되었다. 이집트와 황허 그리고 메소포타미아 등 고대문명과 위대한 사상은 거친 환경과의 혹독한 싸움의 산물이다. 척박한 자연환경이 있었기에 도전과 응전이 있었고, 성공적인 응전의 결과 문명이 진화된 것이다. 또 자연환경이 좋은 지역에서 주요 종교가 발생한 적이 없다. 인류의 3대 종교인 기독교, 불교, 이슬람교 모두 가혹한 환경의 산물이다.

스웨덴 발렌베리 가문은 가족기업의 한계를 극복하고 5대째 지속적인 성장을 하고 있는 것으로 유명하다. 그 비결 중 눈여겨볼 대목이 있다. 바로 후계자 후보가 갖춰야 할 자격이다. 이 가문은 아들에게 몇 가지를 필수적으로 이수하도록 한다. 부모 도움 없이 대학을 마치고 혼자 해외유학을 다녀올 것, 해군 장교 복무를 정상적으로 마칠 것 등이다. 즉, 자녀에게 직접적으로 결핍을 경험하게 해줄 수는 없으니 결핍을 배우는 시스템을 물려준 것이다.

동물의 세계에서는 역경을 극복하는 훈련이 거의 생존과 직결되기 때문에 더 가혹하다. 곰의 모성애는 인간보다 더 깊고 따뜻한 것으로 알려져 있다. 그러나 어린 곰이 두 살쯤 되면 어미 곰은 새끼를 데리고 평소에 눈여겨보았던 산딸기가 있는 먼 숲으로 간다. 어린 새끼가 산딸기를 따 먹느라 잠시 어미 곰을 잊어버린 틈을 타 어미 곰은 몰래 새끼 곰의 곁을 떠난다.

그렇게 애지중지 침까지 발라가며 기르던 새끼를 왜 홀로 내버려두고 매정히 떠날까? 그 이유는 새끼가 혼자서 살아가도록 하기 위함이다. 새끼 곰을 껴안는 것이 사랑이듯이, 어린 자식을 홀로 버리는 것 역시 어미 곰의 또 다른 사랑인 것이다. 비록 눈물이 나더라도 뒤돌아보지 않는 얼음장 같이 냉정한 어미 곰의 새끼 사랑에서 우리 인간도 인생을 볼 줄 알아야 한다.

이성이 없는 식물도 예외는 아니다. 프랑스의 한 마을에서는 좋은 포도주를 생산하기 위해 포도나무를 심을 때 일부러 좋은 땅에 심지 않는다고 한다. 좋은 땅에 심으면 쉽게 자라서 탐스런 포도가 열리긴 하지만 뿌리를 깊이 내리지 않아 땅거죽의 오염된 물을 흡수하기 때문에 품질이 떨어진다고 생각하는 까닭이다. 아름다운 꽃 역시 힘들고 어려운 곳에서 피는 꽃일수록 더욱 향기가 짙다. 좌절과 시련 없는 인생은 향기 없는 꽃과도 같다.

다른 사람의 힘으로 이뤄진 성공은 시련과 역경을 경험하지 않아 좌절도 빠르고 쉽게 허물어지게 마련이다. '역경'을 거꾸로 읽으면 '경력'이 된다. 역경은 최종 결론이 아니다. 역경은 미래의 건강한 삶을 위한 예방주사다. 한두 번의 실패에 휘둘려 좌절하거나 포기해서는 안 된다.

역경의 한가운데에는 기회의 섬이 있다. 역경은 결코 장애물이 아닌 정신근력과 면역력을 강화시키는 밑거름이자 자양분이며 디딤돌이다. 예비 어른인 자녀들이 역경의 참뜻을 깨닫고 스스로 험난한 세상을 슬기롭게 헤쳐나갈 수 있도록 부모들의 현명한 자녀교육이 필요하다.

1등만이
성공은 아니다

우리나라의 학부모와 수험생은 대학수학능력시험 점수를 마치 인생 전체의 성패를 판가름하는 잣대로 판단하는 경향이 유독 강하다.

그러나 수능시험 결과로 인생을 섣불리 가늠하지는 말았으면 한다. 수험생 중 일부는 자신의 노력에 상응하는 결과를 얻지 못할 수도 있다. 시험 준비에 투자한 노력과 기대가 큰 수험생일수록 결과에 대한 실망과 낙담이 클 것이다. 심한 경우 마치 인생의 전부가 끝난 것 같은 참담한 생각이 들 수도 있다. 그러나 인생을 더 길고 넓게 보라고 권하고 싶다.

인생이라는 경주는 현재 빨리 달린다고 해서 목적지에 먼저 도착하는 단거리 경주가 아니다. 인생은 100미터 경주가 아니라 쉼 없이 자신과 싸우는 마라톤 같은 것이다. 마라톤에서는 초반 1등이 페이스조절 실패로 처지는 경우가 많은데, 이 경우 1등은 2위권 선수들의 페이스메이커인 셈이다.

생명 탄생의 비밀에도 교훈이 있다. 임신 과정에서 난자에 1등으로 도달한 정자가 난자와 수정이 되는 것이 아니고, 사실 1등으로 도달한 정자는 난자를 둘러싼 난구세포를 없애는 과정에서 죽고 2등으로 도착한 정자가 난자와 수정이 되는 것이다. 지금 눈앞의 결과에 얽매여 낙담하거나 체념하지 말자.

인생의 승부는 과정에 숨어 있다. 2014년 노벨물리학상을 수상한 일본의 나카무라 슈지를 보자. 그는 극히 평범한 스펙으로 세계 최고가 된 사람이다. 지방대를 졸업하고 작은 중소기업의 샐러리맨 연구원으로 일하면서 10년간은 매출을 전혀 올리지 못했다. 500번의 수많은 실패에도 그는 부단한 끈기와 지독한 실행력으로 꿈을 현실로 만들었다. 결국 꾸준한 노력이 재능이고 성공에 이르는 첩경임을 입증해보였다.

수험생들이여, 지금 좀 뒤쳐졌다고 의기소침하거나 포기하지는 말자. 현실을 책임감 있게 받아들이고 실수를 디딤돌 삼아 도약을 위한 값진 교훈으로 삼자.

한 차례의 실패를 최후의 패배로 오인하고 좌절하지 않았으면 한다. 결국 성공의 갈림길은 목표의 발견에 있다. 자신의 소질과 적성을 찾아내어 갈고닦아 예리한 검을 만들어야 한다.

행복을 향한 인생길에서 성취를 위해 비장의 무기 하나쯤은 마련해 놓자. 목표를 향해 긴장의 끈을 놓지 말고 노력하는 자세가 중요하다. 1등이 아니라 끝까지 해내는 사람이 성공하는 사람이다. 조금은 멀리 돌아가도 그 여정을 즐길 수 있는 자가 성공한다.

좌절하지 않고 목표를 향해 뚜벅뚜벅 걸어가는 성실함, 그 성실함 속에 인간을 향한 신의 한 수가 숨어 있다. 내가 타인이 아니듯 남도 내가 아니다. 남과 비교하지 말고 자신의 과거와 현재로 나만의 미래를 개척하고 거기서 행복을 누리고 성공을 수확하자.

묻고 묻고
또 묻고

세상의 모든 부모들은 아이들이 인생에서 성공하기를 간절히 바란다. 그렇다면 누구나 소망하는 성공은 어떻게 가능할까? 그 실마리를 유태인의 교육법에서 찾아보자.

전 세계 인구의 0.2퍼센트에 불과하지만 역대 노벨상 수상자의 26퍼센트, 노벨과학상 수상자의 60퍼센트를 배출한 민족이 바로 유태인이다. 유태인들이 노벨상을 많이 수상한 이유는 두 가지다.

첫째, 어려서부터 가정에서 부모에게 끊임없이 질문하고 대화를 많이 한다는 점이다. 어른이 생각했을 때 '쓸데없는 것'이라고 판단되는 게 있을 수도 있고, 그 궁금증이 지나쳐서 짜증이 날 만도 한데 바쁜 와중에도 아이가 질문하면 하던 일을 멈추고 눈을 맞추며 인내심을 갖고 대화를 한다. '엄마 지금 바쁘잖아, 좀 조용히 하고 기다려!'라는 말은 유태인 가정에서 절대 들을 수 없다고 한다.

둘째, 학교에서도 질문을 많이 하라고 장려한다는 점이다. 많은 유태인 가정에서는 아이가 학교에서 돌아오면 늘 '오늘 공부 시간에는 선생님에게 무슨 질문을 했니?' 라고 묻는다.

'질문하지 않으면 유태인이 아니다' 라는 속담처럼, 그들이 노벨상을 휩쓰는 이유가 항상 궁금증을 가지고 질문하기 때문이라는 노르웨이 출신 노벨 물리학자 이바르 예이버Ivar Giaever 교수의 말이 본질을 꿰뚫는 명답이다.

그런데 한국의 어머니라면 어떻게 했을까? 막연하게 '학교에서 공부 잘했니?', '선생님 말씀 잘 들었어?' 라고 물을 것이다. 우리는 선생님이든 부모님이든 아이의 질문을 귀찮게 여기는 경우가 많다. '선생님 말씀 잘 들었느냐?' 는 말은 남들이 만들어놓은 지식과 해답을 꼬박꼬박 외우고 잘 따라했는지를 확인하는 물음에 다름 아니다.

그러나 우리라고 질문의 중요성을 모를 리 없다. 추사 김정희 선생은 제주도 유배 시절, 대정향교의 유생 공부방인 동재에 '의문당疑問堂' 이라는 현판을 써줬다. 스승의 말을 듣고 그냥 따르는 것이 아니라 항상 마음속에 의문을 품으며 학문에 정진하라는 가르침이다.

누구나 어렸을 때에는 어른들에게 많은 질문을 했다. 꼬치꼬치 캐묻다가 야단도 맞았다. 그런데 학교에 가면 묻는 것은 선생님 몫이고, 아이들은 대답만 해야 한다.

주눅이 든 아이들은 질문하는 버릇을 점차 잃게 된다. 더 묻지 않아도 살아가는 데 큰 어려움이나 불편을 느끼지 못하면서 차츰 어른이 된다. 아무것도 모르는데 남들이 다 알고 있는 것 같으니까 자기도 안다고 여기면서 나이를 먹어가는 것이다.

이제 우리도 유태인의 노벨상 수상을 부러워만 할 일이 아니다. 교훈으로 삼아 생활 속에서 실천해야 한다. 먼저 아이들에게 질문하는 습관을 길러주고 인내하며 대화하자. 질문은 뇌세포를 자극해 창의성을 샘솟게 한다. 만일 누군가에게 어떤 방법을 가르쳐주면 한 가지 문제밖에 해결할 수 없지만, 창의적으로 스스로 해결책을 찾는 법을 가르쳐주면 계속해서 기억하고 활용할 수 있다.

더불어 자녀의 질문을 칭찬하고 격려하자. 아이들이 귀찮게 질문한다고 나무라는 것은 잘못이다. 그것은 마치 숨을 쉬거나 생각을 한다고 나무라는 것과 마찬가지다.

질문을 하고 남과 다른 생각을 하는 자녀를 칭찬하고 격려하는 것이 창의적인 인물로 키우는 방법이고 성공으로 인도하는 길이다. 이런 문화가 생활화되어 결국 습관이 된다면 머지않아 우리도 노벨상 수상자를 연이어 배출하리라 확신한다.

아이를 '모험생'으로 키우자

자식 교육에 관한 한 한국인의 열성은 무릇 세계 최고 수준이다. 비록 자신은 크게 성공했더라도 자식이 잘못되면 실패한 인생으로 생각한다. 그러다 보니 조급한 부모들은 자녀들을 어려서부터 사교육을 통한 선행학습과 정답을 외우는 주입식 교육에 몰두시키는 것이 현실이다. 부모의 꿈이 자녀의 꿈으로 전도되어 사실상 나의 화신으로 만들어가는 것이다.

일찍이 실학자 이덕무는 낙상 매에 대해 이렇게 적고 있다.

"어미 매는 새끼 매를 먹일 때 높은 하늘에 떠 먹이를 떨어뜨린다. 물론 그 먹이가 새끼들 바로 위로 떨어지리라는 보장은 없다. 따라서 새끼들은 그 먹이를 차지하려고 위험을 무릅쓰며 갖은 모험을 한다. 그러다가 절벽의 둥지에서 떨어져 다리가 부러지는 놈도 생긴다.

어미 매가 노리는 것은 바로 이 먹이를 취하려다가 실패해 다리를 다친 낙상 매인 것이다. 새끼 때 낙상을 한 매가 그 결함이나 열등의 보상으로 별나게 사납고 억센 매가 된다는 것을 어미 매들은 경험으로 잘 알고 있기 때문이다. 강한 매로 키우기 위해 새끼를 죽음의 위험에 내던지는 어미의 지혜가 돋보인다."

똑같은 상추 한 포기도 제철에 제대로 재배된 것과 철을 거슬러 속성으로 비닐하우스에서 기른 것은 영양성분에서 20배가량 차이가 난다. 비닐하우스를 한 겹 두르면 태양에너지의 광합성 작용이 30퍼센트 감소하고 두 겹을 두르면 그 배인 60퍼센트로 광합성 작용의 효과가 떨어지기 때문이다. 식물도 악조건에서 자란 식물이 강하고 건강에도 좋다. 어떠한 토양과 기후에서 얼마만큼의 일조량을 받고 자랐는가에 따라 품질과 가격이 천차만별인 것이다. 비닐을 덮어 햇빛을 차단하고 기른 야채는 모양은 곱지만 질은 형편없는 삼류 야채일 뿐이다.

이런 법칙은 우리 인간에게도 그대로 적용되는 것 같다. 상식과는 달리 유복함이 곧 성공의 필수조건은 아니라고 한다. 세계적인 인물 중 15퍼센트만이 유복하고 평온한 가정 출신이고, 저명인사 중 4분의 3 이상이 어린 시절 정신적·물질적·관계적으로 고난을 겪었다는 통계가 있다. 세계적인 인물로 성장하는 데는 역경이나 곤경을 어떻게 극복했는가 하는 경험이 가장 중요한 자양분이 된다는 방증이다.

모험심을 발휘했을 때의 장점은 무엇일까?
먼저 모험심은 창의적인 상상력을 키워 아이들이 더 넓은 세계를 꿈꾸게 한다.

둘째, 스스로 혼자 살아갈 수 있는 자립능력을 길러준다.

셋째, 새로운 것을 두려워하지 않게 만든다.

넷째, 위험한 상황에 대처할 수 있도록 한다.

철학자 니체는 말했다.

"모든 것의 시작은 위험하다. 그러나 무엇을 막론하고 시작하지 않으면 아무것도 시작되지 않는다."

닐 암스트롱은 "달에 첫발을 내딛다가 그대로 먼지 속으로 쑥 빠져버리지는 않을까 조마조마했다"라고 회고한 바 있다. 미지의 세계에 첫발을 내딛기가 두려웠던 것이다. 비록 부모의 입장에서 조바심이 앞서겠지만 오늘 작은 모험의 발걸음이 우리 아이들에게는 위대한 도전의 첫걸음이 될 수 있다.

아이들이 모험심을 키우는 과정에서 비록 실패도 경험하겠지만 분명 실패는 아이들을 더 크게 성장시킬 것이다. 중요한 것은 실패를 안 하는 것이 아니라 실패를 딛고 다시 일어설 수 있는 용기를 갖는 것이다. 광야로 내보낸 자식은 콩나무로 성장하지만 온실에서 고이 키운 자식은 콩나물이 될 뿐이다. 아이들과 함께 야외로 나가 자연이 가르쳐주는 호기심과 모험심의 값진 선물을 안겨줄 일이다.

"뜨거운 가마 속에서 구워낸 도자기는 결코 빛이 바래는 일이 없다." 독일의 철학자 쿠노 피셔의 말이다.

결국 책 든
손이 이긴다

개인과 가문의 미래를 결정짓는 중요한 요소 중 하나는 독서다. 《명심보감》은 '황금이 바구니에 가득 차 있다 해도 자식에게 경서經書 하나를 가르치는 것만 못하고, 독서는 집안을 일으키는 근본' 이라 했다. 실학자 정약용은 20여 년의 귀양살이 중 두 아들에게 보낸 편지에서 "몰락한 집안을 다시 일으켜 세움에 있어 가장 떳떳하고 깨끗한 일이 독서를 열심히 하는 것" 이라고 말했다. 또한 조선조 문곡 김수항의 집안은 4대가 연거푸 사약이나 형벌로 세상을 하직하는 모진 시련과 곤경을 겪으면서도 글 읽기를 게을리하지 않아 명문의 영예를 자랑스럽게 지켜냈다.

그렇다면 자녀들이 독서를 습관화할 수 있는 좋은 방법은 무엇일까? 바로 부모가 먼저 모범적인 독서 모델이 되는 것이다. 유태인으로는 최초로 미국 국무장관에까지 오른 헨리 키신저는 어렸을 때부터 아버지의 책 읽는 모습을 흉내 내면서 공부를 했다고 한다. 화려한 키신저 외교의 이면에는 이때 터득한 19세기 유럽 외교사에 대한 깊고도 넓은 지식이 있었던 것이다.

미국 시애틀 워싱턴 호숫가에는 빌 게이츠의 저택이 있다. 이 집에는 무려 1만4,000여 권의 장서를 보유한 개인도서관이 따로 있는 것으로 유명하다. 게이츠는 "부모님은 항상 내가 책을 많이 읽고 다양한 주제에 대해 생각하도록 격려하셨다. 우리는 책에 관한 것부터 정치까지 모든 주제에 대해 토론했다"라고 회상한다. 부모의 독서 습관이 IT 황제를 만들어낸 것이다.

책을 읽는 리더reader는 세상을 이끄는 리더leader가 된다. 알렉산더와 나폴레옹, 그리고 조조는 전쟁터의 말 위에서도 책을 읽었다. 그들이 세계를 지배하고 호령할 수 있었던 저력도 독서에서 나온 지략인 것이다.

결국 책을 든 손이 이긴다. 성공은 책을 읽는 순간 시작된다. '손에서 책을 놓지 않아야手不釋卷 개인과 가문이 흥한다'는 동서고금의 진리를 다시금 되새기자.

참을성이
왕도다

미국 아이비리그의 대학에서 유학생을 면접할 때면 꼭 살펴보는 세 가지가 있다고 한다. 첫째는 실력, 둘째는 비전, 셋째는 참을성이다. 첫 번째와 두 번째 항목은 이해가 되지만, 세 번째 항목만큼은 우리로선 선뜻 이해가 안 되는 조금은 특이한 선정기준이다.

참을성을 실력과 비전 못지않게 인재들의 중요한 덕목으로 꼽는 이유는 대체 뭘까? 견디지 못하면 성과나 결과물을 얻을 수 없기 때문이다. 실력과 비전도 있어야 하지만 그 모든 것 뒤에는 인내가 반드시 있어야 하는 이유다.

대부분의 사람들이 '이 정도면 됐지!'에서 멈춰버린다. '끝장을 보자'는 독한 뚝심이 필요한 순간 지쳐 나가떨어지는 것이다. 그 순간의 고비만 넘으면 더 나은 결과를 얻을 수 있는데도 말이다.

물리학자 뉴턴은 미적분을 발견했다고 하는 대수학자이면서 엄청난 천재성을 지닌 사람이었다. 그런 그도 중학교 때까지는 수학을 잘

몰랐지만, 어느 날 굳은 결심을 하고 그 유명한 데카르트의 기하학 공부를 시작한다. 그러나 책장은 좀처럼 잘 넘어가지 않았다. 대체 이게 무슨 말인지, 두 세장을 넘길 때마다 도무지 이해가 되지 않는 말들이 튀어나오니 아마도 미칠 지경이었을 것이다.

그런데 바로 이때 뉴턴의 위대함이 발휘된다. '이해가 안 되면, 맨 앞으로', '모르겠다면 처음부터 다시!'

이렇게 참고 또 참으면서 느리지만 끝까지 뉴턴은 꾹 참고 버텨낸 것이다.

글쓰기와 공부도 예외는 아니다. 어떤 사람이 구양수歐陽修에게 글 짓는 법을 물었다. 이에 구양수가 답했다.

"다른 방법은 없다네. 오직 부지런히 책을 읽고 많이 써보아야 하네."

공부에 왕도王道는 없다고 모두들 말은 하지만, 왕도에 대한 미련은 아무도 못 버린다.

공부에는 특별한 요령이 있을 수 없다. 우회로가 없다. 지름길 또한 존재하지 않는다. 그저 단순 무식한 노력만 있을 뿐이다. 엉덩이가 무거워야 한다는 얘기다. 건성건성 대충 잔꾀만 부리면 잠깐의 효과밖에는 거둘 것이 없다. 책을 외우려면 밥 먹고 숨 쉬듯이 읽는 수밖에 없다. 시험 보려고 급히 외운 것은 시험만 끝나면 금세 잊는다. 아니, 시험 시간에 조차 생각이 안 나는 경우가 더 많다.

한 남자가 저잣거리에서 벼룩 잡는 비방을 팔고 있었다. 지나가던 사람이 돈을 내고 비방을 샀다. 그런데 집으로 돌아와 비법이 적힌 종이를 펼쳐보니 그 안에 '근착勤捉', 즉 '부지런히 잡아라' 는 두 글자만 적혀 있었다. 언뜻 보면 평범한 듯싶지만, 실제로 빠르고 정확한 효과를 낼 수 있는 방법이다. 이처럼 인생의 진리는 지극히 평범한 것 속에 숨어 있다. 묘책은 달리 없다. 요령 또한 통하지 않는다. 비록 더디지만 오직 포기하지 않고, 꾸준한 노력만이 있을 뿐이다.

세상에 공짜로, 저절로, 하루아침에 갑자기 이루어지는 일은 결코 없다는 사실을 다시 한 번 명심하자. 인생의 계단에는 엘리베이터가 없다. 다만 서두르지 않고 포기하지 않으면서 한 걸음 한 걸음 밟아가는 부단한 노력의 층계만 존재할 뿐이다.

물론 이 같은 주장은 진부하면서도 상투적인 말임에 틀림없다. 너무 혼한 말이라서 흘러버리기 십상이다. 그러나 어쩌겠는가? 가장 흔하고 평범한 것이 최고로 중요한 것을. 인생의 대부분의 해답은 이처럼 진부하고 상투적인 것들에 달려 있고 여전히 유효하다.

무한불성無汗不成이라 했다. 땀 흘리지 않으면 아무것도 이룰 수 없다. 영어로 하면 'No pain, no gain' 이다. 고통 없이는 얻는 것도 없다. 마치 시루 속 콩나물이 자라지 않을 것 같지만 하루하루 조금씩 물을 흡수하여 쑥쑥 자라듯, 무슨 일이든 매일 매일의 자그마하지만 독한 참을성과 꾸준한 노력이 모이고 쌓여야만 이루어진다는 삶의 철칙을 되새겨야 한다.

부자 삼대가
어려운 까닭

예나 지금이나 사람들은 이른바 '금수저'를 마냥 부러워한다. 그러나 인류 역사를 돌이켜보면 자식에게 물려준 과도한 유산이 오히려 자식을 망치는 독이 된다는 사실을 알 수 있다.

'부자 3대 못 간다'는 속담은 비단 우리나라에만 있는 것은 아니다. 표현은 다르지만 세계 모든 언어권에 같은 의미의 속담이 존재한다. 중국에도 '부불삼세富不三世'라는 격언이 있다.

미국에는 "셔츠 바람으로 시작해서 3대 만에 셔츠 바람으로"라는 속담이 있다. 1세대는 외투조차 못 입을 만큼 가난한 형편에서 시작해 혼신의 노력으로 부를 이루지만 결국 3대째에 이르면 부를 잃고 다시 가난했던 시절로 돌아간다는 의미다.

독일에도 "아버지는 재산을 모으고, 아들은 탕진하고, 손자는 파산한다"는 속담이 있다. 실제 연구에 따르면 3대까지 부자를 유지하는 비율은 고작 10퍼센트 정도밖에 되지 않는다고 하니 이러한 속담들이 결코 우연만은 아니다.

장수기업 연구의 대가인 제임스 휴즈James Hughes Jr.는 부자가 3대를 못 가는 매커니즘을 이렇게 설명한다.

공교육도 제대로 받지 못하고 힘든 일만 하면서 살았던 첫째 세대가 고생을 해서 마침내 큰 재산을 모은다. 둘째 세대는 대학을 나와 유행하는 비싼 옷을 입고 도시 아파트에 살면서 시골 부동산에 투자도 해 이윽고 상류사회로 진입한다. 그러나 셋째 세대는 어릴 때부터 사치스럽게 자라서 일도 거의 하지 않고 돈만 물 쓰듯 하다가 끝내 물려받은 재산을 날려버리고 만다. 그 결과 다시 허리띠를 졸라매게 된다는 것이다.

즉 1단계는 재산 형성기이고 2단계는 안정 또는 현상 유지기, 3단계는 탕진기라 요약할 수 있다. 이런 '3세대 함정'에서 벗어날 수 있는 방법은 없을까?

먼저 자녀에게 물질적 유산을 많이 물려주는 것보다 훨씬 값진 정신적 유산을 물려주자. 돈은 다 쓰면 결국 소멸하지만, 좋은 교육은 아무리 사용해도 닳지 않는 무한의 유산이기 때문이다. 돈을 많이 가지고 있으면 자연히 유혹이 많아지고 그만큼 그릇된 유혹에 빠질 가능성도 높아지게 마련이다.

또한 적절한 결핍을 경험하도록 만들어주자. 중국 송宋나라 때 학자 정이는 누구나 행복이라고 생각하는 것이 오히려 불행일 수 있다며 인간의 세 가지 불행을 지적한다. 그 중 두 번째 불행은 부모를 너무 잘 만나는 석부형제지세席父兄弟之勢다. 위세가 대단한 부모형제를 만나서 그 권세를 끼고 사는 경우 오히려 인생이 불행해질 수 있다는 것이다.

나아가 자녀가 역경을 스스로 극복할 수 있도록 자립심을 길러주자. 옛날 조선에는 개성상인이, 일본에는 교토상인이 있었다. 그들은 대를 이어야 하는 아들을 가장 먼 곳에 있는 거래처에 보내면서 '보수는 없어도 좋으니 밥만 먹이고 죽도록 일을 시키라' 고 특별히 부탁했다' 고 한다. 밑바닥을 알고, 혼자 일어설 수 있어야 자신이 일궈온 장사를 망가트리지 않고 이어갈 수 있는 까닭이다.

자녀들이 3세대 불행에서 벗어날 수 있도록 선인들의 지혜를 타산지석으로 삼을 일이다.

치열해야
노력이다

어릴 적 영재, 신동 또는 천재 소리를 듣던 사람들이 어른이 되면 왜 천재성이 사라져버리는 걸까? '매우 똑똑하다', '커서 반드시 성공할 것'이라는 칭찬을 듣다 보니 나름 자만하여 열심히 노력하지 않았고 결국 인생을 그르친 것이다. 어린 시절의 재능과 이후의 성공 간에는 아무런 연관성이 없다고 한다. 천재성을 유지하려면 반드시 치열한 노력을 해야 한다는 것이다.

시선詩仙 이태백이 양쯔강 중류에 위치한 둘레가 800리나 된다는 동정호洞廷湖에 배를 띄워놓고 빼어난 경치에서 시를 짓곤 했던 때의 일이다. 어느 날 어릴 적 동문수학했던 친구가 멀리서 찾아왔다. 배에 막 오른 친구의 눈에 뭔가 끄적거리는 이태백의 모습이 들어왔다. 친구는 이태백이 방금 시 한 수 끝냈음을 알았다. 스윽 훑어보는데도 감탄이 절로 나는 시구였다. 놀란 친구가 물었다.

"이거 지금 완성한 건가?"

"그렇다네."

"놀랍네. 꽤 공을 들인 것 같은데 얼마나 걸렸는가?"

"뭐, 얼마나 걸리긴. 아까 아침나절 문득 시상이 떠오르길래 그냥 한 번 적어본 걸세."

이태백은 겸연쩍은 듯 "요즘 바람이 좋은데, 여기 왔으니 바람이나 쐬지"라며 뱃전으로 나갔다.

"응, 그러세."

말은 그렇게 했지만 친구의 눈길은 앉은뱅이책상 위에 놓인 시구를 다시 훑고 있었다. 도대체 이런 훌륭한 시를 어떻게 일필휘지할 수 있을까? 절로 감탄이 나오는 구절들이었다.

다른 한편으론 자신이 한탄스러웠다. 어릴 적 똑같이 동문수학했는데 하늘은 어찌 이태백에게만 저리도 뛰어난 재능을 주었는지 원망스러울 지경이었다.

그렇게 한숨을 쉬고 있을 때, 갑자기 돌풍이 휙 불었다. 그 바람에 이태백이 앉아 있던 방석이 훌러덩 날아갔다. 그런데 그 순간 친구는 예상치 못한 광경을 보고 말았다. 방석이 뒤집어지면서 100여 장은 족히 넘을 듯한 파지破紙가 어지럽게 흩날렸다.

파지에는 방금 그 시에 들어 있던, 완성되지 못한 시구가 어지럽게 적혀 있었다. 이태백이 '문득 떠오른 것을 그냥 한 번 적어 봤다'라고 했지만 실은 피나는 공을 들인 인고의 작품이었던 것이다.

성공한 사람들은 범인凡人들이 하나를 할 때 둘을, 둘을 할 땐 넷

이상을 하는 것이다. 그것도 매일 그리고 끊임없이, 그냥 노력이 아닌 더 많은 고뇌와 치열한 노력을 한 덕분일 뿐이다.

섹시 심벌로 유명한 마릴린 먼로는 원래부터 그렇게 태어났을까? 아니라고 한다. 그녀는 화장술에 관한 한 누구보다 전문가였다. 몇 년 동안 화장하는 법을 연구했고 수많은 시행착오를 거쳐 자신을 매력 있게 보이는 방법을 터득했다. 그녀의 매력은 거울 앞에서 몇 시간씩 노력한 끝에 만들어진 것이다. 재능도 좋지만 치열한 노력이 성공인을 만든다.

미국 밴더빌트 대학의 교육심리학 교수들이 미국의 수학 영재 5천여 명을 40년 가까이 추적한 연구 보고서에 따르면, 33세 정도에 뛰어난 업적을 이룬 영재들의 하루 일과는 대부분 일주일에 65시간 이상을 연구와 일에 쏟아부었다. 65시간이면 일요일을 제외하고 매일 11시간 정도를 연구 등의 일에 몰두하여 매진한 것이다. 누가? 천재들이 말이다. 천재들도 이토록 노력할진데, 평범한 우리는 과연 어느 정도로 노력하고 있는지 자문해볼 일이다.

우리가 성공의 반열에 오르려면 얼마만큼 치열하게 노력해야 하는지는 자명하다. 늦었다고 생각할 때 새롭게 시작하는 방법은 달리 없다. 성공의 비결과 진리는 가까이에 있다. 오직 치열하고 처절하게 노력하는 사람만이 성공한다. 노력하는 과정은 고되기에 아름답지 못하다. 그러나 노력의 결과는 배반하지 않아 아름답다.

도끼를 갈아서
바늘을 만든다

중국 당나라 시절 두보杜甫와 함께 쌍벽을 이룬 이태백李太白은 시선詩仙으로 불린다. 시에 관한 한 신선의 경지에 이르렀다는 뜻이다. 그런 그의 재능은 오직 하늘에서 부여받은 것도 아니고, 타고난 것만도 아닌 듯하다. 그가 빚어낸 시는 엄청난 노력과 부단한 수련의 결과다.

《당서》에 실려 있는 '마부작침磨斧作針', 도끼를 갈아서 바늘을 만든다는 고사는 이렇다.

이태백이 상의산에서 계속되는 공부에 염증을 느껴 그만 하산을 한다. 한참을 산에서 내려오다 한 노파가 냇가에서 도끼를 열심히 갈고 있는 모습을 보았다. 이태백이 궁금해서 물었다.

"할머니, 대체 무얼 하고 계신 건가요?"

그러자 노파는 "도끼를 갈아서 바늘을 만들고 있지요"라고 답했다. 이 말을 듣고 기가 막힌 이태백이 "도대체 그 도끼를 갈아서 언제 바늘을 만들려 하십니까?"라며 측은한 듯이 묻자, 노파는 "아무렴, 당연히 되고말고. 하다가 그만두지만 않으면 당연히 되고도 남지"라고 답했다. 노파의 이 말에 부끄러움을 느낀 이태백은 다시 산으로 돌아갔다.

진정한 경지에 이르기 위해서는 반드시 뼈를 깎는 노력이 먼저 뒷받침되어야 한다. 모든 실패의 원인은 단순히 능력의 문제만이 아니라 중도에 포기하는 나약함 때문일 수 있다. 이태백은 젊은 시절 마부작침의 각오로 공부했기에 최고의 경지에 오를 수 있었던 것이다.

순자荀子 또한 같은 맥락에서 부단한 노력을 강조한다.

"멈추지 않고 새기면 쇠와 바위도 조각할 수 있고, 자르다 멈추면 썩은 나무조차 끊을 수 없다. 반걸음, 반걸음 쉬지 않고 걸어가면 절름발이도 천 리를 갈 수 있고, 한 줌 흙이라도 끊임없이 쌓으면 언덕을 만들 수 있다."

우리가 인생에서 원하는 바가 있다면 그것을 얻기 위한 노력이 필히 뒤따라야 한다. 합당한 노력과 과정도 없이 바라기만 한다면 아무 것도 이룰 수 없다. 또한 간절히 원한다고만 해서 얻을 수 있는 것도 없다. 차근차근 절차를 밟아 충실하게 노력하는 게 중요하다. 이처럼 작은 노력이라도 하루하루 꾸준히 하면 놀라운 결과를 만들 수 있는 법이다.

《채근담》에도 같은 논지의 주장이 보인다.

"노끈으로 톱질해도 나무를 자를 수 있고, 물방울이 떨어져 돌에 구멍을 낼 수 있다繩鋸木斷 水滴石穿."

노끈과 낙숫물은 비록 미약한 힘이지만 계속하면 위대한 큰일을 할 수 있다. 비록 지금 당장의 결실은 크지 않을지 모르지만, 그 노력이 오랜 시간 쌓이면 엄청난 결과를 만들 수 있는 것이다.

영어 문화권에도 이와 비슷한 '슬라이트 에지Slight Edge' 라는 표현이 있다. 위대한 일을 이룬 사람과 평범한 사람을 나란히 놓고 보았을 때 그 시작 단계에서는 '눈에 보이지 않을 정도의 미세한 차이' 만 있을 뿐이라는 얘기다. 처음 시작할 때는 차이가 미미하지만 시간이 지나 쌓이고 쌓이면 나중에는 까마득히 벌어지고 만다는 것이다.

남보다 조금만 더 잘하기 위해 날마다 작은 노력을 지속적으로 할 수만 있다면, 평범한 사람도 얼마든지 위대한 일을 성취할 수 있다. 많은 위대한 일은 얼마나 큰일을 하느냐에 달려 있는 것이 아니라, 어떤 정신과 자세로 얼마만큼 최선을 다해 끈질기게 노력하느냐로 좌우된다.

우리 자녀들이 조금 늦었다고 속상해하지만은 말자. 체념도 말자. 인생의 성패는 누가 더 빨리 가느냐보다 누가 더 오래 참고 견디느냐로 결정될 수도 있으니 말이다.

쇠붙이와
면도날

많은 이들이 '성공하는 사람은 따로 있다' 라고 생각한다. 성공인이 그 자리에 올라서기까지의 과정은 간과한 채, 그들의 재능은 타고났다며 마냥 부러워한다. 그리고 자기는 그런 재능을 타고나지 못했다며, 세상은 불공평하다고 한탄한다. 게다가 재능이 없다는 이유를 핑계 삼아 변변한 노력도 하지 않는 자신을 정당화하고 합리화한다. 결과적으로 재능이 없음을 재확인하게 된다.

그러나 성공인이 재능을 살리기 위해 얼마나 각고의 노력을 했는지 알게 되면 '성공하는 사람은 따로 있다' 는 말이 쏙 들어갈 것이다. 성공한 사람들은 실패했을 때조차도 쉽게 포기하지 않고 더 많이 노력한다. 성패를 좌우하는 것은 타고난 재능이 아니라 노력이나 방법이라고 믿는다. 그래서 그들은 끊임없이 노력하고, 새로운 해결책을 모색하여 결국은 뭔가를 이루어낸다. 결과적으로 재능을 재차 확인하는 선순환을 만들어간다. "굳은 인내와 노력을 하지 않은 천재는 이 세상에 있었던 적이 없다. 발명의 비결은 부단한 노력에 있다" 라는 아이작 뉴턴의 말은 참으로 타당하다.

〈네이처〉가 선정한 인류 역사상 최고의 천재로, 지능지수가 무려 205 정도로 추정되는 레오나르도 다빈치의 말은 이렇다.

"사용하지 않으면 철이 녹슬듯이, 활동하지 않으면 지성도 쇠퇴한다. 장애나 고뇌는 나를 굴복시킬 수 없다. 모든 것은 분투와 노력에 의해 타파된다. 나는 쇠붙이에 불과했다. 그러나 평생 면도날이 되고자 애썼다."

천재성 이상으로 지독한 노력을 했던 그는 만들어진 천재였던 셈이다.

피카소에 대한 재미있는 일화다. 한 여인이 파리의 카페에 앉아 있는 피카소를 알아보고 그에게 다가와 적절한 대가를 지불할 테니 자신을 그려달라고 부탁했다. 피카소는 몇 분 만에 여인의 모습을 스케치해 주었다. 그리고는 50만 프랑약 8,000만 원을 요구했다.

여자가 놀라서 항의했다.

"아니, 선생님은 그림을 그리는 데 불과 몇 분밖에 걸리지 않았잖아요." 피카소가 대답했다.

"천만에요. 나는 당신을 그리는 데 40년이 걸렸습니다."

자신의 능력이 타고난 천부적 재능이 아니라 오랜 시간 연마한 노력의 산물임을 강조한 것이다.

자신에 대해 찬사를 아끼지 않는 사람들을 향해 미켈란젤로 역시 "내가 지금의 경지에 이르기 위해 얼마나 열심히 일하고 또 노력했는지 사람들이 안다면 내가 하나도 위대해보이지 않을 것이다"라고 말했다. 이처럼 흔히 거장 또는 천재라고 불리는 사람들도 처음부터 재능이 특출 났던 것은 아니다. 그들은 다만 재능을 키우기 위해 보통 사람들과는 다른 목표를 갖고, 차별화된 방식으로 생각하고, 부단한 노력을 했기에 가능했다. 양질전화量質轉化다. 양이 쌓이면 질적인 변화가 일어난다. 양量은 결국 양良이 되는 셈이다. 이는 자연의 법칙이기도 하다.

어느 순간 갑자기 하늘에서 뚝 떨어지는 것은 아무것도 없다. 물이 수중기가 되고, 수중기가 구름으로 변하며, 이 구름이 결국 비가 되어 내린다. 자연현상과 마찬가지로 개인도 빛과 물 그리고 구름이라는 '노력'의 과정이 하나씩 축적되어 '재능'이라는 꽃을 피우고 끝내 결실을 맺는 것이다.

따라서 우리 범인凡人들도 '성공하는 사람은 따로 있다' 면서 쉽게 체념하지 말자. 타고난 재능이 없다고 한탄만 하지도 말자. 재능을 계발할 수 있는 가장 좋은 방법 중 하나는 성공한 사람들이 그것을 이루기까지의 과정을 배워 실천하는 것이다.

성공인이 어떤 생각을 갖고 어느 정도 치열하게 노력했는지를 타산지석으로 삼자. "태양이 도는 것처럼 서두르지 말고 착실히 노력하는 것이 중요하다"라고 괴테는 주장했다. "나는 천재가 아니다. 단지 남보다 더 오래 문제를 붙들고 있을 뿐이다"라는 아인슈타인의 말 또한 명심하고 되새겼으면 한다.

강점에
집중한다

유태인들의 지혜를 담은 책인 《탈무드》에는 '농부와 두 마리 닭'에 관한 이야기가 나온다.

한 농부에게 닭이 두 마리 있었다. 한 마리는 알도 잘 낳고, 매우 건강하게 자랐다. 그러나 다른 한 마리는 이와 대조적으로 늘 비실비실하기만 했다. 알도 제대로 낳지 못했다. 이 때문에 농부는 늘 병약한 그 닭이 마음에 걸렸다. 어떻게 하면 연약한 닭을 튼튼하게 키울 수 있을까를 고민하다, 결국 좋은(?) 아이디어를 생각해낸다.

농부가 찾은 해결책은, 건강한 닭을 잡아 죽을 끓여 병약한 닭에게 먹이기로 한 것이었다. '건강한 닭을 잡아 죽을 끓였단다. 어서 먹고 튼튼하게 자라주렴!' 뭐 이런 계산이었다. 물론 농부의 행동은 어리석고 잘못된 일이다.

어쩌면 우리는 살아가면서 정말 말도 안 되는 실수를 범하고 있을지도 모른다. 다시 말해 자신의 경쟁력을 키우고 핵심에 집중해 강점을 계발한다 하면서도, 자신도 모르게 단점에 신경을 쓰고 약점을 보완하려고만 하고 있는지도 모른다.

유한한 시간과 한정된 역량 하에서 단점을 보완하려다 보면, 결국 장점마저도 잃게 되는 잘못된 결과를 초래할 수밖에 없다. 물론 나의 단점이 나의 강점에 장애물이 되면 안 된다. 단점도 보완해야 되지만, 그것은 단점이 장점을 가로막지 않을 정도면 충분하다. 반대로 나의 강점은 조금만 더 열심히 노력해 개발하면 최상위 수준까지 끌어올릴 수 있다.

안타까운 것은 최근의 획일화된 교육과 사회 분위기 속에서 대부분 사람들이 자신의 강점을 아예 모르거나, 설령 알더라도 계발하지 못하는 경우가 많다는 것이다.

가령 피카소가 공부나 운동을 선택했더라면, 그가 아무리 열심히 노력했어도 그에게 최고의 천재 화가라는 이름이 붙었을까? 또한 달리기에 소질이 없는 아인슈타인이 하루 12시간씩 운동을 열심히 한다고 해서 그가 최고의 100미터 선수가 될 수 있을까? 가까운 실례로, 운동 분야에 소질이 탁월한 김연아, 윤성빈 선수가 운동 대신 공부나 미술을 선택했더라면 세계 최상의 챔피언 자리에 올라설 수 있었을까? 대답은 모두 부정적이다.

이에 대한 피터 드러커의 지적은 적절하다.

"성공한 사람들을 살펴보면, 자신의 약점을 보완해서 그것을 발판으로 성공한 사람은 아무도 없다. 철저하게 자신의 강점을 살리고 계발함으로써 성공한다는 사실을 알아야 한다."

 가령 아이들이 잘 못하는 일이나 단점과 약점은 아무리 노력하고 계발해도, 그것을 최고의 수준으로 끌어올리기는 매우 어렵다. 중요한 것은 최고로 만들어줄 자녀의 장점과 강점을 살리는 일이다. 그들이 즐기고, 하고 싶어하는 소질을 파악해 이를 바탕으로 그들이 잘할 수 있는 강점에 치중해 노력하도록 관심을 갖고 격려하며 물심양면으로 지원을 아끼지 말아야 한다.

약점과 결핍은
발전의 원동력이다

미국의 폴 스톨츠 박사에 따르면 인생을 살아가는 데 필요한 3가지 지수, 즉 지능과 감성 그리고 역경지수가 있는 바, 결국은 역경지수가 높은 사람이 성공하는 시대가 올 것이라 주장한다. 그만큼 세상살이가 갈수록 힘겨워지기 때문이다.

많은 전문가들 역시 앞으로는 멘탈 헬스, 즉 정신 건강이 강조될 것으로 예견한다. 장래에 수많은 시련을 마주하고 어쩌면 그것을 자양분 삼아 살아가야 할 세대들은 역경을 어떻게 바라보고 받아들여야 하는지 자연 생태계와 역사적 교훈을 통해 살펴보자.

외부의 경쟁자 없는 개체는 도태된다. 환경이 좋으면 스스로 도태된다. 천적의 존재도 마찬가지다. 도도새나 남극의 펭귄은 천적이 없는 좋은 자연환경에서 날개가 퇴화되어 날지 못하는 새가 됐다. 펭귄은 아직 살아남았지만 도도새는 그로 인해 멸종되고 말았다. 천적은 생태계의 건강을 위해 꼭 필요한 존재다.

외부의 적은 말하자면 내부적으로 에너지를 응집시키는 역할을 한다. 문명이든, 국가든, 기업이든 외부의 경쟁자가 없는 개체는 자신도 모르는 사이에 도태된다.

식물도 예외는 아니다. 원예사들은 꽃나무를 꺾어 꺾꽂이할 땐 모래밭에 식재한다고 한다. 기름진 땅에 꺾꽂이를 하면 뿌리가 나지 않고 죽어버리기 때문이다. 기름진 땅에서는 영양소의 공급이 풍부해 스스로 뿌리를 내려 살아남으려는 자생능력이 감퇴되고 만다. 그러나 모래판에 꽂으면 영양소의 공급이 부족하기 때문에 스스로 뿌리를 내려 부지런히 영양소를 찾아나선다. 결국 어떤 환경에서든 살아갈 수 있는 식물의 자생력을 촉발시키기 위한 하나의 수단인 것이다.

목숨을 잃지 않고 스스로의 힘으로 살아가려면 이렇게 무언가 부족함이 있을 때 그 노력이 촉발된다. 불행한 환경이 오히려 도전정신을 안겨주는 디딤돌이 되는 것이다.

우리의 역사에서도 훌륭한 교훈을 찾을 수 있다. 조선시대 이조판서 이문원李文源의 세 아들이 가평에서 아버지를 만나러 상경했다. 아버지는 아들들이 말을 타고온 것을 알고 크게 화를 냈다. "아직 젊은데 고작 100여 리 걷는 것이 싫어 말을 타다니, 힘쓰는 것을 이렇듯 싫어해서야 무슨 일을 하겠느냐"는 이유에서였다.

아버지는 세 아들에게 즉시 걸어 가평으로 돌아갔다가 이튿날 다시 도보로 올 것을 명령했다. 그 세 아들 중 한 사람이 이존수李存秀였다. 영의정의 손자요 현임 이조판서의 아들들이 말 타고 왔다가 불호

령을 받고 걸어갔다가 다시 걸어왔다. 엄한 교육을 받고 자란 이존수 또한 뒤에 버슬이 좌의정에 이르렀다. 뜨거운 가마 속에서 구워낸 도자기는 결코 빛이 바래는 법이 없다.

우리의 삶도 결핍과 걸림돌을 경험해보아야 한다. 아쉬워야 영혼과 지혜가 눈을 뜨고 숨을 쉰다. 진정한 결핍이 있어야 그것이 삶의 원동력이 되고 보약이 될 수 있다. 그렇지 않으면 좌절 또한 빠른 법이다. 어려움 없이 자란 사람들일수록 생활력과 삶에 대한 의지력이 약하게 마련이다. 어려운 일에 봉착했을 때 그것을 극복하지 못하고 쉽게 주저앉아버린다.

역경을 뒤집으면 경력이 된다. 남다른 경력을 가진 사람은 모두 남다른 역경을 이겨낸 사람들이다. 시련과 역경은 꼭 장애물만은 아니다. 즉 그냥 생고생이 아닌 한 단계 더 성장하기 위한 계단이고 발판이며 삶의 예방주사다. 불행이나 약점조차도 긍정의 스펙트럼을 통과하면 '다행'이 되고 '강점'이 될 수 있음을 명심하자.

역경지수를
길러주자

미국의 심리학자 스키너Skinner는 50명의 실험대상자를 무작위로 선별해 두 집단으로 나누었다. A집단에게는 의식주뿐만 아니라, 여행을 가고 싶다면 즉시 갈 수 있도록 해 주었고, 가지고 싶은 보석 등도 구해주었다. 그들이 원하는 환경을 완벽하게 만들어준 것이다. 반면 B집단은 모든 것이 부족했고 행동까지 자유롭지 못하게 하는 등 역경을 넘어야 하는 불리한 환경을 조성했다.

이렇게 6개월이 지난 후, 두 집단의 마인드나 성장률의 변화를 측정했다. 그 결과 A집단은 처음보다 5점이나 하락했고, B집단은 8점이나 상승했다. 이 연구 결과를 토대로 그는 인간은 완벽한 환경을 갖추면 오히려 퇴보하고 불리한 환경에서 더 발전할 수 있다고 주장한다.

그러나 우리는 좋은 환경의 사람들을 부러워만 한다. 그리고 자신이 성공하지 못한 것에 대해 환경 탓을 한다. 더 좋은 조건에서 더 나은 결과가 나온다고 믿기 때문에 자신에게도 훌륭한 환경과 더 좋은 기회가 주어졌다면 자신이 성공했을 거라 말한다. 그러나 스키너 박사의 실험 결과는 그런 생각이 맞지 않음을 입증하고 있다. 오히려 금이 아름다운 빛을 내기 위해서는 뜨거운 불속에서 불순물을 걸러내야 하듯, 고난과 역경이 오히려 우리 삶의 발전에 밑거름이 된다고 지적한다.

새 중에서 가장 크고 무서운 새는 독수리다. 독수리는 매서운 눈과 무서운 부리 그리고 위협적인 발톱을 지니고 있다. 더불어 가장 높이 나는 새로서 500미터 정도의 상공에서 비행하며 날개를 거의 움직이지 않고 원을 그리며 날아다니는 것이 특징이다. 그만큼 독수리의 날개는 힘이 있다는 얘기다.

그렇다면 독수리의 강인한 힘은 어떻게 길러지는 것일까? 독수리의 어미는 새끼 독수리를 키우다, 적당한 시기가 되면 새끼를 등에 업고 아주 높은 창공으로 올라간다고 한다. 그리고 날개를 뒤집어 새끼를 떨어뜨린다. 그러면 새끼는 떨어지면서 본능적으로 날갯짓을 하지만, 날개에 힘도 없고 비행 기술도 없어서 그냥 떨어지고 만다. 그렇게 그대로 낙하하면 어미 독수리는 땅에 떨어지기 직전에 새끼 독수리를 다시 낚아채어 재차 창공으로 올린다. 이런 훈련을 반복하며 독수리 새끼는 강인한 독수리로 성장한다는 것이다.

도자기도 그냥 만들면 윤기도 흐르지 않고 생동감 또한 없게 된다. 1500℃의 뜨거운 불에 구워야 윤기도 흐르고 생동감도 넘치게 된다. 뜨거운 불이 도자기에 생기와 활력을 불어넣는 것처럼, 우리 아이들이 경험하는 수많은 시련과 역경이 오히려 그들에게 자립 능력을 길러주는 훌륭한 자산이 된다.

이처럼 자녀들을 성장시키는 원동력은 쉽고 안락한 상황이 아니다. 평온하고 안정된 경험만으로는 어렵고 힘든 상황을 제대로 이겨낼 수 없다. 고난과 역경이 인간을 성장시키며 더 나아가 잠재능력까지도 계발하게 된다.

무엇인가 어려움을 이겨내는 경험은 그 자체가 자기계발이며 더 큰 성장의 밑천이 될 수 있다. 결국 시련과 역경이 아이들을 한층 성장시키는 유익한 기회라 할 수 있다. 고난과 시련을 어떻게 바라보고 받아들이느냐에 따라 인생의 결과도 달라진다.

말의 씨앗을
심는 법

　가족처럼 편하고 가까운 관계일수록 '말의 경계'는 무너지기 쉽다. 감정과 말을 다듬어야 할 필요성을 별로 느끼지 못하기 때문에 여과 없이 말을 던지게 된다.

　그러나 안타깝게도 이러한 관계 속에서 생긴 말의 상처야말로 가장 깊은 상흔을 남긴다. 정작 그 말을 내뱉었던 사람은 금세 잊어버리고 돌아서지만, 그 말을 들었던 사람은 시간이 흘러서도 잊지 못한다. 그 한마디가 그의 인생에 깊이 뿌리를 내리고 오래도록 흔적을 남긴다. 반면 따뜻한 칭찬과 관심어린 격려의 말은 동기부여가 되고 자존감을 높여 한 사람의 일생을 탈바꿈시키기도 한다.

　아주 옛날 어느 산골의 찢어지게 가난한 집에 아이가 한 명 있었다. 아이는 배가 고파 온종일 우는 게 일이었다. 아기의 부모는 우는 아이에게 회초리로 울음을 멎게 하곤 했다. 그러다 보니 아이는 하루에도 몇 번씩 매를 맞을 수밖에 없었다.

그날도 부모는 우는 아이에게 매질을 하고 있었다. 마침 집 앞을 지나던 노스님이 그 광경을 물끄러미 보다가 불현듯 집으로 들어와서 매를 맞고 있는 아이에게 넙죽 큰절을 올렸다. 이에 놀란 부모는 스님에게 연유를 물었다.

"스님! 어찌하여 하찮은 아이에게 큰절을 하십니까?"

"예, 이 아이는 나중에 정승이 되실 분이기 때문입니다. 그러니 곱고 귀하게 키우셔야 합니다"라 답하고는 홀연히 그 자리를 떠났다.

그 후로 아이의 부모는 매를 들지 않고 공을 들여 아이를 정성껏 키웠다. 훗날 아이는 정말로 영의정이 되었다. 부모는 그 스님의 안목에 놀라지 않을 수 없었다. 감사의 말씀도 전할 겸 그 신기한 예지에 대해 물어보고자 그 스님을 수소문하기 시작했다. 우여곡절 끝에 스님을 찾은 부모는 웃음을 띠며 감사의 말을 건네고 바로 궁금했던 점을 물었다.

"스님, 어찌 그리도 용하신지요. 스님 외에는 아무도 우리 아이가 정승이 되리라 말하는 사람이 없었거든요."

빙그레 미소를 머금던 노승은 차를 한 잔씩 권하며 말문을 열었다.

"이 소승이 어찌 미래를 볼 수 있겠습니까. 그러나 세상의 이치는 하나지요."

이해하려는 부모를 주시하며 노승이 다시 말을 이었다.

"모든 사물과 사람을 귀하게 보면 귀하지만, 하찮게 보면 아무짝에도 쓸모가 없는 법입니다. 마찬가지로 아이를 정승같이 귀하게 키우면 정승이 되지만, 머슴처럼 키우면 머슴이 될 수밖에 없는 것이지요. 이것이 세상의 이치이니 세상을 잘 살고 못 사는 것은 마음가짐에 있는 것이라 말할 수 있지요."

우리는 흔히 야단을 쳐서 상황을 개선할 수 있다고 착각한다. 그러나 야단이나 질책은 나쁜 행동을 금지하는 데만 유용하다. 좋은 행동을 이끌어내기 위해서는 칭찬이 더 효과적이다. 따라서 자녀나 직원들이 잘못했을 때는 따끔하게 야단치고 벌을 주면 그 행동을 줄이는 데는 도움이 된다. 그러나 성적이나 실적 혹은 능률을 높이고 싶을 때 야단치는 것은 별로 도움이 되지 않는다. 오직 칭찬과 격려만이 그것을 가능케 한다. 물론 따끔한 훈계와 적절한 코칭 그리고 피드백도 잊지는 말되, 무엇보다 칭찬하고 격려할 일이다.

부모의 생각과 말이 자녀의 삶도 결정할 수 있다. 모자란 상황에서 자신감과 가능성을 불어넣어주는 격려의 말, 자녀를 축복하고 사랑하는 마음을 담아 긍정적이고 적극적인, 기를 세워주는 말이 자녀들의 삶의 주름살을 활짝 펴게 할 수 있다.

부모가 지금 무슨 말을 심느냐에 따라 자녀들의 삶도 그만큼의 결실을 거둔다. 평소 부모가 자녀들에게 하는 말이 자녀의 운명이 될 수 있다. 아이들은 부모가 하는 '말의 씨앗'을 받고 성장하는 묘목임을 다시 한 번 명심하자.

· 3장

·

·

·

남들

따라하지 않기

·

·

화를
다스리는 법

인생을 살면서 조심해야 할 일이 많지만 가장 경계해야 할 일은 분노가 아닐까 싶다. 한순간의 분노는 공들여 쌓아온 삶에 원상회복이 어려운 돌이킬 수 없는 구멍을 내고야 만다. 분노는 총구가 자신을 향해 있는 총과도 같아서 분노의 방아쇠가 당겨지면 자기 영혼의 화약고가 터져버린다.

결국 분노는 자신을 쏘는 일이 된다. 나아가 화를 참지 못하면 결국 대인관계도 망친다. 화를 낸 다음 반대급부의 독화살로 받게 될 엄청난 후유증을 한 번쯤 생각해보아야 한다. 망가진 관계를 회복하기 위해 수개월, 수년 동안 수많은 노력을 기울여야 한다. 때로는 평생 돌이킬 수 없는 상태로 전락할 수도 있다. 그뿐만 아니라 화는 타인의 자존감을 손상시키고 주눅 들게 하여 결국 주변 사람들의 삶까지도 시들게 만든다.

우리는 참아야 한다고 말은 하면서도 꼭 불같이 화를 낸 다음에야 시원해한다. 그러나 화를 내야 속이 풀리는 사람이 되어버리면 우리는 평생 화를 내면서 살아야 한다. 한 번 참았다면 또 참자. 참지 못한다면 작은 일이 큰일로 번질 수 있다.

세상에 큰 어려움은 결국 한때의 분노를 참지 못해 일어난다. 기왕 한 번 참았다면 끝까지 참자. 참을 만큼 참았다고 결국 분노를 터트린다면 애초부터 참지 못한 것과 같다. 100번 참다가 한 번 터트리면 결국 못 참은 것이다. 분노에 대한 인내는 한 번 해서 될 일이 아니라 마지막까지, 끝까지 지속해야 비로소 빛을 보는 것이다.

그런데 문제는 화를 무조건 참으면 언젠가는 한꺼번에 폭발하게 마련이고, 스트레스가 극심해 나의 육체와 정신을 멍들게 한다는 사실이다. 분노의 감정은 아무렇게나 내다버리는 쓰레기도 아니지만 그렇다고 마음의 금고에 꼭꼭 숨겨 보관해야 할 황금도 아니다. 담가 두고 발효시키는 것만이 상책은 아니다. 따라서 분노를 적절히 배출시키는 나만의 탈출구를 마련해야 한다. 그때그때 화를 풀 수 있는 자기만의 노하우와 그 방법을 생각해보자.

직접 표출하는 대신 분노의 내용을 백지에 글로 옮겨 풀어보자. 험한 말을 잘하기로 유명한 소설가 마크 트웨인은 누군가 자신을 화나게 할 때마다 그 사람에게 편지를 썼다. 자신이 할 수 있는 가장 험한 말을 글로 대신한 것이다. 그러나 그 편지는 부치지 못했다. 그의 부인이 그가 험담으로 가득 찬 편지를 쓰는 대로 다 없애버렸기 때문이다. 마크 트웨인은 누군가에게 편지를 쓴 뒤로는 더 이상 그 편지를 찾지 않았다. 편지를 쓰면서 노여움이 전부 풀렸기 때문이다. 현명한 아내 덕분에 마크 트웨인은 화를 풀면서도 상대방에게 피해를 주지 않을 수 있었다.

북극에 사는 이누이트(에스키모족)는 분노를 현명하게 다스린다고 한다. 분노를 놓아준다는 것이다. 그들은 화가 치밀어오르면 하던 일을 멈추고 분노의 감정이 스르륵 가라앉을 때까지 무작정 걷는다고 한다. 그리고 충분히 멀리 왔다 싶으면 그 자리에 긴 막대기 하나를 꽂아두고 온다.

미움, 원망, 서러움으로 얽히고설킨 누군가에게 화상을 입힐지도 모르는 지나치게 뜨거운 감정을 그곳에 남겨두고 돌아오는 것이다. 어쩌면 활활 타오르던 분노는 애당초 내 것이 아니라 내가 싫어하는 사람에게서 잠시 빌려온 것인지도 모른다.

화가 나면 눈을 감고 마음속으로 숫자를 세거나 또는 기분 좋은 상상을 해보자. 소중히 여기는 가족의 얼굴도 떠올려보자. 물론 당장 화가 치미는데 이런 생각까지 하기는 쉽지 않다. 그러나 많은 사람이 마인드 컨트롤로 마음을 다스리고 있기도 하다.

분노의 마지노선은 대개 하루를 넘지 않는다. 따라서 내가 지금 화를 낼 경우 상대방을 모욕하는 이야기를 할 것 같으면 일단 하루만 참아보자. 다음 날이 되면 대개는 그렇게 화를 낼 일이 아니었다는 사실을 알게 된다.

상대가 화를 낸다고 나도 덩달아 화를 내는 사람은 세 번 패배한 사람이다. 상대에게 끌려가니 상대에게 진 것이고, 자기 분을 못 이기니 자신에게 진 것이며, 아무도 가까이 다가오지 않아서 늘 외롭고 쓸쓸하기까지 하다.

바람을 향해 던진 흙이 오히려 자신을 더럽히는 것과 같이, 우리가 화를 내는 것은 남을 해치기 전에 먼저 자기 자신을 해친다. 자신에게 알맞은 '분노 진정 스위치'를 발견해서 과열되었을 때 그 버튼을 눌러 멈출 수 있는 현명한 분노 대처가 필요하다.

"화가 치밀어 오르거든 마음속으로 열을 세라. 열까지 세어도 화가 가라앉지 않으면 백까지 세라"는 토마스 제퍼슨의 충고와 더불어, "입과 혀를 지키는 자는 그 영혼을 환란에서 보전한다"라는 《성서》의 잠언을 기억하자. 그리하여 슬기롭게 분노를 자제하며 말을 조심하고 듣는 사람이 어떻게 받아들일지 신중히 헤아려 말할 일이다. 분할 때는 말을 줄이고 감정은 가라앉히자. 화가 풀리면 인생도 풀린다.

내 인생에서
가장 행복한 날

인생의 외길에는 왕복표가 없다. 오늘 지금 이 순간은 두 번 다시 만날 수 없는 가장 소중한 시간이다. 그러나 우리는 얼마만큼의 재산을 모은 뒤에, 이 일이 마무리된 후에, 기반을 닦고 사업을 궤도에 올려놓은 다음에 또는 은퇴 후에 삶을 누리겠다고 말한다. 이처럼 많은 사람이 오늘을 희생하고 미래로 보류된 삶을 사는 것도 현실이다.

인생이 짧다는 말에 동의하는 사람도 있을 것이고 그렇지 않은 사람도 있을 것이다. 흔히 '100년 인생'이라고 하지만 사실 100년이 어디 쉬운 일인가? 우리나라의 경우 남자는 77.6세, 여자는 84.4세가 평균수명이다. 길다면 긴 시간이다. 그러나 우리는 그 시간 중에 얼마나 많은 시간을 미래를 위한 준비에 몰두하며 살고 있는지 되짚어보자.

태어나서 초등학교에 들어간 후 중학교, 고등학교를 거쳐 대학에 들어갈 준비를 하고, 남자는 또 군대를 다녀와야 한다. 그러고 나면 취직 준비를 한다. 남녀 할 것 없이 취직을 하고 나면 결혼이라는 일생일대의 숙제가 기다리고 있다. 그렇지만 결혼이 끝이 아니다. 집도 장만하고, 아이도 낳아야 하며 더 나아가 아이를 키우면서 교육도 시켜야 한다. 아이가 자라면 결혼까지 시켜야 한다.

이렇게 미래를 계획하고 미리 준비하다 보면 우리 인생은 늘 본격적인 게임에 앞서 준비만 하다가 늙어가는 신세가 되고 만다. 이처럼 준비만 하다가 죽기에는 인생은 너무나 빨리 지나가버린다. 준비를 하는 것도 좋지만 그러다 보면 현재는 없고 과거와 미래만 남는다.

내 인생에서 가장 행복한 날은 언제인가? 바로 오늘이다. 내 삶에서 결정적인 날은 언제인가? 바로 오늘이다. 내 생애에서 가장 귀중한 날은 언제인가? 바로 오늘 지금 여기다. 어제는 지나간 오늘이요, 내일은 다가오는 오늘이다. 그러므로 오늘 하루를 이 삶의 전부로 느끼며 살아가야만 하는 이유다.

'카르페 디엠Carpe Diem!'

라틴어인 이 말은 '현재를 즐겨라' 혹은 '현재에 충실하라'는 뜻으로 해석된다. 과거는 이미 지나간 것이고 미래는 아직 오지 않은 것이니 우선 현재에 충실하고 현재를 즐기라는 것이다. 오늘이 황금이다.

"내일과 다음 생 중 어느 것이 먼저 찾아올지 알 수 없다"는 티베트 속담이 있다. 내일 아침에도 숨 쉬고 있을 것이라는 확실한 보장이 없는 것이 인생사 아니던가? 참된 삶을 살려면 지나치게 미래나 목표 지향으로 삶을 살지만 말고, 바로 '오늘' 속에 완전히 존재하는 삶을 살라는 것이 에리히 프롬의 충고다. 오늘, 지금, 현재의 일에 최선을 다하는 것, 그것이 완전히 존재하는 삶이다.

우리가 인생에서 일으키고자 하는 변화는 오로지 현재에만 일어난다. 꿈꾸며 내일을 그리는 것도 좋지만 지금, 현재, 이곳에서 전력을 다하는 것이 더 소중하다.

내일과 미래는 오늘과 현재가 쌓여서 이뤄지기 때문이다 하루하루가 모여 평생이 되는 것이다. 따라서 '하루가 곧 일생'이다. 이처럼 하루를 짧은 인생으로 본다면 하루하루를 부질없이 보내서는 안 된다.

"그대가 헛되이 보낸 오늘은 어제 죽은 이가 그토록 가지고 싶어 하던 내일이다."

에머슨의 절절한 지적이다.

1년 계획을
끝내 달성하는 비결

보통 새해를 맞으면 누구나 한두 가지의 계획을 세우게 된다. '금주·금연을 하겠다' 혹은 '체중을 줄이겠다', '아침 일찍 일어나 운동을 하겠다' 등. 그러나 안타깝게도 이런 결심들은 대개 작심삼일, 용두사미 식으로 무산되는 경우가 많다.

2010년 포커스리서치의 조사결과에 따르면 '연초 계획했던 일들이 얼마나 잘 지켜지고 있는가' 라는 질문에 '전혀 지키지 못하고 있다' 가 15.6퍼센트, '지키지 못하는 편이다' 는 49.0퍼센트로 응답자의 3분의 2 정도가 연초 계획을 지키지 못하는 것으로 조사되었다.

이처럼 계획을 세우고 실천으로 옮기는 것이 말처럼 쉽지 않은 것이 현실이다. 그 이유는 본인 스스로 절실히 원해서라기보다는 가족 등 주변 사람들의 강요나 바람에 떠밀려 어쩔 수 없이 계획을 세우는 경우가 많고, 더욱이 왜 이것을 하는지, 어떻게 달성할 것인지가 명확하고 구체적이지 못하기 때문이다.

그렇다면 연초 계획을 실천해 달성할 수 있는 효과적인 방법은 무엇일까?

첫째, 실현 가능한 목표여야 한다.

알코올 중독자 자조모임인 금주동맹의 기본 강령 중 하나는 '오늘 하루만Just For Today' 금주하기다. 영원히 금주해야 한다는 각오는 부담이 너무 커서 오히려 금주 계획을 포기하게 만들 수 있다는 것이다. 큰 목표를 달성하려면 반드시 실현 가능한 수준으로 단계를 나누고 점진적으로 공략할 필요가 있다.

둘째, 많은 사람에게 선언하고 공개하자.

가령 금연이나 금주를 시작하는 그 순간부터 가까운 사람들에게 가능한 한 널리 알리자. 특히 잘 보이고 싶은 사람이나 체면을 지켜야 되는 사람 앞에서 공개적으로 선언하자. 이러한 사람들 앞에서는 누구나 자기 말에 책임을 더 지려 하기 때문이다.

셋째, 기록하여 붙여놓자.

자주 보고 쉽게 눈에 띄는 냉장고 문이나 책상, 컴퓨터 모니터, 자동차 핸들 그리고 손바닥 등에 자신의 결심을 적어놓자. 그러면 각오가 약해지고 흔들릴 때 목표를 재차 확인하고 마음을 다잡는 데 도움이 될 수 있을 것이다.

많은 사람이 계획이 실패하면 좌절감으로 실망할까 두려워 연초계획 자체를 세우지 않는 경우도 있다. 그러나 만약 작심삼일로 끝나면 3일간의 계획을 다시 세우면 되고, 작심삼일에서 벗어나고 싶다면 계획이 무산되는 이유와 대안을 다시 한 번 찾아보자. 패자는 '언젠가 거기'에서 시작하겠다고 계획만 세우지만, 승자는 '지금 여기'에서 곧바로 실천한다.

연초가 목표설정에 가장 좋은 시점만은 아니다. 삶에는 리허설이 없다. 그러니 '지금' 당장보다 더 좋은 때는 따로 없다. 목표 설정은 타이밍이 아니라 결단이다. 본인의 건강을 위하여 지금 금주, 금연 또는 운동을 계획하고 자기발전을 위한 목표를 하나쯤 세워보자.

'당단부단當斷不斷하면 반수기란反受其亂'이라 했다. 마땅히 끊어야 할 것을 끊지 아니하면 그 어지러움을 받게 된다. 결단을 내려 잘라야 할 때 단행하지 않고 자르지 않으면 훗날 반드시 재앙과 화를 받게 된다는 얘기다.

우리 모두 실천 가능한 계획을 세워보자. 그리고 변명과 핑계거리를 찾지 말고 집요하게 목표에서 눈을 떼지 말자.

뒷담화

　우리가 흔히 직장생활하면 제일 먼저 떠오르는 단어 중 하나가 바로 '뒷담화'다. 업무에서 오는 스트레스를 해소하고 대인관계에서 쌓인 불만을 분출하기 위해 특정인을 단죄하듯 험담을 늘어놓는다. 그러면서도 정작 누군가 나를 험담했다는 말을 제삼자에게 전해 들으면 속이 상하고 분노가 치밀어오르는 것 또한 인지상정이다. 이 같은 뒷담화는 현대인만의 전유물일까?

　역사학자 유발 하라리는 《사피엔스》라는 책에서 뒷담화는 악의적이지만, 많은 사람이 모여 생존과 번식을 위해서는 반드시 필요했다고 주장한다. 즉 소문을 이야기하고 수다를 떨면서 세상에 대한 정보를 공유하기 위해 뒷담화가 필요했다는 것이다.

　가령 무리 내의 누가 누구를 미워하는지, 누가 누구와 잠자리를 같이 하는지, 누가 정직하고 누가 속이는지 말이다. 심지어 오늘날에도 의사소통의 대부분은 남 얘기다. 이토록 우리가 험담의 유혹에 쉽게 빠져드는 이유는 뭘까?

먼저 뒷담화로 스트레스가 해소되기 때문이다. 직장인들의 술자리에서 최고의 안줏감은 단연 상사에 대한 헐뜯기, 흉보기, 씹기다. 험담이 스트레스를 해소해 주기 때문이다. 스트레스를 푸는 데에는 험담만큼 효과적인 것이 없다는 얘기다.

또한 함께 험담하면 서로 친해진다. 뒷담화는 누군가와 친해지는 데 중요한 기능을 한다. 누군가를 험담할 때 상대가 맞장구를 쳐주면 자기편이라는 생각이 든다. 그러나 동조를 해주지 않으면 서운한 생각이 들고 그로 인해 사이가 점차 멀어진다. 보통 주부들은 '이웃 주부를 험담하는 데 안 들어줄 때' 남편에 대해 제일 섭섭함을 느낀다는 조사결과도 있다.

더불어 험담은 일시적으로나마 자긍심을 느끼도록 만들어준다. 자신이 어떤 사람인지를 평가하려면 어쩔 수 없이 다른 사람과의 비교를 거쳐야 한다. 비교 과정에서 자신이 더 우월하다고 생각하면 자긍심이 높아지지만, 못하다고 판단되면 자긍심이 저하된다. 상대의 결점을 찾아 험담하고 깎아내리면 우리는 상대적으로 우위에 설 수 있고 그로 인해 자긍심도 높아질 수 있다.

그러나 뒷담화의 긍정적인 경험은 대부분 일시적이다. 험담을 하고 나면 허망해지고 비열한 사람이 된 기분을 떨쳐버리기 힘들다. 결국 험담은 '만족은 짧고 후회는 길다' 라는 사실을 명심하자. 검지 하나로 손가락질을 하면 나머지 세 개의 손가락이 나를 향한다. 즉 남을 비난하면 그 세 배의 비난은 자기를 향한 꼴이 된다는 점이다.

인간의 말은 귀소본능을 갖고 있다는 사실도 유념하자. 마치 연어가 먼 바다에서 자신이 태어난 곳으로 되돌아가려는 무의식적 본능처럼 말이다. 사람의 입에서 배설된 험담도 입 밖으로 나오는 순간 그냥 흩어지지 않는다. 돌고 돌아 어느새 말을 내뱉은 사람의 귀로 날카로운 화살촉이 되어 되돌아온다.

뒷담화는 어느새 '앞담화'가 되어 자신의 얼굴로 되돌아오는 수가 있다. 험담은 그냥 머무르거나 사라지지 않고 늘 돌아다닌다. 험담에는 강력한 발이 달린 것이다. 나쁜 말일수록 보태지고 각색되어 확대 재생산된다. '말전주'가 판을 치는 것이다. 따라서 뒷담화의 유혹에 빠질 때는 '그 사람이 지금 바로 옆에 있어도 이 말을 할 수 있을까?'라고 자문해보자.

말을 의미하는 한자 '언言'에는 묘한 뜻이 숨어 있다. 두二 번 생각한 다음에 천천히 입口을 열어야 비로소 말言이 된다는 것이다. 음식을 먹기 전에 간을 보듯, 말하기 전에 한 번 더 생각해보자. 면전에서 할 수 없는 얘기라면 뒷담화로도 하지 말자. 상대를 욕하고 싶은 마음이 들 때마다 그 사람의 좋은 점 한 가지씩을 찾아볼 일이다.

생각의
힘

인간의 생각은 많은 것을 이루어낼 수 있는 강력한 힘이 있다. 다음은 베르나르 베르베르의 《상상력 사전》이란 책에 나오는 일화다.

1950년, 영국의 컨테이너 운반선 한 척이 화물을 내리기 위해 스코틀랜드의 한 항구에 닻을 내렸다. 포르투갈 산産 포도주를 운반하는 배였다. 한 선원이 모든 짐이 다 부려졌는지를 확인하려고 냉동 컨테이너 안으로 들어갔다. 마침 그때, 그가 안에 있는 것을 모르고 다른 선원이 밖에서 냉동실 문을 닫아버렸다. 선원이 냉동실에 갇힌 줄도 모르고 배는 포르투갈을 향해 다시 출발했다.

냉동실 안에 식량은 충분히 있었다. 그러나 선원은 자신이 오래 버티지 못할 거라 생각했다. 그는 있는 힘을 다해 쇳조각 하나를 들고 냉동실 벽 위에 자기가 겪은 고난의 이야기를 시간별로 날짜별로 새겨나갔다. 냉기가 코와 손가락 그리고 발가락을 꽁꽁 얼리고 몸을 마비시키는 과정을 적었다. 찬 공기에 언 신체 부위가 견딜 수 없이 따끔거리는 상처로 변해가는 과정을 묘사했으며, 자신의 몸이 조금씩 굳어지면서 하나의 얼음 덩어리로 변해가는 과정을 낱낱이 기록했다.

배가 리스본에 닻을 내렸을 때, 컨테이너의 문을 열어본 선장이 꽁꽁 얼어 죽어 있는 선원을 발견했다. 선장은 컨테이너 안의 온도를 재보았다. 온도계는 섭씨 19도를 가리키고 있었다. 그곳은 화물이 들어 있지 않았기 때문에 냉동장치가 작동되지 않았던 것이다. 그 선원은 단지 자기가 춥다고 생각했기 때문에 죽은 것이다.

미리 좌절하고 일찌감치 체념하면 죽는다. 로마의 황제이자 철학자인 마르쿠스 아우렐리우스는 말했다.

"우리 인생은 우리 생각이 만드는 것이다."

우리 모두 명심할 말이다.

고난과 시련을 이겨내는 힘은 무엇보다도 먼저 상황을 긍정적으로 바라보는 시각에서 나온다.

천하의 제갈량이 오장원두에서 위나라 군대를 맞아 최후의 결전을 치를 때였다. 그의 군대가 행군 도중 거센 바람이 불어 군 깃발이 꺾이자 제갈량은 이를 불길한 징조로 받아들였다. 결국 제갈량은 전장에서 병을 얻었고 백방으로 처방을 구했으나 별다른 효과를 보지 못한 채 세상을 떠났다.

그러나 비슷한 사건을 두고 전혀 다르게 생각해 승리를 거머쥔 사람이 있다. 바로 청나라 왕인 청태종이다. 명나라와 최후의 일전을 앞둔 아침, 그의 나무밥상 다리가 갑자기 부러졌다. 그 바람에 상 위에 놓여 있던 밥이며 국 그리고 반찬이 모두 바닥에 쏟아졌다. 그 때문에 청태종은 아침을 거를 수밖에 없었다. 그럼에도 청태종은 그 순간 무릎을 탁 치며 이렇게 생각했다.

"됐다! 이 싸움에선 우리가 이겼다. 오늘부터는 이런 허접한 나무 소반이 아니라 명나라 궁중에 있는 금 소반에서 밥을 먹으라는 하늘의 뜻이요 계시다!"

의기충천한 청태종의 군대는 필승의 신념으로 명나라 군대를 격파하고 전쟁을 승리로 이끌었다. 똑같은 징조를 놓고 불길하게 여긴 제갈량은 그의 예견대로 불행한 최후를 맞았다. 그러나 자칫 불길하게 보일수 있는 징후를 길조로 해석한 청태종은 대승을 거두었다.

안 좋은 일이 자꾸 생기면 좋은 일이 일어날 징조라고 역으로 생각해보자. 하려고 하면, 즉 어떻게든 주어진 상황을 해결하려고 생각하면 결국 그 방법을 찾는다. 그러나 하지 않으려 마음먹으면 끝내 변명과 핑곗거리를 찾게 마련이다.

"모든 행동의 기원은 생각이다." 에머슨의 말이다.

얼굴은
삶의 이력서

어느 정도의 차이는 인정하지만, '성격은 얼굴에 나타나고, 생활은 체형에 드러나고, 본심은 태도에 나타나며 감정은 목소리로 알 수 있다'는 말이 있다. 이처럼 얼굴을 보면 그 사람의 성격이나 살아온 이력을 어느 정도 알 수 있다. 표정과 주름살 하나하나에 삶의 흔적이 고스란히 배어 있는 것이다.

생긴 대로 살아가는 것이 아니라, 살아온 대로 생긴 게 얼굴이기 때문이다. 그래서 일찍이 링컨은 "사람은 마흔 살이 넘으면 자신의 얼굴에 책임을 져야 한다"라고 말했다.

40대부터는 자신의 얼굴은 오롯이 자기 책임이라고 한다. 젊어서는 이목구비의 생김새가 얼굴을 만들지만, 마흔 살이 지나면 그 사람의 교양과 인생 경험이 표정에 고스란히 나타난다는 의미다. 그런 연유로 얼굴은 그 사람의 삶의 이력서인 셈이며 인생이라는 학교에서 받은 성적표에 다름 아니다.

얼굴의 옛말은 '얼골'이다. 얼골은 '얼꼴'에서 파생했다고 한다. 얼꼴은 '얼의 꼴', 다시 말하면 영혼의 모습이다. 그 사람의 영혼의 모습이 가장 잘 드러나는 부위가 바로 얼굴이기 때문에 그렇게 이름 붙였다고 한다.

얼굴에는 자연히 그 사람의 정신과 마음 그리고 내면의 '얼'이 모습이나 형상을 뜻하는 '꼴'로 드러난다. 얼굴은 그가 가지고 있는 덕德의 일부이며 그 사람의 정신사精神史가 고스란히 담겨 있다. 그렇다면 어떻게 하면 좋은 얼굴을 만들 수 있을까?

먼저 왼손이 하는 일을 오른손도 모르게 묵묵히 드러내지 않는 음덕陰德을 쌓아야 한다. 늘 겸손하고, 삶을 겸허하게 받아들이고, 범사에 감사하며 사람과 자연을 사랑하는 선善한 사람이 되자. '시작이반'이라고 한다. 내 자신의 얼굴에 책임 있는 주인이 되기 위해서는 지금부터라도 계속 마음씀씀이를 다듬다보면 어느새 그럴듯한 훌륭한 완성품이 되지 않겠는가. 이같이 덕을 쌓으며 심상관리를 하는 것이 장기적인 대책이 될 수 있다.

그리고 마음을 넓게 쓰자. 《대학》에 심광체반이라는 말이 있다. '마음이 넓으면 몸이 편안하다'는 뜻이다. 도덕적으로 떳떳한 행동이 사람을 자유롭게 하며 선한 마음이 속에 꽉 차 덕스러운 모습이 몸을 빛나게 한다는 것이다. 부富가 아니라 덕德이 사람의 몸과 마음을 편안하게 해주고 얼굴을 빛나게 한다. 선한 생각과 마음 그리고 덕행에 대한 보상의 결과가 얼굴에 고스란히 반영되는 것이다. 반대로 악한 마음과 행동은 끝내 얼굴에 외상이라는 상처로 남아 겉으로 드러나기 마련이다.

아울러 너무 인색하지도 말자. 주위에서 흔히 보듯, 인색한 사람들의 용모는 편안하지 못하고 심지어 답답해보이기까지 한다. 우리는 남긴 돈이 재산인 줄 알지만, 내가 살아 있는 동안 쓰고 가는 돈이 내 돈이라 하지 않던가. 우스갯소리로 석사보다 높은 학위가 박사고, 박사보다 높은 학위는 '밥사', 이보다 더 높은 학위는 '술사'라는 말이 있다. 베풂도 좋은 인상 형성을 위한 또 다른 투자일 수 있다.

더불어 평소 표정 관리를 잘하는 것도 좋은 인상을 만드는 데 도움이 된다. 인상을 좋게 하는 가장 간단한 방법은 '미소'다. 잘 웃기만 해도 좋은 인상을 만들 수 있다. 세상에서 가장 인색함은 밝은 웃음을 아끼는 일이다. 굳은 얼굴은 상대의 마음을 닫게 하지만, 웃는 얼굴은 상대의 마음을 열게 한다. 나의 좋은 인상을 위해 미소 짓고 웃을 일이다.

우리의 얼굴은 나의 마음가짐과 행동에 따라 달라진다. 그리고 그것이 습관화되고 장기화되면 인상이 달라진다. 결국 내면의 세계가 밖으로 드러나는 것이다. 따라서 얼굴은 하나의 풍경이고, 용모는 결코 감출 수 없고 거짓말을 하지 않는다.

"인간의 얼굴은 마음의 간판이고 생활의 기록이다."

작가인 카렐루의 말이다.

박수 칠 때
떠나라

한신韓信, 소하蕭何와 더불어 '서한삼걸' 중 한 명으로 불리는 장량張良은 중국 역사상 가장 지모가 뛰어난 군사軍師, 즉 군사전략가로 평가받는 인물이다. 그는 유방을 도와 항우를 제압하고 천하를 평정한 일등공신이다. 그러나 절정의 순간 부와 명예를 뒤로 하고 유유자적 평안한 말년을 보냈다.

장량의 사당에는 '지지知止', 그칠 줄 알아야 한다는 글귀가 새겨져 있다고 한다. 장량이 우리에게 주는 충고는 성공한 자리에 머물러 있지 말라는 성공불거成功不居이다. 이에 반해 한신은 부귀영화를 탐하고 자신의 공에 자만하고 욕심을 부리다 결국 토사구팽 당하고 말았다.

중국 역사상 최고의 거부巨富였던 범려는 월나라 왕 구천을 도와 오나라 왕 합려를 무찔러 월왕의 치욕을 갚아준 충신 중의 충신이다. 그러나 장량과 같이 범려도 절정의 순간 모든 부귀영화를 마다하고 중국 고대 4대 미녀 중 한 명으로 불리는 서시西施와 함께 월나라를 과감히 떠난다. 흔적이 남을 때까지 머무르지 말자는 것이다. 그는 떠나면서 친구인 문종에게 편지를 보낸다.

"사냥하던 토끼를 잡았으니 사냥개는 삶아질 수밖에 없는 법"이니 함께 떠나자고 제안한다. 그러나 설마설마하며 망설이던 문종은 믿었던 월왕 구천이 내린 검으로 비참하게 자결을 하게 된다. 구수존명불상久受尊名不祥, 귀한 명성을 오래 가지고 있으면 상서롭지 못하다는 교훈을 시사한다.

《채근담》에도 "일에서 떠날 때는 마땅히 전성기에 물러나야 하고, 몸을 둘 때는 홀로 뒤처진 곳에 두라"라는 말이 있다. 박수 칠 때 떠나라는 얘기다. 자리에 나아가기 전에는 겸손하게 뒤에 물러서 있고, 정작 자리에서 떠날 때는 정점에 있을 때 과감하게 떠나야 한다.

진정한 실력자는 자신보다 뛰어난 인재들의 실력을 인정하고 흔쾌히 자신의 자리를 물려준다. 그러한 모습을 보면서 사람들은 그를 한층 더 존경하게 된다.

예의 시작과 끝,
겸손

불혹의 나이에도 불구, 2016년 9월 한·일 통산 600호 홈런을 쏘아 올린 야구선수 이승엽에 대한 뜨거운 찬사가 여전하다. 많은 선수들은 홈런을 치면 기쁨에 겨워 양팔을 치켜세워 환호하며 그라운드를 달린다. 그러나 그는 홈런을 친 절정의 순간에도 세리머니나 기쁜 표정 없이 고개를 숙이고 뛴다. 본인의 홈런에 상대 선수, 특히 투수가 기죽을까봐 미안한 마음 때문이라고 한다. 상대팀의 어린 후배와 선수까지 생각하는 세심한 배려다. 벼는 익을수록 고개를 숙이는 법이다. 최고의 실력과 겸손이라는 인성까지 겸비한 그야말로 존경받는 국민타자가 된 이유다.

만약 최고의 실력은 갖추었으되 겸손한 매너가 없다면 그의 실력까지 깎아 먹었을 것이다. 실력에 더하여 겸손까지 한 사람은 모두의 존경과 신망으로 결국 훌륭한 인간으로 회자되고 세인의 뇌리에 오랫동안 각인되게 마련이다.

동양에서는 일찍이 예禮를 집대성한 《예기》에서 그 방대한 내용의 첫 문장을 '무불경毋不敬', 즉 '공경하지 않으면 안 된다'로 시작하고 있다. 이중 부정을 써가면서까지 공경하는 마음과 자세의 중요성을 강조하고 있다. 바로 공경하는 태도, 겸손한 자세가 예의 출발이자 끝이라는 얘기다. 따라서 예를 단 한마디로 표현하면, 바로 겸손함이다.

그런데 일상에서 부지불식간에 하는 말 중에 겸손과는 거리가 먼 오만한 표현도 많다. 그 중 하나가 바로 '내가 데리고 있는 사람'이라는 말이다. 어찌 보면 사장이 직원들을 먹여살리기보다는 도리어 직원들이 사장을 호강시키고 있는 것인지 모르는데도 말이다. 이 같은 표현은 객기이며 오만이다.

알고 보면 사람은 피차 도와가면서 사는 것이다. 직장이란 서로 돕는 곳이며 서로의 향상과 발전을 도모하는 공동체다. 일을 하기 위해 상하의 질서가 존재하는 것이지, 인격적인 서열이 필요해서 위아래가 있는 것이 아니다. 따라서 오만한 생각과 표현을 삼가고 '인격적인 평등의식'을 가져야 마땅하다.

직책이 높다고 거드름을 피울 것도, 낮다고 위축될 것도 없는 것이다. 그래서 세계 최고의 기타 회사인 후지겐을 세운 일본의 요코우치 유이치로는 "성공하고 싶다면 당신이 이룬 모든 성과가 다른 사람의 덕이라는 사실을 깨달아야 한다. 그러면 예상하지 못한 더 큰 기회를 갖게 될 것이다"라고 말했다.

우리는 왜 공손하고 겸손해야 할까? 사람은 자신을 자랑하고 싶은 욕구가 강하다. 그런데 남들이 자신을 자랑하면 그것을 달갑지 않고 아니꼽게 생각하는 것이 인지상정이다. 나의 탁월한 면은 타인에게 상대적 박탈감을 느끼게 한다. 따라서 자신의 걸출한 부분을 돋보이도록 자랑하면 상대방은 기분이 상하게 마련이다. 그러나 사람들은 상대방이 겸손하면 오히려 호감을 갖게 된다. 자신을 낮추고 상대를 높여 존중하기 때문이다. 또한 우리는 겸손한 말에 귀를 기울이는 법이다.

고대 이집트의 제사장 프타호텝이 세상 물정 모르는 자식에게 조언하는 글이 있는데, 그 핵심 요지는 하나다. '자나 깨나 겸손하고 조심스럽게 아부하라' 라는 것이다. 이것이 당시 권력 서열 2위에 있던 제사장 아버지가 아들에게 남긴 말이다. 겸손이야말로 인생에서 발생할 수 있는 온갖 변화에 대처하는 유일하고도 진정한 지혜이며, 성공적인 삶을 위한 열쇠라는 점을 일깨우기 위함일 것이다.

겸손하게 허리를 숙이는 것은 자화자찬과는 반대로 자신을 존귀하게 만드는 행동이다. 겸손한 마음과 행동은 스스로를 낮추지만 역설적으로 그 사람을 더욱 돋보이게 만드는 마력이 있다. 결국 공손한 행동은 육체의 양심이며, 겸손한 마음은 은혜를 받는 그릇임을 되새기자.

반복하면
최고에 이른다

올림픽 경기에 출전하는 선수들은 비록 백지 한 장 정도의 차이는 있을지언정 모두 자기 종목의 최고 고수들임에 틀림없다. 그들은 어떻게 고수라는 명성을 얻고 그 자리에까지 올라설 수 있었을까? 이 질문에 힌트를 던져주는 이야기가 있다.

1930년대 미국에서 뮤지컬 콤비였던 프레드 아스테어와 진저 로저스는 뮤지컬 영화계에 단짝 무용수이자 배우였다. 그 중에서도 아스테어는 연습을 지겹도록 하는 걸로 유명했는데, 어느 날 로저스가 물었다.

"도대체 왜 그렇게 죽도록 연습하는 거야?"

그러자 아스테어가 딱 한 마디 했다.

"어, 쉽게 하는 것처럼 보이려고."

아스테어는 관객에게 연습을 전혀 하지 않은 것처럼, 자연스럽게 보이기 위해 끊임없이 훈련하여 파트너를 녹초로 만들었다.

홈런왕은 쉽게 치고, 축구 스타는 어렵지 않게 골을 넣는 것처럼 보인다. 쉽게 하려고 고된 연습을 반복하는 사람, 그가 바로 고수다.

분명 올림픽에 출전한 선수들도 굵은 땀방울을 흘리며 자신의 한계를 훨씬 뛰어넘는 혹독한 지옥훈련을 거쳤을 것이다. 나아가 지겹도록 반복된 연습과 피나는 훈련, 철저한 자기 절제를 통해서 자연스럽고 능숙한 몸짓 연기를 연출했을 것임에 틀림없다. "무언가 자꾸 반복하다 보면, 우리 자신이 그것이 된다"는 아리스토텔레스의 말이 딱 들어맞는다.

에스파냐 태생의 프랑스 작곡가로 일찍이 바이올린 신동으로 알려진 바이올리니스트 사라사테의 곡은 아름다운 음색으로 유명하다. 대표작인《지고이네르바이젠》은 집시들의 열정과 명랑함, 낭만성, 애수 등을 표현한 곡이다. 웬만한 테크닉을 지닌 연주자가 아니면 연주하기 어렵기 때문에 바이올리니스트들의 명연기를 시험하는 곡으로 인식되어 있기도 하다. 그런 그도 "37년간 하루도 빠짐없이 14시간씩 연습했는데, 사람들은 나를 천재라 부른다"라는 푸념 섞인 고백을 한 바 있다.

모차르트는 공히 천재였다. 그러나 모차르트가 28세가 되었을 때 손이 기형이 되어버렸다는 사실을 아는 이는 많지 않다. 너무 오랜 시간 연습하고, 연주하고, 늘 펜을 쥐고 작곡하느라 기형이 된 것이다. 바로 모차르트의 인기 있는 초상화에 빠져 있는 부분이다.

"사람들은 내가 쉽게 작곡한다고 생각하지만 그건 착각이다. 사실

나만큼 작곡에 많은 시간과 생각을 바치는 사람은 없을 것이다. 내가 유명한 작곡가의 음악을 수십 번에 걸쳐 하나하나 연구했다는 것을 누가 알까?"

실패는 성공으로 가는 길에서 '잠깐 쉬어가는 과정'이며 '위장된 축복'이라 생각하고, 부단히 그리고 반복적으로 익히고 연습하는 습관이 필요하다. 고수가 되는 비법은 이처럼 부단한 연습과 고된 단조로움을 이겨내는 인고의 노력과 시간 그 자체다.

1,000번을 하는
간절함

미국 메이저리그에서 활약한 일본의 야구선수 스즈키 이치로는 40대 중반의 나이에도 불구하고 외국인 최다 안타 기록을 세웠다. 그는 1년을 하루같이 자신을 철저하게 관리하는 것으로도 유명하다.

다섯 시간 전에 경기장에 가서 준비운동을 하고, 발이 건강해야 몸도 건강하다고 생각하여 더그아웃에 있을 땐 나무막대기로 발바닥을 문지른다. 시력을 유지하기 위해 TV를 볼 때도 선글라스를 착용하고, 일체의 변수를 만들지 않기 위해 매일 아침 같은 음식을 먹는다. 이뿐만이 아니다.

원래 우타자였던 그는 1루에 도달하는 시간을 0.01초라도 더 앞당기기 위해 부단한 훈련과 연습을 통해 좌타자로 전향한 것으로 알려져 있다. 철두철미한 자기관리와 처절한 노력이 놀랍고 숙연하기까지 하다.

한국인 최초의 메이저리거인 박찬호 선수도 "꿈과 성공을 이루는 데 간절함의 중요성은 수십 번을 강조해도 부족하다"라고 말한 바 있다.

아무리 원대한 꿈을 꾼다 하더라도, 그 꿈을 이루겠다는 간절함이 있지 않으면 그저 단순한 소망에 불과할 따름이다. 절실하고 간절한 사람만이 결국 그 꿈과 목표를 달성할 수 있는 힘이 생기는 법이다.

일본에서 가장 존경받는 기업가 중 한 사람으로 추앙받는 이나모리 가즈오 일본항공JAL 회장은 "높은 목표를 달성하려면 간절한 바람이 잠재의식에까지 미칠 정도로 곧고 강해야 한다. 주위의 시선에 우왕좌왕하지 말아야 한다. 하고 싶다면, 하고자 한다면 무슨 일이 있어도 그 길을 가겠다고 굳게 다짐하라. 그리고 이룰 수 있다고 굳게 믿어라. 그런 간절함이 없다면 처음부터 꿈도 꾸지 마라"라고 주장한 바 있다.이 말을 우리 자신에게도 비추어 자문해볼 필요가 있다.

인백기천人百己千이라는 말이 있다. '다른 사람이 100번을 하면 나는 1,000번을 한다'는 의미로, 극한의 한계에 이르고 경지에 도달할 때까지 노력하라는 뜻이다. 이 말은 신라시대 최고의 천재였던 최치원이 12세에 당나라로 유학을 떠날 때, 아버지가 "10년 안에 과거에 급제하지 못하면 부자의 연을 끊겠다"라며 써준 글귀라 한다.

천재라고 칭송받던 최치원도 100번에 안 되면 1,000번을 했는데, 한두 번 해보고 안 된다고 그만두는 것은 하지 않은 것과 같다. 아무리 영특하게 태어났다 하더라도 각고의 간절한 노력 없이는 결코 경지에 이를 수도, 자신의 목표를 성취할 수도 없다.

불광불급不狂不及, '미쳐야 미칠 수 있다.' 철강왕 카네기도 "자기 일에 미치지 않은 사람이 성공한 예를 나는 보지 못했다"라는 말로, 미치지 않고서는 얻을 수 있는 것이 결코 없음을 강조한다. 지금 우리 청소년들에게 꼭 필요한 소중한 교훈으로 울림이 자못 크다.

어머니의 마음에서도 간절함을 찾을 수 있다. 예전 우리 어머니들은 첫 새벽 동틀 무렵 집안 뒤뜰 장독대에 정한수를 떠놓고 가족의 안녕과 자녀의 성공을 기원하는 간절한 기도를 올리곤 했다. 이 절절한 기복 행위를 단지 미신적이라 터부시하거나 치부하지는 말아야 한다.

지성至誠이면 감천感天이라 했다. 비록 시대 상황이 많이 변했지만, 그 지극한 어머님들의 정성과 간절함을 오늘날 우리의 삶과 업무에 되살리고, 숭고한 자세로 받들어 본받을 일이다.

좋은 결과일수록 그것을 성취하는 데는 긴 시간과 간절한 노력이 필요하다는 것은 변치 않는 인생의 진리이자 삶의 철칙이다. 간절함 없이 얕은꾀를 써서 수단만 부리려 들면, 성취에 가까울수록 파멸의 재앙이 그만큼 빨리 다가설 따름이다. 진실로 정성을 다한다면 바라는 바가 그리 멀리 떨어져 있지만은 않을 것이다.

검색보다
사색하자

디지털 시대를 살아가는 현대인에게 인터넷 사용은 업무와 사회생활 그리고 삶 속에 전방위적으로 깊숙이 자리 잡았다. 이제는 단 하루도 인터넷 없는 세상은 살아갈 수도, 상상할 수도 없다. 따라서 우리에게 인터넷은 살아가는 데 없어서는 안 될 공기와 같은 존재가 된 것이다. 비록 네트워크에서 벗어나고 싶어도 그럴 수가 없는 세상이 되었다.

이처럼 인터넷 이용의 확산은 과거에 일부 계층만이 독점했던 정보를 누구나 향유할 수 있는 '지식의 민주화'에 기여함은 물론, 거의 모든 사람이 언제 어디서나 빠르게 원하는 정보와 지식을 확인하고 받아볼 수 있는 편리함도 덤으로 가져다주었다.

그러나 산이 높으면 골도 깊고, 햇볕이 강하면 그늘 또한 짙은 것처럼 세상 이치가 양면성을 띠게 마련이다. 인터넷은 이른바 '지식 부자'에게는 더할 나위 없이 이롭지만, 정보의 진위나 가치를 판단

할 능력이 없는 '지식 빈자'에게는 오히려 해가 되기 쉽다. 움베르토 에코Umberto Eco는 이를 '인터넷의 역설'이라 일컫는다. 또한 인터넷을 통한 검색은 즉각적인 즐거움만을 추구하는 데만 익숙하게 만들고, 검색에만 몰두하다 과부하 탓에 구조 자체가 바뀌는 우리의 뇌를 걱정하는 목소리도 높다.

전자 문서와 전통적인 종이 문서로 각각 나누어 피실험자들이 내용을 어느 정도 파악하는지 조사해보았더니, 종이 문서 쪽이 월등한 성적을 보였다는 연구 결과도 있다. 인터넷이 주는 자극의 불협화음은 의식적·무의식적 사고 모두에 합선을 일으켜 깊고 창의적인 사고를 방해한다는 것이다.

게다가 인터넷을 더 많이 사용하고 의존할수록 우리의 뇌는 망각에 익숙해지고 기억에는 미숙하다. 기억 강화의 핵심은 정보를 집중하여 철저하고 깊이 있게 처리하고, 기억 속에 이미 형성된 지식과 체계적으로 잘 연결함으로써 성취될 수 있다. 그런데 인터넷 사용은 쉽고 검색 가능한 인공지능에 더욱 더 의존함으로써 생물학적인 기억장치에 정보를 저장하는 일이 더 어려워지게 된다는 것이다.

인터넷이 우리의 지적 사고방식 자체를 얕고 가볍게 만든다는 사실이다. 이제 차분히 책 한 권을 다 읽고 밑줄을 그으면서 지식을 얻기보다 인터넷 검색을 통해 단 몇 분 만에 손쉽게 정보를 습득할 수 있는 세상이다. 그러다 보니 지식의 깊이보다는 효율성에 더 많은 관심을 가지고 가만히 앉아 책을 읽는 것은 마치 시간을 효과적으로 사용하지 못하는 어리석은 일로 여겨지게 되었다.

지금 사람들은 걸어다니면서 스마트폰 검색을 통하여 정보를 찾아 낸다. 그만큼 우리 주변에는 놀라울 만큼 많은 정보로 넘쳐나고 있다. 그렇다면 스마트 시대, 우리는 정말 더 똑똑해지고 있는지 자문해보아야 한다. 오히려 많은 사람이 기억을 디지털 기술에 아웃소싱하면서 집중력 저하와 건망증, 깊이 생각하기의 어려움을 호소하고 있다.

세계적 IT 미래학자이자 '인터넷의 아버지' 라 불리는 니콜라스 카 Nicholas Carr는 "검색 엔진을 통한 인터넷 서핑은 우리의 지식과 문화를 즉흥적이고 주관적이며 단기적으로 접근하게 만들어 깊이를 잃어버린 지식을 양산해낸다"라고 경고했다.

물론 디지털 시대에 검색을 안 할 도리도 없고 인터넷을 끊을 이유 또한 없다. 그러나 1킬로미터의 질주보다 1도의 방향 전환이 낫듯, 검색에만 열중하고 사색하지 않으면 '잎을 따느라 줄기를 놓치는 把葉而不幹' 우를 범할 수 있다.

이제라도 빠르게 원하는 것을 추구하기 이전에 한 발짝 물러서서 세상과 자신을 관조해보는 자세가 필요하다. 검색과 병행하여 비평적 사고로 정보의 진위 여부를 따져보고 깊이 있게 숙고하는 사색 또한 반드시 필요하고 중요하다. 검색과 검색 사이에 '사색의 징검다리'를 놓을 일이다.

포기는 성공
직전에 온다

만물이 생동하는 봄이 오면 새로운 각오를 다지는 출발선인 입학과 새 학기를 맞이한다. 처음 시작할 때는 목표를 향해 곧잘 노력한다. 그러나 그 과정에서 할 만큼은 했다는 생각도 들고, 여기까지가 한계라고 여겨 포기하고 싶어질 때도 온다. 누구나 그런 순간은 있다. 중요한 것은 힘들다고 중도에 포기해서는 안 된다는 점이다. 노력에 비해 결실이 없는 사람들의 문제는 다름 아닌 임계점에 다다르지 못했다는 사실이다.

100미터 아래에 엄청난 금맥이 있는데 대부분의 사람들은 99미터까지 열심히 파고 내려가다 중단하고 만다. 더 이상 못하겠다고 포기했던 나머지 1미터 때문에 운명이 뒤바뀌는 상황이 너무도 많다. 1미터만 더 파 보았더라면 어마어마한 금맥을 찾을 수 있는데 바로 직전에 포기하는 것이다. 정말로 실패하는 사람보다는 스스로 포기하는 사람이 훨씬 더 많다. 스스로 최선을 다했다고 생각할 때 한 번 더 목표에 집중하자.

멕시코의 험준한 오지에 사는 타라우마라 부족의 무기는 활이나 창이 아니라 사슴이 쓰러질 때까지 뒤쫓는 집요함, 즉 끈질김이라 한다. 사슴 입장에서 보면 이 사냥꾼들은 정말 혀를 내두를 만큼 지독한 존재다. 이제는 포기했겠지 싶으면 어느새 따라오고, 이 정도면 단념했겠지 여겼는데 계속 따라오고, 달리고 또 달려도 추격해오니 어찌 지독하다 하지 않을 수 있겠는가.

그런데 미국 그랜드캐니언 북쪽의 반 숲 반 초원에서 살아가는 늑대와, 위도가 좀 더 높은 곳에 사는 오소리도 타라우마라 부족만큼이나 지독한 사냥꾼이다. 늑대는 자기보다 몸집이 훨씬 큰 엘크 사슴인 무스가 포기할 때까지 끈질기게 따라잡고, 오소리 역시 자기들보다 훨씬 큰 노루를 쫓아간다.

특히 오소리는 노루가 다니는 길목에서 몇 시간씩 매복해 있다가 사냥감이 나타나면 지쳐 쓰러질 때까지 쫓는다. 도중에 다른 노루가 눈앞을 스쳐가도 한눈팔지 않는다. 한눈을 파는 순간 둘 다 놓친다는 것을 알기 때문에 원래 점찍었던 놈을 끝까지 쫓는다. 그야말로 '오직 한 놈만 팬다!' 는 전략이다.

눈에 보이는 엄청난 무기가 있어서 성공하는 게 아니라 하나만 쫓는 집중력과 끝까지 쫓는 지독함으로 사냥에 성공하는 것이다. 쫓고 쫓기는 승부에서는 먼저 포기한 쪽이 진다.

천재를 연구한 미국의 칙센트미하이는, 천재들은 몇 주 동안 한 문제에 집중하는 특성이 있다고 한다. 순간적인 아이디어를 가져서 천재가 된 게 아니라 끈질기게 파고들어 답을 찾아내고야 마는 집요함이 천재를 만든다는 것이다.

자연계의 물리현상 또한 다르지 않다. 물은 섭씨 100도가 되어야 비로소 끓는다. 99도까지는 아무리 열을 가해도 질적인 변화는 일어나지 않는다. 그냥 물일뿐이다. 그러나 내부에서는 조금씩 온도가 올라간다. 그러다가 100도가 되면 순간적으로 액체가 기체로 바뀌면서 폭발적인 에너지를 만들어낸다. 99도에서 멈추느냐, 100도를 넘기느냐? 그 1도의 차이가 결국 성패를 결정한다.

연장이 없어 철사를 반으로 자를 수 없을 때는 철사를 구부렸다 폈다를 반복하면 된다. 도저히 자를 수 없을 것 같던 철사도 '구부렸다 폈다'를 반복하면 언젠가는 뚝 끊어지는 임계점이 온다. 당장 눈에 띄는 변화가 없다 해도 내부에서는 조금씩, 아주 조금씩 변화가 일어나서 어느 순간 질적인 변화가 일어나는 임계점이 있게 마련이다.

포기하고 싶은 마음이 들 때, 아무리 해도 안 되고, 하면 할수록 나의 부족한 점만 보여 좌절하고 싶을 때는 '이젠 임계점에 거의 다다르겠구나' 하고 생각하자. 동트기 전이 가장 어두운 것처럼 이대로 그만두고 싶은 순간이 바로 임계점을 돌파하는 순간이다.

결실과 성공의 문턱에서 지쳐버린 나머지 포기해서는 안 된다. 포기의 유혹은 성공 1보 직전에 온다. 거의 다 왔을지도 모른다. 섣불리 절망하거나 쉽사리 포기하지는 말자.

원칙의
저력

우리는 누군가 원칙을 얘기하면 흔히 '왜 그리도 융통성이 없고 답답하냐?' 라고 핀잔을 준다. 혹은 '원칙은 깨기 위해 있는 것이다' 라는 말도 종종 듣는다. 그러나 선진국과 후진국, 일류 기업과 삼류 기업 등을 판가름하는 중요한 기준 하나는 원칙을 얼마나 잘 지키느냐의 여부다.

흉노제국의 건국자인 묵돌선우는 한고조漢高祖 유방을 목숨만 겨우 부지하여 치욕스럽게 후퇴시키고 조공을 받아낸 영걸이다. 그가 지켜낸 원칙을 살펴보자.

우호관계에 있던 동호족東湖族은 묵돌선우에게 선왕先王이 탔던 천리마를 달라며 압박한다. 이에 신하들이 반대하자 "말 한 마리 때문에 우호관계를 저버릴 수 없다"며 요구를 들어준다. 묵돌이 너무 쉽게 승낙하자 이번에는 묵돌의 애첩을 조공으로 바칠 것을 요구한다. 그러자 신하들이 극렬하게 막았지만 이번에도 묵돌은 "여자 한 명 때문에 이웃 나라와의 의리를 저버릴 수 없다"며 그의 애첩을 동호족에게 보내준다.

그러자 동호족은 더욱 더 흉노족을 얕보게 되었고, 국경 침입도 빈번해진다. 급기야 동호족은 흉노족과의 사이 1,000여 리에 걸친 황무지에 대한 소유권을 주장하기에 이른다. 그러자 신하들이 어차피 쓸모없는 땅이라며 동호족에 넘겨주자고 주장했다. 그러나 묵돌의 입장은 지금까지와는 전혀 달랐다. "땅이란 나라의 근본이다. 단 한 줌의 흙도 동호족에게 넘겨줄 수 없다"라며 동호족에게 땅을 넘겨주자고 말한 신하들을 모조리 참수했다.

묵돌선우는 유연성을 발휘하되 핵심 원칙은 반드시 고수하라는 가르침을 주었다. 지속 가능한 조직의 발전을 위해서는 원칙의 회초리는 절대로 거두지 말아야 한다.

중국 춘추시대 진문공晉文公은 초楚나라와의 전투를 목전에 둔 상황이었다. A 신하는 초나라 군대가 도강 중 공격하자고 진언했다. 반면 B 신하는 초나라 군대가 도강하여 전열정비 후에 공격하자고 건의했다. 진문공은 A 신하의 전략을 받아들여 승리했다. 그러나 논공행상에서는 B 신하에게 가장 큰 상을 내렸다. 왜 그랬을까? A는 한순간 필요한 전략을 제시했지만, B는 평생 지켜야 할 원칙을 일깨워준 사람이기 때문이다.

당시 봉건제하에서 천자와 제후는 씨족 결합으로 긴밀히 연결된 혈연관계가 중심이었다. 제후들끼리 혈연관계이다 보니 전쟁을 하더라도 예의와 명분을 중시했다. 그러다보니 춘추시대의 전투 원칙은 페어플레이fair play, 즉 정정당당하게 겨루는 전쟁이었다.

편법이나 비정상적인 방법을 통한 성과에 상을 주면 안 된다. 무조건 성과만 거둔 사람에게 상을 주게 되면 모두가 반칙을 일삼고 비리와 불법을 일삼는다. 물론 상황에 따라서는 신축적이고 탄력적인 융통성도 얼마든지 필요는 하다. 그러나 중요한 것은 근본 원칙만큼은 절대적으로 고수해야만 한다는 사실이다.

어느 검찰총장은 취임사에서 '법불아귀法不阿貴' 라는 원칙을 제시한 바 있다. 법은 신분이 높은 사람에게 아부하지 않는다는 뜻이다. 법을 지위 고하나 빈부를 막론하고 그 누구에게든 공명정대하고 엄정하게 집행하겠다는 뜻이다. 이중 잣대를 적용하지 않겠다는 표현이기도 하다.

우리도 가정이나 직장생활 나아가 인생을 살아가면서 나아갈 방향을 환히 밝혀주고, 길잡이가 되어 올곧게 안내해줄 나만의 북두칠성같은 '원칙' 하나쯤 모셔놓을 일이다.

원한다면
억지로라도 시도하자

삶을 의미하는 '생生' 이라는 글자는 풀이나 나무가 싹 트는 모양에서 유래되었다 한다. 가냘픈 식물의 잎이 얼어붙고 딱딱한 땅을 뚫고 솟아오르는 것만큼 힘들다는 의미다. 소牛가 외나무다리一를 건너는 것에서 왔다고 말하기도 한다. 육중한 소가 가느다란 외나무다리를 건너듯이 위험하고 힘든 것이 삶이라는 얘기다.

이처럼 혹독하고 험난한 인생길을 헤쳐나가며 살아내기 위해 우리는 하기 싫은 일도 참고 마지못해 해야 하는 상황을 곧잘 맞이한다. 지나고 보니 조금은 알 수 있을 것 같다. 힘들어도 참고 했던 일들이 쌓이면 결국 '실력' 이 되고, 억지로라도 습관처럼 했던 것들이 거듭 누적되면 종국에는 '고수' 가 된다. 버릇처럼 하는 일에 깊이 젖어들면 '최고' 가 된다. 인내하면서 노력하는 삶은 언젠가는 결실의 꽃을 피워내게 되는 것이다.

하기 싫은 일은 자꾸 뒤로 미루고 어떻게든 핑계를 만들어 하지 않으려는 것이 인간의 심리이고 본성이다. 그러나 이럴 때는 중요한 일과 중요하지 않은 일을 명확히 구분해, 반드시 해야 할 중요한 일만큼은 억지로라도 '데드라인' 을 정해 일단 시작해보자.

'넘지 말아야 할 선' 이라는 의미로 쓰는 데드라인deadline은 문자 그대로 '죽음의 선' 으로 원래 '죄수가 넘으면 총살당하는 선' 이라는 뜻이다.

예를 들어 한 시간 안에 그 일을 마치지 못하면 그야말로 총살을 당한다고 생각해보자. 그러면 엄청나게 집중과 몰입이 잘될 수밖에 없을 것이다. 주의 분산이나 꾀병 또는 변명의 구실을 찾을 겨를이 없다. 신속히 일을 실행할 수 있고 완수할 수 있다. 브라이언 트레이시는 말한다.

"데드라인이 없는 목표는 장전하지 않은 총탄과 같다. 스스로 데드라인을 설정하지 않는다면 당신의 삶도 불발탄으로 끝나고 말 것이다."

미국의 유명 칼럼니스트가 질문을 받았다.

"1주일에 다섯 편의 칼럼을 써야 된다고 들었는데요. 거의 매일 주제를 찾아야 하는데 힘들지 않으세요?"

칼럼니스트가 답한다.

"힘들지만 세상에 공짜는 없죠. 돈을 받으려면 그에 상응하는 일을 해야 해요."

두 번째 질문이 이어진다.

"그럼 글의 주제가 생각나지 않을 때는 어떻게 하나요?"

칼럼니스트는 이렇게 대답했다.

"일단 자리에 앉아서 억지로라도 씁니다."

억지로 한다. 좋을 때, 잘될 때만 하는 게 아니다. 어떻게든 일단 해보는 것이다. 언제 해도 할 일이라면 미적거리거나 자꾸 뒤로만 미루지 말고 지금 당장 하자. 그것도 이왕이면 스스로 마음을 다잡고 기쁜 마음으로 해보자.

세계 최고의 지휘자인 레너드 번스타인은 "하루를 연습하지 않으면 내가 알고, 이틀을 연습하지 않으면 단원이 알고, 사흘을 연습하지 않으면 청중이 안다"라고 했다. 그가 남긴 말은 간단하다.

"계속 연습하라!"

경쟁력을 갖고 싶다면, 계속 연습하는 길밖에 없다. 연습하고, 연습하고 또 연습하라는 얘기다.

어떤 형태로든 노력의 대가를 치르지 않고 이뤄낼 수 있는 일은 세상에 없다. 세상에 공짜는 없는 법이므로 가장 이상적인 상황은 본인이 잘할 수 있고, 즐길 수 있는 일을 하는 것이다. 그러나 세상일이 생각처럼 그리 호락호락하지만은 않다. 꼭 해야 하고 피해갈 수 없는 일이라면, 비록 고되지만 자신이 원하는 바를 이루기 위해 차라리 억지로라도 시도해보자.

사람의 마음을
얻는 법

사람의 마음을 얻지 못하면 해낼 수 있는 일이 그리 많지 않다. 어떻게 하면 사람의 마음을 움직이고 얻을 수 있을까? 그 중요한 몇 가지 비결은 감동과 먼저 주기, 그리고 공감 능력이 아닐까 한다. 사람은 느껴야만 비로소 움직인다. 그래서 감동이란 말은 느낄 '감感' 자와 움직일 '동動' 자의 한자에서 나온 것이다.

옛날 한 장수는 적과 대치중에 술 한 통이 들어오자, 그 술을 강물에 쏟아붓고는 병사들과 함께 그 강물을 마셨다고 한다. 강물에 술 한 통 쏟았다고 술맛이 날 리 만무하다. 병사들은 술을 마신 게 아니라 장수의 마음을 마신 것이고, 장수는 술을 준 게 아니라 마음을 준 것이다. 먼저 주어야 한다.

우리 속담에 '가는 정이 있어야 오는 정도 있다' 는 말이 있다. 사람은 무언가를 받게 되면 '마음의 빚' 이 생겨 그것을 언젠가는 보답하려 한다. 그런데 흥미로운 사실은 크고 비싼 것보다는 '작은 선물' 이

상대방의 마음을 움직이는 데 더 효과적이라는 것이다.

1차 세계대전 중의 일이다. 한 독일군 병사가 적군을 생포해 적진의 중요 정보를 파악해내는 일을 하고 있었다. 어느 날 이 병사는 적진의 참호를 습격하여 홀로 참호를 지키고 있던 초병을 생포했다. 초병은 참호에서 혼자 빵을 먹던 중 무방비 상태에서 습격을 받은 것이다.

갑자기 생포된 이 초병은 너무나 당황한 나머지 자신의 손에 들고 있던 빵을 독일군에게 불쑥 내주었다. 예상치 못한 행동에 놀란 이 독일군 역시 당황하여 그 초병이 건네주는 빵을 받아먹었다. 독일군 병사는 빵을 받아먹고 나니 갑자기 고마운 생각이 들었고, 사실 이 사람과 개인적으로 원수진 일도 없다는 생각을 하게 되었다. 배고픈 참에 자신이 먹던 빵을 준 초병에게 감격한 것이다.

독일군 병사는 이 초병에게 자신이 줄 수 있는 가장 큰 보은은 생포하지 않고 돌아가는 길밖에 없다는 생각을 하게 되었고, 발길을 돌렸다. 결국 적군 초병은 상대에게 작은 빵을 선물하고 목숨이라는 더 큰 선물을 얻은 것이다.

사람은 물질적인 빚보다는 마음의 빚을 더 크고 귀하게 여긴다. 큰 선물보다는 작은 선물이 인간의 마음을 움직이는 것이다. 이유는 간단하다. 큰 선물은 머리를 움직이지만, 작은 선물은 사람의 마음과 감정을 움직이기 때문이다. 상대의 마음을 얻고 싶다면 이성에 호소하기보다는 작지만 본능적인 감성적 욕구와 감동적인 마음의 선물이 더 효과적이란 얘기다.

공감 능력 역시 중요하다. 공감이란, 상상력을 발휘해 다른 사람의 처지에 서 보고, 그 사람의 느낌과 관점을 이해하는 것이다. 즉 타인의 고통을 나의 고통으로 느끼는 감정이다. 하루는 나폴레옹이 한밤중에 보초막을 살펴보러 나갔다. 그런데 한 사병이 자신의 총을 보초막 옆에 세워놓은 채 쪼그리고 앉아 잠을 자고 있었다. 나폴레옹은 사병을 깨우지 않고 자신이 직접 보초를 섰다.

한참 후에 깨어난 보초병은 소스라치게 놀랐다. 그가 용서를 구하자 나폴레옹은 "그래, 얼마나 피곤한가? 잠깐 쉬지그래. 내가 대신 보초를 설 테니 말야"라고 말했다. 감격한 사병은 그 후 평생 나폴레옹을 위해 충성을 다했다고 한다.

부하의 고충과 고통을 모르고서는 그들의 마음을 얻을 수도, 부릴 수도 없다. 리더와 팔로워와의 '고통 공감' 이야말로 사람의 마음을 얻는 첩경이다. 진정 내가 같이하고 싶고, 같이해야 할 사람의 마음을 얻기 위해선 이 같은 덕목을 교훈 삼아 실천할 일이다.

당연한 일을
특별히 잘하는 것

중국 송나라 때의 정치가이며 학자였던 사마광司馬光에게 제자 유안세劉安世가 질문한다.

"수만 개의 한자 중 좌우명이 될 수 있는 글자 한 자만 고른다면 무엇을 선택하시겠습니까?"

사마광이 답했다.

"한 글자를 고르라면 '성誠' 자를 택하겠다. 성이란 말씀 '언言' 변에 이룰 '성成'이 합해진 글자다. 말한 대로 이루는 것이 성이니 다시 말하면 거짓이 없는 게 성이다."

성실, 귀가 따갑도록 너무 자주 들어온 말이다. 그러나 동서고금의 현인과 긴 인생을 살아온 어른들이 그렇게 누누이 강조하는 데는 다 이유가 있을 것이다. 그만큼 중요하고 또 어려운 일이기 때문이다.

주위를 둘러보면 겉으로만 화려한 말과 꾸미는 얼굴빛을 하는 사람들이 있다. 교언영색巧言令色이다. 입으로는 꿀처럼 달콤한 말을 하지만 실제 뱃속에는 비수를 품은 인간들도 있다. '구밀복검口蜜腹劍'이다. 한두 번은 상대를 속여 넘어갈 수 있지만 이내 속내가 드러난다. 마음속의 정성스러운 본심은 결국 겉모습으로 나타나게 마련이기 때문이다. '성어중 형어외誠於中 形於外' 다. 진정 마음으로 성실하지 않으면 몸의 태도에도 고스란히 드러나게 되어있다. 속일 수 없다는 얘기다. 진실하고 성실해야 하는 이유다.

그러나 성실이란 말을 들으면 아마도 '뭐야, 너무 진부하고 상투적인 말 아니야?' 라고 말하는 사람이 많을 것이다. 이처럼 성실이란 말은 너무 흔하고 지겹도록 많이 들은 말이라 그저 흘려듣기 십상이다. 그래서 일을 처리하다 보면 지금 하는 일이 시시한 것 같기도 하여 대충하고 싶을 때가 있다. 이럴 때 참고할 만한 얘기로 일본의 전설적인 철도사업가 고바야시 이치죠小林一三의 말을 되새겨 보자.

"가령 신발을 정리하는 일을 맡았다면 그걸 최고로 잘하는 사람이 돼라. 그럼 누가 당신을 신발 정리만 하는 사람으로 계속 놔두겠는가? 후배나 부하 직원을 상대해보면 알 수 있다. 처음에는 무척 단순한 일, 시키기도 미안한 일인데 거기서도 성의 있는 친구와 안 그런 친구가 드러난다. 그럼 다음에 진짜 중요한 일이 떨어졌을 때 누굴 부를까? 굳이 말할 필요도 없다."

이처럼 삶이란 한 채의 집을 짓는 과정과도 같다. 오늘의 성실함이 쌓이고 축적되어 내일의 성공이라는 결과를 만든다.

인생 대부분의 해답은 대체로 식상하고 평범하며 또한 진부한 법이다. 그토록 중요하기에 그만큼 더 자주 거론되고 회자된다는 방증이다. 가장 흔한 말이 가장 중요한 말이라는 사실을 알아야 한다. 따라서 지혜를 짜내려고 애쓰기보다는 먼저 성실해야 한다.

사람은 지혜가 부족해서 일에 실패하는 일은 적다. 사람에게 늘 부족한 것은 성실한 마음과 자세다. 성실하면 지혜도 생기지만, 성실치 못하면 있는 지혜도 흐려지는 법이다. 성실이 부모라면 지혜는 그 자식이다. 성실이 나무라면 지혜는 그 열매라 할 수 있다. 예나 지금이나 여전히 유효한 삶의 근본과 태도는 성실뿐이다.

위대한 것은 결코 어느 날 갑자기 이루어지지 않는다. 한 사람의 일생의 성과나 업적은 마치 대나무가 자라는 것과 비슷하다. 대나무는 마디마디가 단단히 자라야 한다. 만약 어느 한 마디가 부실해지면 그 마디가 허약하게 병들어 부러지고 만다.

이처럼 하나하나의 현재를 소홀히 하거나 건너뛰면 그 때문에 더 이상의 발전을 멈추고 결국 주저앉고 만다. 거듭 강조하지만, 인생의 기상천외한 비법은 따로 없다. 다만 성실 같은 평범한 방법만 존재할 뿐이다.

성공의 이치를 애써 멀리서 찾지 말자. 그 비결은 비록 누구나 알고는 있지만 아무나 실천하지 못하는 지극히 상식적이고 평범한 일을 잘하는 데 있다.

"성공의 비결은 당연한 일을 특별히 잘하는 데 있다."

시카고대학을 설립한 기업가 록펠러의 말이다.

일 미루지
않는 전략

하고 싶은 일은 아무리 바빠도 하고야 말지만, 하기 싫은 일들은 무슨 수를 써서라도 뒤로 미루거나 피하려는 게 인간의 보편적인 심리이고 인지상정이다. 그렇다면 중요한 일을 자꾸만 뒤로 미루지 못하게 하는 전략은 따로 없을까? 그 방법들을 알아보자.

첫째, 하기 싫은 일을 먼저 하자.

미루기 습관에서 탈출하는 가장 좋은 방법은 하기 싫은 일을 먼저 해치우는 것이다. '매도 먼저 맞는 편이 낫다' 라는 속담처럼, 하기 싫지만 중요한 일이라면 그것부터 우선 하자. 그러면 하고 싶은 일을 했을 때보다 큰 만족감을 느낀다. 하기 싫은 일을 할 때는 그것이 끝났을 때 성취감이나 만족감을 만끽하는 자신의 모습을 생생하게 그려보자. 그러면 어려운 일들도 더 쉽게 할 수 있을 것이다.

둘째, 일정 기간 한 가지 일에만 집중하자.

중요한 일을 피하기 위해 사람들이 흔히 쓰는 전략 중의 하나는 주변에서 일어나는 이런저런 일들에 관여하는 것이다. 어떤 사람들은 일을 하다가도 메일을 체크하고, 신문을 뒤적인다. 쓸데없이 다른 사람의 일에 참견하고, 상대방이 도움을 청하지 않아도 자기 일은 뒷전이고 다른 사람들을 돕는 데 너무 많은 신경을 쓰는 사람들도 있다.

시계를 옆에 두고 시간을 정해 한 가지 일에만 집중해보자. 물을 마시거나 전화 받는 것조차도 중단해보자. 그러면 놀라운 효율성을 경험하게 될 것이다.

셋째, 완벽한 상황을 기다리지 말고 일단 시작하자.

필자가 아는 어느 분은 더 완벽하게 강의를 준비한다는 구실로 강의 준비만 하다 끝내는 강단에 단 한 번도 서보지도 못했다. 처음 시도하는 강의에 대한 두려움이야 누군들 없겠는가? 핑계 없는 무덤 없다. 어린아이들도 걸음마를 배울 때 수천 번을 넘어지고서야 걷는다 하지 않던가? 시인의 말처럼 비바람에 흔들리지 않고 곱게만 피는 꽃은 없다. 누구든 넘어지고 자빠지고 깨지면서, 그런 과정을 거치면서 무슨 일이든 성취하게 마련이다.

물론 누구나 특별히 중요한 일이라고 생각되면 대충 하고 싶지 않은 것은 당연하다. 그러나 '언젠가 완벽하게 준비가 되면……' 하고 미룬다면 우리는 대부분 시작하지도 못한 채 생을 마감하게 될 것이다. 위대한 작곡가는 영감이 떠오른 뒤에 작곡하는 것이 아니라, 작곡을 하면서 영감을 떠올린다고 한다. '갓 쓰다 장 파한다'는 속담을 잊지 말자.

끝으로, 실수를 받아들이고 그것을 통해 배우자.

연습했다 생각하자. 우리는 아주 오랫동안 '실수하지 말라' 라고 교육을 받아왔다. 덕택에 많은 사람이 진정으로 원하는 목표를 두고도 실패에 대한 두려움 때문에 그 일을 뒤로 미룬다.

우리는 모두 가끔씩 이런저런 일로 실패를 한다. 그것이 자연스러운 인생이다. 실패란 누구에게나 가슴 아픈 일이지만 무언가를 배우게 해주는 것도 실패다. 실패와 성공은 반대말이라고 생각하지만 모두 '시도' 라고 하는 같은 과정에서 나온다.

중요한 일을 뒤로 미루지 않으려면 먼저 실패할 가능성을 받아들이자. 그리고 실패를 통해서 무언가를 배울 수 있다는 점도 인정하자. '잘 되는 방법' 만 배울 게 아니라, '잘 안 되는 이유' 도 배워야 진짜 잘할 수 있다. 따라서 실패는 망각의 대상이 아니라 '학습의 대상' 이다.

그런 의미에서 실패는 성공하지 못한 최고의 가치라는 사실 역시 유념해야 한다. 미루지 말고 당장 해야 할 중요한 일을 뒤로 미루면, 그로 인해 결국은 더 큰 곤경을 치른다는 사실을 기억하자.

• 4장

•

•

•

내 인생은

내가 정하고

내가 걷는다

•

•

인간관계
가지치기

현대를 살아가는 우리는 혼자 있음을 무엇보다 두려워한다. 끊임없이 혼자가 아님을 확인해야만 안심이 된다. 그러다 보니 깊이는 점점 더 얇아지면서 넓게 퍼져만 가는 소셜 네트워크, 즉 사회관계망에 빠져드는 사람들이 많다. 이들은 일단 스마트폰에 전화번호가 많이 저장되어 있을수록 자신이 인간관계를 잘하고 있다고 생각한다. 수많은 SNS에 가입해 있을 뿐만 아니라 그 활동도 매우 활발하다. 인맥 관리에 열을 올리는 것이다.

그런데 한번 생각해보자. 스마트폰에 저장된 수많은 사람과 얼마나 친밀한 관계를 유지하고 있는가? 단지 그들을 알고 있다는 안도감만 줄 뿐이다. 인간관계를 과시용이나 다른 활용 목적으로만 생각하는 것이다. 이러니 자연 인간관계의 폭은 넓어지는 데 반해 관계의 깊이는 얕아지는 '관계 확장의 역설' 이 발생한다.

불필요한 인간관계에 시간과 에너지 그리고 경제적 가치를 투자하다가 뒤늦게 후회하지 말고, 대신 나와 관계를 지속적으로 함께할 사람들에게 투자하는 것이 차라리 낫다. 인간관계에도 가지치기가 필요한 것이다.

같은 종의 키 큰 나무로 이루어진 숲에서 나무가 위로 곧게 자라는 것은 광선을 향한 이웃 나무와의 경쟁 때문이다. 이 과정에서 나무는 빛을 더 많이 받기 위해 밑 부분의 오래된 가지는 제거하고 윗가지만 남긴다. 나무가 스스로 가지를 잘라버리는 '자절自切 작용'를 하는 것이다. 나무가 자랄수록 공간이 좁아지므로 그늘 속의 가지를 지탱하기 위해 에너지를 소진하기보다는 위로 자라기 위한 경쟁에 집중하는 것이 유리하기 때문이다.

업무 처리도 마찬가지다. 곁가지는 과감하게 잘라내어 복잡한 상황을 명료하게 단순화하는 작업이 필요하다. '아이젠하워의 단순화 원칙'이 있다. 이는 그가 직무를 수행할 때 적용한 방법에서 비롯된 말이다. 그는 자신의 책상을 늘 4등분해 놓았다고 한다. 그리고 그 각각에 '버릴 것', '지시할 것', '연락할 것', '지금 당장 직접 처리할 것'을 배치한다. 그래서 일이 끝나면 정작 자신의 책상 위는 말끔히 치워놓은 상태가 되었다. 쓸데없는 것을 버릴 줄 알았기 때문이다. 정리의 달인이었던 셈이다.

아이젠하워의 가장 큰 강점은 문제를 단순 명료하게 해결하는 능력이었다. 어지럽고 복잡한 일을 간단하게 정돈하는 게 그 핵심이다. 백악관에 비서실장제와 국가안보 보좌관제가 만들어진 것도 아이젠하워 대통령 시절이었다.

문장도 간결해야 힘이 있고 명료하다. 가독성도 높아진다. 상품도 가짜나 모조품, 저급일수록 외양만 덕지덕지 요란하다. 명작이나 명품일수록 디자인이 심플한 단순미가 압권이고 생명이다.

대인관계에 너무 연연하지 말자. 그 사람과 인연이라면 지구 한 바퀴를 돌아서라도 다시 만나게 되고, 아니라면 지금 바로 내 곁에 있더라도 떠나간다. 떠날 사람은 아무리 붙잡아도 떠나게 되어 있고, 옆에 있을 사람은 가라고 소리쳐도 떠나지 않는다.

사람과 사람의 관계란 마치 장미 덤불과도 같아서 향기에 마냥 취하다 보면 부지불식간에 가시에 찔리고 상처를 입곤 한다. 두터운 우정 등은 공고히 유지할 필요가 있다. 그러나 친밀한 관계를 새로이 만들려고 굳이 애쓸 필요는 없다. 대인관계의 외연을 넓히고, 전선을 자꾸만 확대할 필요는 없다.

우리 속담에 "가난할수록 기와집 짓는다"라는 말이 있다. 겉모습에 과도하게 치중하여 감당도 하지 못할 불필요한 인간관계를 넓히려고만 하다 보면 정작 중요한 사람을 잃을 수 있다. 넓기만 할 뿐 두께는 종잇장처럼 얇은 인간관계는 가치가 없다. 주렁주렁 넓어지고 느슨해질수록 의미 있는 관계는 줄어든다.

초점을 맞추기 전까지 햇빛은 아무것도 태우지 못한다. 따라서 양은 냄비같이 빨리 끓진 않아도, 뚝배기처럼 느리고 더디게 끓어도, 한번 끓은 마음이 쉽사리 변치 않을 사람들로 인간관계의 폭과 깊이를 정리하여 가지치기할 필요가 있다.

너무 멀지도
너무 가깝지도 않은 거리

대부분의 세상사가 그러하듯, 우리 삶도 지나치거나 혹은 부족함의 연속이고 그것이 늘 문제다. '과유불급過猶不及'이라 했다. 지나친 것은 오히려 조금 부족한 것만 못하다.

인간관계도 적당한 거리를 두면 좋을 것을, 그 '적당함'이 지나치거나 못 미치기에 말썽이 되곤 한다. 따라서 너무 멀지도 그렇다고 지나치게 가깝지도 않은 '불가근 불가원不可近 不可遠'의 지혜가 필요하다.

사람 관계란 몸이 멀어지면 마음 또한 소원해진다. 그렇다고 너무 지나치게 가까이 하다보면 하루아침에 관계가 악화되는 경우도 종종 발생한다. 가령 부부지간이나 막역한 친구 사이에서도 흉허물이 없다는 안도감에 별 의도 없이 던진 말이 화근이 되는 경우도 있다.

그제야 비로소 너무 가깝게 지냈던 것이 문제가 되었음을 알게 된다. 또는 안부가 궁금함에도 사는 곳이 멀어 어쩌다 접하게 되면, 가까이하지 못한 것을 후회한다. 그러나 세상을 살면서 적당한 거리를 유지하면서 처신한다는 게 말처럼 쉽지만은 않은 게 현실이다.

독일의 철학자 쇼펜하우어의 우화 가운데 '고슴도치 딜레마'가 있다. 고슴도치들은 날이 추워지면 추위를 막기 위해 서로에게 아주 가까이 다가간다. 그러나 가까이 가면 갈수록 뾰족한 가시에 찔려 놀라서 멀리 떨어진다. 이런 과정을 반복하면서 고슴도치들은 아픔과 추위 사이를 수차례 겪으면서 마침내 '적절한' 거리를 유지하게 된다. 결국 서로 상처를 주지 않으면서도 따뜻함을 느낄 수 있는 절묘한 거리를 찾게 되는 것이다.

이 우화는 서로에게 상처를 주지 않고도 따뜻한 관계를 유지할 수 있는 거리, '너무 가깝지도 그렇다고 아주 멀지도 않은' 적당한 거리가 좋은 처신이라는 교훈이다. 서로 그리워 할 만큼의 거리, 서로 이해할 수 있는 만큼의 거리, 서로 소유하지 않고 자유를 줄 수 있는 거리, 서로 불신하지 않고 신뢰할 수 있는 거리, 그 거리를 유지해야만 관계가 더 오래갈 수 있다. 내 편으로 만들고 관계를 오래 유지하고 싶다면, 집착보단 때론 제3자인 것처럼 한 걸음 물러나 관망하는 것도 필요하다.

인간관계에도 '담장'이란 경계와 태양 같은 거리가 필요한 것이다. 너무 가까우면 타죽고 너무 멀리 떨어져 있으면 얼어죽는다. 적당한 안전거리가 있어야 한다. 담장이 필요한 이유다. 감정에는 윤리나 도덕도 없다. 너무 가까워도, 너무 멀어도 어려운 게 인간관계다.

나무도 다르지 않다. 나무와 나무 사이에도 적당한 거리가 필요하다. 너무 가까이 붙어 있으면 한정된 영양분을 나눠먹어야 하기에 튼실하고 건강하게 자랄 수 없다. 이렇게 보면 적당한 거리는 자연의 법칙이기도 하다.

말도 또한 마찬가지다. 과도하고 무례한 말 때문에 불쾌해지거나 관계가 틀어지는 경우도 적지 않다. 《명심보감》에 이르기를 "사람을 만나거든 3할의 말만 하고 내 마음 전체를 다 털어놓아서는 안 된다. 호랑이가 내 앞에서 입을 세 번 벌리며 포효하는 것은 두렵지 않다. 다만 인간의 마음이 언제든지 변할 수 있는 양면성이 두렵다"라고 했다.

내 마음을 전부 털어놓다 보면 고의든 실수로든 상대방이 그 말을 다른 사람에게 옮기는 경우도 생긴다. 그리하여 사람을 만날 때는 항상 내 진실과 진심의 30퍼센트만 말하라고 한다. 그토록 믿었던 사람에게 털어놓은 이야기가 입에서 입으로 전해져 다시 내 귀로 들어올 때 그 배신감은 말로 표현할 수 없다.

그래서 그런 일을 당할 때마다 앞으로는 절대 다른 사람에게 내 마음을 다 털어놓지 않겠다며 다짐도 한다. 마음속 깊은 밑바닥까지 전부 드러내 퍼주고 나서, 혼자 기대하고 혼자 실망하지 말 일이다. 그럼에도 불구하고 매번 같은 실수를 되풀이하며, 적당한 말의 필요성을 절감하고 사는 게 인생이며 현실이기도 하다.

부부 관계도 매한가지다. 건강한 거리 유지가 필요하다. 앞차와 뒤차가 너무 가까우면 충돌하기 쉽고, 너무 멀어지면 다른 차가 끼어든다. 이처럼 부부간에도 지나치게 가까우면 존경심이 없어져 충돌의 원인이 될 수 있다.

반대로 상대에게 너무 무관심하거나 냉정하게 대하면, 부부 사이에 제3의 인물이나 장애물이 끼어들 수 있다. 적당한 거리를 유지해야 한다. 부부간에 맺고 있는 거리가 편안하고 자연스럽기 위해서는 최적의 거리를 유지하자. 그래야 서로 존중하며 손을 놓지 않고 '따로 또 같이' 멀리 오래 갈 수 있다.

일생 동안 단 한 번
만나는 인연

우리의 삶을 가치 있게 만드는 것은 부나 명예, 건강만은 아니다. 늘 곁에 있는 가족 또는 수많은 만남을 통해 좋은 인연을 맺은 친구와 지인들 역시 소중하다. 그런데 대다수 사람들은 그 만남 자체를 그냥 흘려보내고 만다.

"어리석은 사람은 인연을 만나도 인연인 줄 모르고, 보통 사람은 인연인 줄 알지만 스쳐지나가고, 현명한 사람은 조그만 인연이라도 소중히 여긴다"라고 피천득 시인은 말한다. 우리 범인들은 대부분의 만남을 귀중한 인연인 줄 모르고 지나친다는 지적이다.

삶의 여정에서 닿은 사소한 인연도 언젠가는 다시 만난다는 진리를 자주 깨닫는다. 마치 멀리 떨어진 섬처럼 독립되어 보이지만, 시간이 지난 후에는 그 인연들이 보이지 않는 수면 밑으로 서로 잇닿아 연결되어 있다.

일본 다도茶道에 '일기일회一期一會' 정신이 있다. 주인이 초대한 손님에게 차를 대접할 때, 일생一期 동안에 단 한 번一會밖에 없는 시간,

두 번 다시 돌아오지 않는 만남이라고 생각하는 마음가짐이다. 그래서 조금의 소홀함도 없게 지극 정성을 다하는 것이다. 또한 손님도 이 모임이 다시 만나기 어려울 것임을 알아서 주인의 취향에 뭣 하나 소홀함이 없음에 감탄하고, 진정으로써 사귄다는 것이다.

이러다 보니 사람과 사람의 만남에도, 일거수일투족의 행위에도 '적당히'는 통할 여지가 없는 것이다. 반드시 주객 모두 예사로 차 한 모금 마시지 못하는 것이다. 사람을 대할 때, 그때 그 순간에 최선을 다하지 않으면 안 된다는 마음가짐이 중요하다는 사고방식이 아닐 수 없다.

우리도 좋은 사람을 못 만났다며 불평하고 투덜대기 전에 스스로 어떤 태도로 상대를 대했는지 돌아보고, 내가 만나는 모든 사람이 좋은 인연이 될 수 있도록 매사 진심과 정성을 다해야 한다. 한정된 시간과 에너지 그리고 유한한 인생길인 만큼, 만나는 모든 인연에 혼신으로 전심전력할 수만 없는 것도 현실이다. 그러나 중요한 것은 만남의 인연을 소홀히 여겨서는 안 된다는 사실이다. 그래야만 나중에라도 소중한 인연의 불씨를 다시 살릴 수 있는 여지가 있기 때문이다.

비록 오늘 목마르지 않다 하여 우물에 돌을 던져서는 안 된다. 오늘 당장 필요하지 않다 하여 친구를 팔꿈치로 떠밀지 말아야 한다. 오늘 배신하면 내일은 배신당하게 마련이다. 마치 개구리가 올챙이 적 시절을 까맣게 잊듯, 사람들도 어려움에 처했을 때 도움을 주었던 사람들을 까맣게 잊고 산다. 그러다가 다시 어려움에 처하면 아득히 잊고 있던 그를 찾아가 낯 뜨거운 도움을 청한다. 개구리와 다를 게 없다.

비 올 때만 이용하는 우산처럼 사람을 필요할 때만 이용하고 배신해버리는 행위도 하지 말아야 한다. 우물물을 언제든 마시기 위해서는 먹지 않는 동안에도 깨끗이 관리해놓아야 하듯, 필요할 때 언제든 도움을 받기 위해서는 필요 없는 동안에도 인맥이라는 인연의 끈을 유지해야 한다. 지금 당장 내가 도움을 받지 못하는 사람이라고 해서 그에 대해 무관심하고 배신하면, 정작 내가 진정으로 필요하게 되었을 때는 그의 앞에 나타날 수가 없게 된다.

단감 빼먹듯이 내가 필요할 때만 이용해 먹고 배신해 버리면 상대방도 그와 똑같은 태도로 맞선다. 내가 등을 돌리면 상대는 마음을 돌려버리고, 자신이 은혜를 저버리면 상대방도 관심을 꺼버린다. 내가 배신하면 상대는 아예 무시하는 태도로 맞선다. 따라서 한번 맺은 인연은 소중히 간직하여 오래도록 잘 남겨두는 것이 좋다. 오늘이 마지막인 것처럼 다시는 뒤돌아보지 않을 듯이 등 돌려가지만 사람의 인연이란 언제 다시 어떠한 모습으로 만나질지 모르기 때문이다. 오늘 닿은 만남은 세상을 돌고 돌아서 다시 나에게 인연으로 돌아온다.

"처음 만남은 하늘이 만들어주는 인연이고, 그다음부터는 사람이 만들어가는 인연이다"라는 말이 있다. 그렇다면 만남에 대한 책임은 하늘에, 관계에 대한 책임은 나에게 있는 셈이다. 좋은 인연은 저절로 무르익고 맺어지는 게 아닌 만큼 서로 관심을 갖고 지속적으로 관리하며 노력할 일이다.

유연한 역발상이
길을 튼다

'하로동선夏爐冬扇' 이라는 말이 있다. '여름의 화로와 겨울의 부채' 라는 의미로 철에 맞지 않거나 쓸모없는 경우를 일컫는 말이다. 무더운 여름날 어떤 사람에게 화로를 선물했다. 얼마 후 그 선물이 마음에 들었는지를 묻자 그는 "무더위에 화로가 무슨 소용이 있느냐?" 며 화를 냈다.

이번엔 겨울에 부채를 선물하면서 "마음에 듭니까?" 라고 물었다.

"이 사람아, 겨울에 부채가 무슨 소용이 있겠나? 선물을 하려면 여름에 부채를 하고 겨울에 화로를 해야지. 겨울에 부채가 무슨 소용이 있고, 여름에 화로가 무슨 쓸모가 있겠나?" 라며 짜증을 내었다.

이번에는 다른 사람에게 여름에 화로, 겨울에 부채를 선물한 후 똑같이 물어보았다. 그런데 이 사람의 대답은 달랐다.

"그래, 고맙네. 잘 사용하고 있네."

의아해서 다시 물었다.

"아니, 여름에 화로를, 또 겨울에 부채를 어떻게 쓰고 계십니까?"

그가 대답했다.

"화로는 여름 장마에 젖은 옷가지나 물건을 말리는 데 사용하고, 부채는 겨울에 불 지필 때 요긴하게 잘 쓰고 있다네."

맑은 아침 이슬도 독사가 먹으면 독이 되고, 젖소가 먹으면 우유가 된다. 내가 어떻게 마음먹고 해석하느냐에 따라, 어떤 가치를 부여하느냐에 따라 보잘것없어 보이던 것도 매우 긴요한 물건이 될 수 있고, 아주 값진 것도 쓰레기 취급을 받을 수 있다. 우리가 일상생활 속에서 고정관념을 바꾸면, 여름 난로와 겨울 부채도 그 용도가 아주 좋을 수 있다는 교훈이다.

틀에 박힌 고정관념에서 벗어나 유연하게 생각할 일이다. 좋고 나쁨 자체는 애초 존재하지 않는다. 우리의 생각이 그렇게 만드는 것뿐이다. 비나 눈 또는 바람이 부는 날은 나쁘고, 햇볕이 화사한 날씨만 좋은 것은 아니다. 다만 '다른' 날씨만 존재할 뿐이다. '입산금지入山禁止'도 거꾸로 읽으면 '지금 산에 들어가라'는 말이 된다.

닭을 기르는 한 농부가 있었다. 그런데 그의 농토는 봄만 되면 물에 잠겨 애를 먹었다. 닭장이 물에 잠기는 바람에 그때마다 닭들을 높은 지대로 대피시켜야 했다. 어떤 때는 신속하게 대처하지 못하는 바람에 수많은 닭이 물에 빠져죽기도 했다. 그러던 어느 해 최악의 봄이 찾아와 키우던 닭을 모두 잃고 말았다. 그는 낙담하며 한탄했다.

"어쩌면 좋지? 마른 땅을 살 돈은 없고, 그렇다고 땅을 팔 수도 없고, 눈앞이 캄캄해."

그러자 그의 아내가 말했다.

"그럼, 오리를 키우면 되잖아요!"

뒤집어 생각하니 약점이 도리어 강점으로 둔갑한 것이다. 불리하면 나에게 유리하도록 룰을 바꾸면 된다.

알렉산더는 페르시아 원정에 나섰을 때, 해전海戰에 강한 페르시아군을 상대로 해상에서 정면으로 싸워서는 승산이 없다고 판단했다. 그래서 그는 고성古城을 허물어 그 잔해를 가지고 바다를 메워 육지와 섬을 연결했다. 해전을 지상전으로 바꾸자 페르시아군은 힘 한 번제대로 쓰지 못하고 무너지고 말았다. 섣불리 체념하거나 단념하지말고 뒤집는 역발상이 필요한 이유다. 발상을 전환하면 해법이 보이고 문제를 해결할 수 있다.

한 소년이 화창한 봄날에 기분 좋게 언덕을 올랐다. 그는 마침 길에 튀어나와 있던 돌에 걸려 그만 넘어지고 말았다.

"이런 돌덩이가 왜 사람들이 다니는 길에 있지?"

소년은 삽으로 돌부리를 캐내기 시작했다. 파헤치자 점점 돌의 크기가 드러났다. 땅 위에 보이는 돌은 사실 큰 바위의 일부였던 것이다. 소년은 놀랐지만 결심했다.

"다시는 다른 사람들이 돌부리에 걸리지 않도록 파내겠어!"

소년은 분한 마음 반, 정의감 반으로 거대한 돌에 달려들었다. 어느덧 해가 뉘엿뉘엿 지기 시작했다. 소년은 그만 삽을 놓고 말았다.

"안 되겠다. 포기하자."

소년은 파놓았던 흙으로 돌이 있던 자리를 덮기 시작했다. 그러자 소년이 걸려 넘어졌던 돌부리도 흙에 덮여 더 이상 보이지 않게 되었다. 소년은 중얼거렸다.

"왜 처음부터 이 방법을 생각하지 못했지?"

파헤치지 않고 덮어주는 것이 더 쉽고 온전한 방법이다.

길을 가다가 돌이 나타나면 걸림돌이 아니라 딛고 올라서는 디딤돌이라 생각해보자. 궁즉통窮即通이라 했다. 더 이상 어찌할 도리가 없다는 생각이 들 때, 포기하지 말 일이다. 인생의 해답은 여러 개 존재할 수 있음을 기억하자. 다만 유연하게 발상을 전환한다면 말이다.

결정의 순간,
현명한 판단 기준은?

프랑스의 철학자 장 폴 사르트르의 말이라고 알려진 영어권의 유명한 격언 중에 "인생은 B와 D사이의 CLife is C between B and D"라는 말이 있다. 인생은 탄생Birth과 죽음Death 사이의 선택Choice의 연속이라는 뜻이다.

그런데 우리 인간은 이성으로 똘똘 뭉친 존재도 아닐뿐더러 누구든 처음 살아보는 낯선 인생길이다 보니 선택의 순간에 잘못된 판단을 하거나 자주 흔들릴 수밖에 없다. 지나고 나면 쉬워보이는 선택도 결정의 순간에는 그 판단이 간단치 않은 경우가 많다. 선택의 기로인 갈림길에서 우리가 고민에 빠지는 이유는, 선택의 결과를 정확하게 예측할 수 없는 불확실성 때문이기도 하다.

쉽사리 판단이 서지 않는 갈등 상황에서 북극성 같은 길 안내자 혹은 판단의 좌표가 될 수 있는 기준을 몇 가지로 대별하여 생각해보자.

첫째, 살까 말까 고민될 때는 사지 말자.

충동구매로 후회할 가능성이 매우 높다. 우리는 살아가는 데 꼭 필요한 것을 사는 게 아니라, 없어도 되는 단지 원하는 것을 사는 경우가 많은 게 현실이다.

둘째, 말할까 말까 판단이 서지 않을 때는 말하지 말자.

대화를 할 때, 우리는 침묵의 어색함을 견디지 못해 아무 말이든 해야 한다는 중압감을 느낀다. 그러다 말이 길어지면 절대로 하지 말아야 할 말까지도 하는 경우가 있다. 부지불식간 내뱉은 말에 후회막급 한다.', '세치 혀가 사람 잡는다' 라고 했다. '입은 재앙을 부르는 문이요, 혀는 몸을 베는 칼' 이라는 표현도 있다. 그러니 입을 함부로 놀리지 말자.

말이 적으면 근심이 없고, 말이 많으면 실수할 수밖에 없다. 그러나 가족과 연인 간에 '사랑합니다' , 다른 사람들에게 도움이나 은혜를 입었을 때는 '감사합니다' , '고맙습니다' , '덕분입니다' , '애 많이 쓰셨습니다' , 부모님께 안부 전화 드리기 등의 말은 많이 할수록 좋다.

셋째, 줄까 말까 난감할 때는 주자.

인색하지 말자는 얘기다. 사람은 돈 쓰는 것을 보면 그 사람이 어떤 사람인지 알 수 있다. 인색한 사람은 부모라도 그 자식을 싫어한다. 또한 인색한 부모는 그 자식도 멀리한다. 살아 있는 동안 쓰는 돈이 내 돈이지, 남기고 가는 재산이 내 돈은 아니다. 나이 들어서도 인기를 바란다면 입은 다물고 지갑은 열어야 한다. 우스갯말로 석사보다 높은 학위가 박사고, 박사보다 더 높은 학위가 '밥사', '술사'라고 하지 않던가?

넷째, 먹을까 말까 흔들릴 때는 먹지 말자.

과식은 암의 자식이라고 한다. 한자로 암癌이란 병은 유해한 음식을 많이 먹어서 결국은 드러눕는 병이라는 풀이도 있다. 우리는 흔히 욕심 많은 사람을 돼지에 비유하지만, 사실 돼지는 위의 70~80퍼센트가 채워지면 더 이상 먹이를 먹지 않을 만큼 절제를 잘하는 동물이다. 십장생 동물들도 음식물로 위의 80퍼센트만 채운다. 전문가들의 주장에 따르면 건강을 지키고 노화를 예방하는 비결은 적게 먹고 많이 걷는 것이라고 한다. 위의 80퍼센트만 채우면 의사가 필요 없다고까지 말한다.

다섯째, 할까 말까 모호할 때는 하지 말자.

남들이 알까 겁나는 일은 아예 마음조차 먹지 말자. 마음에 조금이라도 거리끼면 제 스스로 합리화의 구실을 만들기 전에 손을 떼라는 얘기다. 그러나 인사만큼은 거꾸로 하자. 인사를 했는지 안 했는지, 해야 하는지 말아야 하는지 잘 모를 때는 일단 먼저 하자.

"어떠한 경우라도 인사는 부족하기보다 지나칠 정도로 하는 편이 좋다"라고 톨스토이는 말했다.

여섯째, 갈까 말까 망설여질 때는 가자.

꼭 인사를 드리고 예의를 갖추어야 할 곳이 있다면 다소 귀찮고 피곤하더라도 가자. 그래야 나중에 후회를 덜하거나 안 한다.

우리는 모두 아무런 연습이나 훈련 없이 태어났기에 실수도 많고 허점투성이다. 따라서 후회 없는 완벽하고 옳은 판단은 애당초 불가능하다. 또한 개인적으로는 다양하고 특수한 상황이 얼마든지 있을 수 있기 때문에 모든 상황에 보편타당하게 적용할 수 있는 판단 기준 또한 있을 수는 없다. 그러함에도 일반적으로 대입할 수 있는 판단 기준은 나름 있을 수 있다.

세상에 정답은 여러 개다. 이상에서 열거한 나름의 기준으로 언행을 실천하다 보면 조금은 덜 후회하고 나아가 더 만족스러운 삶의 처신이 되리라 기대한다.

상사의 허물을
아뢰야 한다면

　사람은 지위가 높아질수록 자신이 소중하게 생각하는 것에 집착함으로써 객관적인 시각을 갖기 어렵다고도 한다. 따라서 의외로 시야가 좁아지고 판단이 흐려져 고집스러워진다. 일방통행식의 독단적 결정과 지시 일변도로 흐르기 쉬운 것이다. 별다른 견제나 비판도 받지 않는 만큼 허물 또한 많아진다.

　그런데 사람들은 달콤한 교언영색巧言令色보다는 솔직한 지적이나 충고가 좋다고 말은 하지만 충언을 받아들이기 어려워하는 본성이 있다. 실제로 그런 말을 들을 때 마음을 다스리기 어려운 것이 인지상정이다.

　또한 자기 눈으로는 자신의 속눈썹을 볼 수 없듯目不見睫, 남들 다 아는 허물을 정작 본인은 잘 모른다. 비록 알고 있어도 애써 외면하거나 덮으려 한다. 인간은 자신이 보고 싶은 것만 보고, 듣고 싶은 것만 들으려는 경향이 있기 때문이다. 무릇 인간은 자신이 좋아하는 것, 자신의 관심사에 사로잡혀 있는 것이다.

그렇다고 상사의 잘못된 생각이나 판단을 무조건 옳다고 맞장구치는 것은 마치 짠 국물에 계속 소금을 넣는 꼴이 된다. 윗사람의 허물은 어떻게 간諫하는 것이 지혜로울까?

먼저, 상사도 희로애락의 감정을 지닌 사람임을 잊어서는 안 된다. 설사 부하가 하는 말이 아무리 옳더라도 상사는 당장 자신의 감정을 거스르고 싶지는 않은 것이다. 따라서 내가 말하고자 하는 바가 아무리 옳고 정당하다 하더라도 상대의 마음 상태에 따라서는 얼마든지 왜곡되어 받아들여질 수 있다는 사실을 알아야 한다.

《한비자》에 "군주를 칭찬할 때는 비슷한 사례를 들어서 칭찬하고, 군주의 일을 바로잡고자 할 때는 유사한 일을 들어서 충언하라"라는 말이 있다. 무턱대고 칭찬하거나 일방적으로 충직한 말을 하게 되면 사람의 마음을 움직이긴 어렵다. 특히 자신이 꼭 이루고 싶은 일에 매달려 있을 때는 아무 말도 귀에 들어오지 않는 경우가 많다. 이때는 객관적으로 생각할 수 있는 비슷한 사례를 드는 것이 좋다. 먼저 상대방이 상황을 객관적으로 볼 수 있게 한 다음, 자신의 일을 스스로 돌아보게 해야 설득이 쉽게 되는 것이다.

선비로서 지녀야 할 일상의 범절을 정리한 책인 《사소절士小節》에 이런 내용이 보인다.

"어른이 허물이 있을 경우, 성이 났을 때 간해서는 안 된다. 간하는 말이 귀에 들어오지 않고 허물만 더하게 된다. 그 마음이 가라앉고 기운이 내려가기를 기다려 조용히 말하는 것이 옳다."

아무리 옳은 말도 때를 가려 해야 한다. 들을 준비가 되어 있을 때

해야 보람이 있다. 특히 어른에게 말할 때는 더더욱 그렇다. 말씀드리기 어려운 말일수록 시간차를 두자. 상대의 안색과 기분을 살피지 않고 면전에서 곧바로 불쑥불쑥 말하는 사람은 '눈뜬장님'에 다름 아니다. 어느 정도의 시간이 지나 화가 가라앉으면 자기에게도 무슨 문제가 없었나 생각할 수 있는 여유가 생길 수 있고, 그런 여유가 생기면 남이 하는 충고도 유감없이 받아들일 수 있게 된다.

단순히 잘못된 점만을 부각시킬 것이 아니라 적절한 대안까지도 제시하자. 그러면 상사로부터 능력 있고 신뢰 가는 직원으로 인정받을 수 있다.

'상사는 당신이 가려고 하는 곳을 지키는 문지기'라는 말이 있다. 따라서 상사와 좋은 관계를 맺지 못하는 것은 스스로 자신의 문을 닫아버리는 것과 같다. 행여 말실수 때문에 상사에게 미운털이라도 박히면 의외의 위기에 봉착할 수도 있다. 승진을 비롯한 크고 작은 일에서 불이익을 당하거나 불편한 관계가 지속될 수도 있다. 말 때문에 외로워질 수 있는 것이다.

윗사람 또한 자문해보아야 한다. 주위 사람들이나 직원들이 정말로 좋아서 좋다고 말하는 걸까? 진짜로 괜찮아서 괜찮다고 얘기하는 걸까? 목재가 먹줄을 따라야 반듯해지듯, 사람도 간하는 말을 받아들여야 비로소 반듯해지는 법이다. 더욱이 '남들은 다 알고, 본인만 모르는 허물'을 알기 위해 주위의 충고나 간언을 겸허히 받아들이자. 모르는 것을 알면 실수를 줄일 수 있다. 억지로라도 내 마음속에 비판가 한 명쯤 모셔 놓을 일이다.

입이 큰 사람이 아니라
귀가 큰 사람이 되라

미국의 어느 지하철에서 있었던 일이다. 한 남자가 어린 두 아들을 데리고 탑승했다. 차내에서 다른 승객들은 안중에도 없다는 듯, 그 아이들은 소란스럽게 계속 떠들고 뛰어다니며 짓궂은 장난을 쳤다. 아버지는 아이들의 무례한 장난을 만류할 생각은 하지도 않은 채, 자못 심각한 표정으로 고개를 떨구거나 멍하니 천장만 쳐다보길 반복했다. 참다못한 한 승객이 그 아버지의 속사정은 모른 채 힐난하듯 아이들을 제지하라고 말했다. 그러자 그 아버지는 맥없이 대답한다.

"예, 죄송합니다. 사실은 조금 전 아이들의 엄마 장례식을 마치고 집으로 돌아가는 중입니다."

사람들은 모든 것을 자기중심적으로 해석하고 골라서 자의적으로 편집하곤 한다. 내 생각만이 보편타당한 것도, 절대적인 것 또한 아니다. 선불리 성급하게 판단을 내리기 전에 다른 사람들의 입장이나 처지도 고려하여 좀 더 따뜻하고 넓은 마음을 갖고 생각할 필요가 있다.

상대가 왜 그러는지, 혹은 무슨 말 못할 사정은 없는지도 한번쯤은 역지사지 해보아야 한다. 상황을 객관적으로 파악하기 위해서는 양쪽 사정을 모두 들어보아야 하는 것이다.

핑계 없는 무덤 없듯, 상대의 처지를 알고 보면 이해 못 할 일도, 수긍 못 할 것도 없는 경우가 허다하다. 입장 바꿔 생각해보면 많은 경우 "아~, 그랬구나!"라고 공감되는 상황이 얼마든지 있을 수 있다. 타인의 아픔을 내 아픔으로 느끼는 감정이 곧 '공감共感'이다.

어떤 상황에서도 자신을 지지해주고 공감해주는 한 명의 사람이 반드시 있어야 한다. 어떤 경우에도 받아주고, 믿어주는 존재가 딱 한 명이라도 있으면, 역경에 닥쳤을 때 놀라운 회복탄력성이 발휘된다.

미국 하와이 카우아이 섬에서 태어난 신생아 200명의 성장 과정을 40년 동안 지켜보면서 심리학자 워너가 내린 결론도 동일하다. 극빈한 삶을 산다는 배경은 동일한데, 그중에서 성공하는 아이들이 나오더라는 것이다. 그들을 살펴보니 공통점이 딱 하나 있었다. 바로 믿어주고 응원해주는 어른이 한 명이라도 옆에 있었다는 것이다. 어머니처럼 무조건 믿어주고 공감해주는 한 사람만 있으면, 역경이 닥쳐도 자신이 원하는 일을 반드시 해내고, 반듯하게 성장할 수 있다.

부부도 마찬가지다. 이미 답은 자신이 더 잘 알고 있다. 굳이 논리적으로 명쾌하게 따지기보다 "나라도 그 상황이면 그랬을 거야!", "당신보다 내가 더 화가 나네!" 혹은 "난 항상 당신 편이야!"라고 공감해주는 마음이 반드시 필요하고 중요하다. 상대의 편에 서서 이야기를 잘 들어주는 것도 바로 공감이다. 상대의 눈을 바라보고, 고개를 끄덕여주고, 손을 잡아주는 것, 말이 아닌 행동이 가장 진실한 공감이다.

직장 또한 다르지 않다. 리더는 혼자서 뭔가 열심히 떠들고 있지만 팔로워의 마음은 굳게 닫혀 있다. 상사는 주장만 하려 할 뿐, 직원들의 의견을 귀 기울여 들으려 하지 않는다. 부하 직원이 다른 의견이나 생각을 말하는 것은 권위에 대한 도전이고 위계질서를 무너뜨리는 불손한 결례로 받아들인다. 그러나 혼자서 떠드는 말은 배설이고 독백일 뿐 대화는 아니다.

지금 이 시대가 간절히 원하는 것은 청산유수처럼 말하는 매끄러운 입, '빅 마우스Big Mouth'가 아니다. 그것은 다른 사람들의 이야기를 경청하고 공감해 주는 큰 귀, 즉 '빅 이어Big Ear'다.

이 시대의 위기도 공감과 소통의 부재不在와 무관치 않다. 불통不通에 따른 질식사를 사전에 예방하고 만사형통하는 소통을 위해 우리 모두 따뜻한 공감과 소통의 언어를 일상에서 실천하자.

걱정을 하면
걱정이 없어질까

자본주의 경쟁체제의 절대 덕목이자 계명은 '더 빠르게, 더 강하게, 더 크고 많게' 다. 강하고 빠른 자가 아름답고 승자가 모든 것을 얻는 승자독식이 미덕이라는 얘기다. 이러한 체제에서 살다보니 우리는 근심과 걱정을 늘 안고 갈 수밖에 없고, 그림자처럼 달고 다닐 수밖에 없는 것이 숙명이다. 권력이 있든 없든, 돈이 많든 적든 예외가 없다.

우리는 흔히 무소불위의 권력을 휘둘렀던 고대의 황제나 근대의 독재자들에게는 스트레스가 전혀 없었을 것이라 생각한다. 그러나 그들 역시 적이 쳐들어오지는 않을까, 내란이 발생하지는 않을까, 누군가 자신을 독살하지는 않을까 전전긍긍하며 하루하루를 보냈을 것이다. 그들이야말로 세상에서 가장 고독한 사람들이었는데 어찌 근심 걱정이 없었겠는가?

돈 많은 백만장자들도 스트레스를 받으며 살기는 마찬가지다. 주가나 부동산 가격 등락 등 그들에게도 걱정거리가 태산일 것임이 자명하다. 하물며 우리 같은 평범한 서민들의 삶을 들여다보면 걱정거리가 없는 사람은 없다. 취업, 승진 그리고 내집 마련과 건강 문제 등 실생활과 연관된 걱정이 하나 둘이 아니다.

이쯤에서 근심과 걱정은 무조건 나쁘고 배격해야 할 대상인지 되짚어보자. 실상 걱정은 생존을 위한 진화의 산물이다. 즉 걱정이 많은 사람은 더 진화한 사람이고 생존력이 강한 사람이라고 볼 수 있다. 불안이라는 마음의 통증도 우리의 생존과 직결된 하나의 신호다.

불안감이나 걱정이 전혀 없는 사람은 진화 과정에서 도태되었을 것이다. 부정적인 감정 반응은 곧 생존의 힘이다. 고맙기까지 한 존재인 것이다. 걱정하기 때문에 그만큼 대비하고 준비하는 것이다. 걱정, 즉 부정적인 불안한 생각은 우리에게 위험을 알려주는 신호다. 적당한 스트레스가 있어야 비로소 더 큰 불행을 예방하기 위해 노력하게 된다. 문제는 그 신호에 지나치게 사로잡히는 데 있다.

근심과 걱정은 관념, 즉 대부분은 실상이 없는 생각이 만들어낸 허상이다. 어느 유명 컨설턴트가 걱정과 고민이 많다는 사람들에게 종이를 나눠주며 말했다.

"고민과 걱정을 여기에 다 써 보세요. 그런 다음 그 종이를 옆 사람과 바꿔보는 겁니다."

처음에는 다들 쓸 게 많다는 표정이었는데, 옆 사람과 바꿔본다는 말에 전부 쑥스럽게 웃으며 펜을 놓기 시작했다.

"왜 안 쓰세요. 보여주기 힘들 정도로 심각한 것들인가요?"

그러자 사람들이 대답한다.

"그 반대입니다. 생각해보니까 이런 걱정은 다들 갖고 있는 것 같아요"

사람들은 하루에 평균적으로 50~60만 번의 생각을 한다고 한다. 이 중 70퍼센트는 부정적인 생각이나 걱정하는 일들이다. 그런데 부정적인 생각이나 걱정의 95퍼센트는 거의 일어나지 않는 헛된 걱정이나 쓸데없는 것들이라는 점이다.

티베트 속담에 "걱정을 해서 걱정이 없어지면 걱정이 없겠네"라는 말이 있다. 문제와 근심, 걱정거리가 있다는 것은 살아 있다는 증거다. 다만 근심과 걱정에 빠져들어 병적인 수준으로 과도하게 집착하는 것이 문제다. 따라서 걱정을 완전히 없애기보다는 일상 속의 작은 노력을 통해 걱정을 조금씩 줄이려는 시도가 중요하다.

걱정도 하나의 습관이다. 닥치지 않은 상황에 대해 미리 넘겨짚지도, 고민하지도 않는 여유 있는 사람이 되도록 꾸준히 노력할 일이다.

부하 직원을
잘 질책하는 기술

무릇 직장 상사들의 바람은 '내 눈빛만 보고도 알아서 일을 척척 해주는' 부하 직원일 것이다. 그러나 현실적으로 이런 부하 직원을 찾기란 쉽지 않다. 비록 아무리 부하 직원이 업무를 잘 처리하더라도 상사 입장에서는 성에 차지 않고 부족해보이기 십상이다. 그 이유 중 하나는 상사의 과도한 욕심 때문이다. 따라서 7할 정도 마음에 들면 만족하는 게 좋다. 부하 직원들도 올바로 가르치면 분명 성장하게 마련이다. 마치 지금의 상사도 그런 전철을 밟아 발전해온 것처럼 말이다.

직장에서 부하 직원이 업무 처리를 잘못하여 상사가 질책을 할 경우에는 어떻게 하는 것이 가장 현명한 처사일까?

무조건 부하의 잘못을 용인하는 것은 옳지 않다. 혼내야 할 상황이라면 반드시 질책을 해야 마땅하다. 그렇다고 혼까지 쏙 빼지는 말아야 한다. 따끔한 질책이 약이 되도록 하자. 그들에게 적정 수준의 합리적 긴장감을 부여하고 성취감이 고취되도록 하자.

그러기 위해서는 부하에 대한 관심과 배려가 우선되어야 한다. 여기에 더하여 세심한 테크닉도 익히자. 효과적인 질책의 방법을 생각해보자.

먼저, 야단은 한꺼번에 몰아서 하지 말자.

잘못이 있으면 그때그때 지적하자. 꾹 참았다가 한꺼번에 토해내면 감정이 개입되기 쉽다. 꾸중이 호통으로 변질될 수 있다. 질책을 당하는 부하는 상사가 자신에게 감정이 있다고 오해할 수 있다. 결국 꾸중의 효과는 사라지고 만다.

둘째, 목소리는 낮춰서 하자.

낮은 목소리가 힘이 있다. 목소리의 톤이 높아질수록 '뜻'은 왜곡된다. 개인적인 감정은 꾹 참고 흥분하지 말며 평소의 말투로 전달하자.

셋째, 사람이 아닌 업무에 초점을 맞추자.

질책을 하면서 범하기 쉬운 잘못 중 하나가 인신공격이다. 해당 업무와 상관없는 이야기를 덧붙이는 것이다. 따라서 질책을 하기에 앞서 지적하고자 하는 내용을 미리 정리한 다음, 잘못한 문제점에 대해서만 구체적으로 지적하자.

넷째, 짧고 간결하게 하자.

보통 10분 정도가 지나면 잔소리가 되고 중언부언하기 십상이다. 잔소리처럼 재탕 삼탕을 해서 장광설을 늘어놓는 것은 곤란하다는 얘기다. 명료하고 짧은 지적이 긴 반성을 유도할 수 있다. 요점 없는 긴 설교는 언제 어디서나 환영받지 못하는 법이다.

다섯째, 본인의 생각을 당사자에게 직접 말하자.

부하직원을 불러놓고 마치 다른 사람의 생각을 전달하는 것처럼 말하는 상사도 있다. 또한 당사자를 직접 부르지 않고 다른 사람에게 간접적으로 전달하는 경우도 있다. 두 경우 모두 내용과 강도에 상관없이 듣는 사람의 기분을 상하게 만든다. 질책에도 진정성이 있어야 함은 물론이다.

여섯째, 양념식 칭찬은 하지 말자.

이왕 지적을 하려면 엄하게 하고 질책할 때는 오직 비판만 하자. 꾸짖다 칭찬하면 이도 저도 안 된다.

일곱째, 비교 발언은 삼가자.

타인과 비교하는 것은 일종의 인격적 '폭력' 이다. 인간적으로 아픈 상처가 된다.

여덟째, 뒤풀이도 잘해야 한다.

질책을 하고 난 다음에는 뒤끝이 없도록 당사자를 다독여주는 것이 중요하다. 부하 직원을 불러 어깨를 두드려 주는 것도 좋은 방법이다. 좀 심했다 싶으면 격려하고 감싸주는 행동도 병행하자. 다만 질책한 날 바로 술을 사주는 식으로 위로하는 것은 피하는 게 좋다. 혼난 부하도 차분히 반성하고 생각할 시간이 필요하기 때문이다.

마지막으로, 질책을 한 후에는 방치하지 말고 반드시 중간 점검을 하자.

질책의 본질이 '꾸짖어 바로 잡음' 에 있는 만큼 개선될 때까지 관심을 갖고 지켜보자.

서로 기대고
살아갈 뿐이다

　우리 사회는 이른바 전방위적 '갑질' 논란으로 인해 마치 한여름 가마솥 열기만큼이나 사회적 공분으로 들끓고 있다. 이 같은 사회 현상을 보면 과연 우리가 자유와 평등을 기본 가치로 삼는 민주 사회에 살고 있는지 의문이 들기까지 한다. 사회적 관계가 힘 있는 자의 무제한적 권리와 힘없는 자의 무제한적 의무로만 규정된다면 사회적 안정과 개인의 인간적 존엄이 지속되기 어렵다.

　어느 누구도 혼자의 힘만으론 생존할 수 없다는 사실을 자각하자. 각자도생各自圖生 만으로 살아갈 수 있다고 생각하는 것은 오만이고 착각일 뿐이다. 씨앗은 흙 덕분에 싹을 틔우고, 고기는 물을 만나 숨을 쉰다. 산천초목도 모두 땅에 의지해 자란다. 세상 어디를 둘러보아도 허공에 뿌리 내린 풀이나 나무는 없다. 이렇듯 우리 각자는 누군가의 덕택 위에서만 온전히 생존할 수 있는 것이다.

　우리의 신체구조 역시 마찬가지다. 순망치한脣亡齒寒이다. 입술이 없으면 이가 시린 법이다. 이가 아무리 중요한 노릇을 한다 해도 입술이 없으면 이가 시려 그 기능을 상실할 수밖에 없다. 또한 이는 이를 떠받들고 감싸주는 잇몸이 있어 그 역할을 다 할 수 있다.

인간관계는 한자 '人'의 의미에서도 그 지혜를 터득할 수 있다. 오른쪽에 있는 작대기가 왼쪽 작대기를 지탱하는 것처럼 보인다. 물론 지탱해주는 오른쪽 작대기를 없애면 당연히 왼쪽 작대기는 쓰러지고 만다. 그러나 기대고 있는 왼쪽 작대기를 없애면 어떻게 될까? 당연히 오른쪽 작대기까지 쓰러진다. 자신이 지지하고 있다고 생각한 상대가 알고 보니 자신을 떠받쳐 보호해주고 있는 것이다. 결국은 서로가 덕분일 따름이다. 이것이 변함없는 삶의 진실이고 이치다. 중소기업이나 사회적 약자는 부당한 횡포나 착취의 대상이 결코 아니다. 다만 서로 기대고 의지할 삶의 동반자이며 한솥밥을 먹는 식구食口일 뿐이다.

《논어》에 이르기를 "자기가 하기 싫은 일을 남에게도 베풀지 말라己所不欲 勿施於人"라고 했다. 자신이 하기 싫은 일은 다른 사람도 당연히 하기 싫어할 것이기 때문에 내가 원치 않는 일을 남에게 강요해서는 안 된다는 얘기다.

《대학》에도 비슷한 논지의 '혈구지도'라는 말이 있다. 혈은 '잰다'는 뜻이고, 구는 '잣대'를 의미한다. 내 마음을 잣대로 삼아 타인의 마음을 재고, 나의 심정을 기준으로 삼아서 타인의 처지를 헤아려주는 사람 대접의 자세가 바로 혈구지도다. 이처럼 주종관계의 봉건적 신분 질서가 확고했던 먼 옛날에도 신분적 '갑질'을 경계하고 고발했음을 알 수 있다.

우리는 단지 일시적으로만, 잠정적으로만 갑甲일 뿐이다. 상대적으론 항상 을乙일 뿐이라는 사실을 명심하자. 나보다 바로 한 단계 더 높은 강자는 얼마든지 있다. '갑질 문화'를 바로 잡을 인식의 대전환이 긴요하다. 인간은 피차 의지하고 도우면서 살아갈 수밖에 없는 존재일 뿐이다. 남에게 손해를 입히면 결국 나에게 손해가 되고, 권세에 의지하면 재앙이 뒤따른다.

당신이 없으면 내 인생은 추울 것이다. 당신이 내 곁에 있기에 내 인생이 따뜻한 것이다. '술의 향기는 백 리를, 꽃의 향기는 천 리를 그리고 사람의 향기는 만 리를 간다'고 했다酒香百里 花香千里 人香萬里. 인간을 도구적 수단으로 대하는 오만함을 버리고 겸손하자. 모든 인간을 존엄한 인격과 목적 그 자체로 대우하자.

방향이 잘못되면
속도는 의미가 없다

우리나라는 지난 반세기 동안 비약적인 압축 경제 성장을 이룩했다. 이를 통해 경제적으로는 더욱 풍요로운 삶을 영위하게 되었다. 그러나 지나친 경쟁에 내몰리면서 행복은 잃어가고 있는 양상이다. 그 까닭 중의 하나로, 자본주의는 그 속성상 경쟁을 전제하기 때문에 승자 독식주의를 표방할 수밖에 없기 때문이다.

현대 자본주의 문명은 욕망을 채우는 데는 아주 탁월하다. 남의 것을 강탈해 나의 곳간을 채우고, 타인의 자리를 빼앗아 자신의 출세를 도모하며, 다른 사람의 명예를 가로채 본인의 명예로 삼는 데 익숙하다.

이처럼 우리는 지금까지 남의 불행 위에 내 행복을 쌓는 게 성공적인 삶이라 여기며 살아왔다. 그게 행복해지는 길이라고 생각하여 무작정 달려왔다. 그러나 이제라도 남과 더불어 같이 행복해지려 노력해보자. 오직 속도를 앞세워 경쟁만을 추구하는 삶의 방향만이 과연 옳은지 살펴보는 성찰이 필요하다.

자연의 생존 경쟁은 본디 치열하다. 자원은 유한한데 그것을 원하는 존재들은 많아 경쟁이 불가피할 수밖에 없다. 그렇지만 모두가 팽팽하게 경쟁만 하며 손해 보지 않으려 하는 사회에서 서로 도우며 함께 잘 사는 방법을 터득한 생물들이 뜻밖에도 많다.

자연계에서 무게로 가장 성공한 생물은 고래나 코끼리가 아니라 꽃을 피우는 현화식물이라고 한다. 이 세상 동물들의 무게를 다 합쳐도 식물 전체의 무게에 비하면 그야말로 조족지혈일 따름이다. 또한 자연계에서 숫자로 가장 성공한 생물은 바로 곤충이다.

이 지구 생태계에서 무게와 수로 가장 막강한 두 생물 집단이 어떻게 여기까지 올 수 있었을까? 곤충과 현화식물은 꽃가루받이라는 공생 관계를 만들면서 양쪽이 폭발적으로 증가했기 때문이다. 자연계의 성공 사례 하나만 보더라도, 경쟁에서 이기는 방법이 무조건 서로 물고 뜯고 상대를 제거하는 게 아니라 누군가와 함께 손을 잡는 것임을 알 수 있다.

이렇듯 자연계의 모든 동식물은 눈앞의 자기 이익만을 고집하지 않고 서로 손을 맞잡아 살아남은 것이다. 꽃과 벌, 개미와 진딧물, 과일과 먼 곳에 가서 그 씨를 배설해주는 동물처럼 살아남은 모든 생물은 짝이 있다. 손을 잡고 있다. 더불어 손잡지 않고 살아남은 생명은 없다는 숭고한 생존의 진리를 말해준다.

어떤 인류학자가 나무에 맛있는 음식을 매달아놓고, 아프리카 한 부족의 아이들에게 게임을 제안했다. 음식이 달린 나무에 먼저 도착한 사람이 그것을 다 먹는 게임이었다. 그는 "시작!"을 외쳤다. 그런데 아이들은 각자 달려가지 않고 모두 손을 잡고 가서 음식을 함께 먹었다.

학자가 아이들에게 "한 명이 먼저 가면 다 차지할 수 있는데 왜 함께 뛰어갔지?"라고 물었다. 그러자 아이들이 "우분투Ubuntu!"라고 외치며 "다른 사람이 모두 슬픈데 어째서 한 명만 행복해질 수 있나요?"라고 대답했다.

'우분투'는 남아프리카의 소수부족인 코사족의 말로 "네가 있기에 내가 있다I am because you are"라는 뜻이다. 심오한 공생의 철학을 반영하고 있는 지혜의 말이다. 이는 결국 "네가 있어줘야, 나도 있을 수 있다"는 의미다.

또한 컴퓨터 운영체계OS 중 마이크로소프트에서 '유상으로 판매'하는 윈도우와 대비하여 그 소스가 공개되고 '무상으로 배포'하는 리눅스를 쉽게 사용할 수 있도록 만들어진 배포판 프로그램의 명칭도 '우분투Ubuntu'인 것은 '공동체 의식에 바탕을 둔 인간애humanity towards others'라는 우분투의 정신을 잘 구현한 것이다.

갈수록 삶이 팍팍하고 힘든 세상이다. 우리가 지향할 방향은 혼자서만 많이 그리고 빨리 달려가는 속도의 독존獨存이 아니라 더불어 함께 손잡고 성장하는 공존共存과 공생共生이다.

간디는 "방향이 잘못되면 속도는 의미가 없다"라고 설파했다. 심오한 삶의 이치를 꿰뚫는 지혜의 말이 아닐 수 없다.

이제라도 신속함에만 맛들인 속도에서 잠시 멈춰 서서 '내가 어디로 가고 있는가?', '혹시 벼랑 끝을 향해 무작정 달려만 가고 있지는 않은가?', 그래서 '정말 소중한 것을 잃고 있지는 않은가?' 를 한 번쯤 깊이 생각할 일이다.

혼자서만 앞서가는 '빠른' 속도의 지름길이 아니라, 더불어 그리고 함께 '바른' 방향으로 나아가는 정도正道의 길을 모색해보자.

노인의
다섯 가지 즐거움

사람은 누구나 나이가 들면서 '젊고 예쁘다'는 말을 듣고 싶어한다. 늙어간다는 것에 대한 두려움 때문이다. 이런 마음은 동서고금을 막론하고 남녀노소를 불문하고 똑같다.

조선 후기의 문신 여선덕呂善德이 노인의 오형五刑에 대해 말했다.

"사람이 늙으면 다섯 가지 형벌이 두루 닥쳐온다. 보이는 것이 분명하지 않으니 목형目刑이요, 단단한 것을 씹을 힘이 없으니 치형齒刑이며, 다리에 걸어갈 힘이 없으니 각형脚刑이요, 들어도 정확하지 않으니 이형耳刑이요, 그리고 미인을 보고도 설렘이 없으니 궁형宮刑이다."

좀 더 쉽게 말하자면 이렇다. 눈은 흐려져 책을 못 읽고, 이는 빠져 잇몸으로 오물오물한다. 걸을 힘이 없어 집에만 박혀 있고, 보청기의 도움 없이는 자꾸 딴소리만 한다. 궁형은 여색을 보고도 아무 일렁임이 없다는 뜻이다.

이 말을 듣고 심노숭沈魯崇은 그의 저서 《자저실기自著實記》에서 반

격에 나선다. 이른바 노인의 다섯 가지 즐거움인 오락五樂이다.

첫째, 보이는 것이 또렷하지 않으니 눈을 감고 정신을 수양할 수 있다.
둘째, 단단한 것을 씹을 힘이 없으니 연한 것을 씹어 위를 편안하게 할 수
있다.
셋째, 다리에 걸어갈 힘이 없으니 편안히 앉아 힘을 아낄 수 있다.
넷째, 나쁜 소문을 듣지 않아 마음이 절로 고요하다.
마지막으로, 여색으로 반드시 망신을 당할 행동에서 저절로 멀어지니
목숨을 오래 이어갈 수 있다.

자연의 이치가 그러하듯 인간의 삶에도 항상 양면성이 존재하게
마련이다. 햇볕이 강렬하면 그에 따라 그늘 또한 짙은 법이다. 젊어
서는 육체적으로 혈기가 왕성하지만 나이가 들수록 정신적 근육은
더 단단해지고 원숙해진다. 청소년기에는 암기력이나 기억력이 뛰
어나지만, 나이가 들수록 이해력은 높아지고 세상을 보는 눈도 깊고
넓어진다.

끝과 시작은 같은 말이라고 한다. '끄트머리'라는 말은 '끝'과 '머
리' 즉, 시작이 조합된 합성어라 한다. 끝과 시작은 한 몸이다. 이왕
이면 즐거운 쪽을 생각할 일이다. 그러면 우리의 인생도 즐거워질 수
있다. 좋은 면을 생각하면 노년의 인생도 멋지다.

"나이가 들면서 눈이 침침한 것은 필요 없는 자질구레한 것은 보
지 말고 필요한 큰 것만 보라는 것이다. 귀가 잘 안 들리는 것은 필요

없는 작은 말은 듣지 말고 필요한 큰 말만 들으라는 것이다. 머리가 하얗게 되는 것은 멀리 있어도 나이 든 사람인 것을 알아보게 하기 위한 조물주의 배려다. 정신이 깜박거리는 것은 살아온 세월을 다 기억하지 말라는 것이다. 바람처럼 다가오는 시간을 선물처럼 받아들여 가끔 힘들면 한숨 한 번 쉬고 하늘을 볼 일이다."

정약용의 《목민심서》에 나오는 내용이다. 노년의 인생에게만 선사하는 선물이라 생각하자는 말씀이다.

세상만사 모든 것이 생각하기 나름이다. 마음먹기에 달렸다. 화禍를 복福으로 돌리는 심노숭과 정약용의 말은 그야말로 일품이다. 생각을 한 번 돌리고 나니 그 많던 내 몸의 불행과 아픔이 편안함과 기쁨으로 변한다. 생각을 바꾸면 노년의 인생도 달라진다. 인생은 늙어가는 것이 아니고 무르익고 완숙되어 가는 과정이기도 하다.

걷기
예찬

필자는 몇 년 전부터 하루 '만 보 걷기'를 어김없이 실천하고 있다. 매일 1만 보를 걷는데, 만약 사정상 덜 걸었다면 그 부족한 걸음 수만큼을 다음 날 더 걷는 식이다. 이렇게 걷다 보니 느끼고 맛볼 수 있는 것이 한 둘이 아니다.

평소 무관심했던 동네 구석구석의 풍광을 엿볼 수 있어 좋다. 마을의 숨겨진 아름다움과 매력을 덤으로 발견할 수 있다. 알면 사랑하게 되듯, 평소 잘 안보이고, 잘 들리지 않던 초가을의 코스모스 향기나 풀벌레 소리 등 자연의 소리를 선물삼아 들을 수도 있다.

더 중요한 것은 걷기가 건강에 미치는 영향이 아닐까 한다. 전문가들에 따르면 걷기의 효과는 결코 가볍지 않다고 한다. 저강도 운동인 걷기를 장시간 하는 것은 달리기와 같은 고강도 운동을 단시간 하는 효과를 뛰어넘는다는 것이다. 그래서 1주일에 5일, 하루 30분 정도 걷는 것만으로 건강 유지가 가능하다고 한다.

걷기가 몸에 미치는 가장 큰 영향은 바로 혈액 순환이 좋아진다는 점이다. 걸을 때 발바닥에 압력이 가해지면 우리 몸속의 혈액은 압력을 받아 혈관을 타고 흐름이 빨라진다. 걸을 때마다 마치 펌프질을 하듯 빨라진 혈액은 심장을 지나 머리끝까지 이르게 된다. 뇌로 올라가는 혈액량이 그만큼 많아지므로 뇌의 기능 대사가 좋아지는 것이다. 즉 혈액이 뭉치지 않고 온몸으로 잘 돌기 때문에 응고된 혈액에 의한 뇌졸중 발생 가능성이 절반 가까이 낮아진다. 또한 혈압과 콜레스테롤 수치와 혈액의 점도를 낮춰 심장질환의 위험성도 반으로 떨어진다.

일정 시간 동안 속보로 걸으면 혈당을 두 배가량 떨어뜨리는 효과가 있고, 폐활량을 증가시켜 폐질환 가능성도 낮춘다. 큰 보폭으로 빨리 걸으면 심폐기능을 강화시킨다. 허벅지 근육의 굵기가 수명과 비례한다고 하는데, 큰 보폭으로 천천히 걸으면 허벅지와 종아리 근육을 강화시킨다.

프랑스의 철학자 루소는《고백론》에서 "나는 걸을 때만 명상에 잠긴다. 걸음을 멈추면 생각도 멈춘다"라고 고백한 바 있다. '약보藥補보다는 식보食補가 낫고, 식보보다는 행보行補가 낫다'라고 했다. 약으로 몸을 보호하기보다는 음식이 낫고, 음식보단 걷기가 더 낫다는 말이다.

나아가 걷기의 효과를 제대로 보기 위해 올바른 걷기 자세를 알고 익히자. 호흡은 코로 깊이 들이마시고 입으로 내뱉는다. 턱은 당겨

목을 바로 세워 고개를 떨구지 않아야 한다. 시선은 전방 10~15미터 땅바닥을 주시한다. 손은 달걀 쥔 모양을 하며 팔은 가급적 L자나 V자 형태를 유지한다.

철학자 김형석 교수는 100세에 가까운 연세임에도 부단한 강의와 집필활동을 하고 있는 것으로 유명하다. 그분은 하루에도 50분 정도 수차례 2층 방을 오르락내리락하며 걸을 뿐만 아니라 걷기 위해 버스나 지하철 등 대중교통을 이용한다.

건강하게 오래 살려면 우유를 마시는 사람보다 우유를 배달하는 사람이 되라고 한다. 우리 속담에 "노느니 염불한다"는 말이 있다. 일 없어 심심할 땐 벌떡 자리를 박차고 일어나자. 운동화만 신으면 준비는 끝이다. 뒷산도 앞산도 강가도 동네 한 바퀴도 좋다. 어디든 걸어서 가보자. 틈만 나면 걷자. 무조건 걷자. 다리는 제2의 심장이다. 걸어야 살고 무병장수한다.

칭찬
혹은 아부

세상엔 그 경계가 모호한 것이 한둘이 아니다. 게으름과 여유로움, 인색함과 절약, 남녀 간의 우정과 사랑, 로맨스와 불륜 등. 칭찬과 아부도 그 경계가 확연치 만은 않다. 그렇다고 같은 류_類도 아니다. 실제로 아부에는 부정적인 뉘앙스가 짙게 배어 있다.

우선 같은 칭찬이라도 듣는 사람만 기분이 좋은 건 아부의 범주에 넣을 수 있다. 반면 칭찬은 하는 사람도 듣는 사람도 모두 기분이 좋아지게 마련이다. 또한 그 사람이 실제로 하지 않은 일에 대해서도 칭찬을 하면 그건 아부에 속한다.

그러나 칭찬은 실제로 그 사람이 어떤 일을 매우 잘했을 때 찬사를 보내는 것이다. 무엇보다 중요한 것은 아부에는 목적이 있지만 칭찬에는 목적이 없다는 사실이다. 이처럼 칭찬과 아부는 차이가 있다.

그러함에도 이 둘을 칼로 딱 잘라 구분해, 조금 잘한 일을 두고 크게 칭찬해주는 것은 가식이 아니냐고 굳이 따지는 사람들도 있다. 그러나 그것은 가식 또는 아부라기보다 일종의 '테크닉'이라고 해야 맞을 것 같다.

생각해보자. 공부를 하는 데도 테크닉이 필요하고 일을 하거나 운동을 하는 데도 역시 테크닉은 반드시 요구된다. 그런데 왜 인간관계에서는 테크닉을 쓰면 가식이고 위선이며 심지어 아부라고 곡해하는가? 세상에 인간관계만큼 가장 섬세한 테크닉이 필요한 관계가 또 어디 있겠는가?

적절한 아부는 조직생활을 부드럽게 하는 윤활유이자 삶의 활력소가 된다. 누군가에게 매력적이라는 칭찬을 해주면 실제로 그 사람은 훨씬 더 밝아지고 매력적이 된다. 바로 아부의 순기능이다. 아부만 잘한다고 출세하는 것은 아니지만 조직사회에서 승승장구하는 사람들 중에는 그야말로 아부의 달인이 적지 않다.

미국 〈타임〉 편집장 출신이며 《아부의 기술》을 쓴 리처드 스텐걸은 아부의 4가지 원칙을 제시했다.

"칭찬과 동시에 부탁은 하지 말라."

"본인이 없는 곳에서 칭찬하라."

"그럴듯하게 칭찬하라."

"누구나 아는 사실은 칭찬하지 말라."

위대한 인물일수록 의외로 아부에 약하다고 한다. 많은 지도자들은 가끔은 아부인 줄 알면서도 그러한 평가를 해주는 상대방의 안목이 뛰어나다고 받아들인다.

현대그룹 정주영 회장이 생전에 가장 좋아했던 아부 두 가지가 있었다 한다. 아들에 대한 칭찬과 함께 "삼성그룹 이병철 회장이라면 감히 엄두도 내지 못할 결단을 어떻게 하셨습니까?" 라는 말이었다고 한다. 진심으로 뛸 듯이 기뻐서 정말로 밥을 사고 술을 샀다고 한다.

미국인의 영원한 우상인 링컨이 암살자에게 저격당하고 죽었을 때 그의 호주머니에서 구겨진 신문 조각이 나왔다. 그 신문기사에 빨간색 밑줄이 그어져 있었는데, 바로 링컨 자신을 칭찬한 내용의 아부성 기사였다. 이렇듯 동서고금을 막론하고 누구도 아부로부터 자유롭지 않다. 아니 아부를 좋아한다.

미국의 철학자이자 심리학자인 윌리엄 제임스는 "인간은 칭찬을 받으려고 살아가는 동물이다. 모든 사람의 가장 큰 욕구는 칭찬을 받는 것이다. 대부분의 사람들은 칭찬의 물방울을 기다리는 마른 스펀지와 같다"라고 주장한다.

곽팍한 삶에 칭찬인지 아부인지 명확히 구분하고 판단하기 어렵다면, 망설이지 말고 아부의 편에 서서 아부성 칭찬의 말을 건네는 것도 일종의 테크닉이다. 아부는 거짓이 탄로 나도 처벌이 없는 무공해 웰빙 식품이다. "아부하는 말은 믿지 않지만, 아부하는 사람은 기억에 남는다"라는 말도 기억해볼 일이다.

리더의 생존법,
소통

지금 우리 사회의 문제점도 알고 보면 소통의 부재, 즉 불통不通에 기인하는 바가 크다. 《동의보감》에 이르길 "통하면 아프지 않고, 통하지 않으면 아프다通卽不痛, 不通卽痛" 이라고 했다. 사람도 그렇지만 국가나 사회조직도 별반 다르지 않다. 대부분은 오기와 아집 그리고 고집불통으로 말미암아 사단이 나고 백약이 무효인 위기에 빠져 두통거리가 된다. 따라서 헤어날 수 없는 위기에 봉착하지 않기 위해서는 먼저 소통이 필요하다.

소통에는 세 가지 덕목이 요구된다. 비움과 귀 기울임 그리고 받아들임이다. 진정한 소통을 위해서는 자신의 생각은 일단 내려놓고, 상대의 말은 경청하면서 타당한 의견은 겸허히 수용해야 한다.

당태종 이세민은 강력한 권위를 잃지 않으면서도 신하들의 직언과 비판을 경청하고 과감히 수용하여 치세에 반영한 인물이다. 당시 간의대부를 지냈던 신하 위징은 황제에게 끊임없이 간언을 했던 것으로 유명하다. 태종의 재위 기간 중 수백 번에 걸쳐 간언을 했고, 심지어 황제가 이미 결정했던 사안까지 옳지 않으면 반대함으로써 황제의 분노를 사기도 했다. 그러나 태종은 사심 없고 충심에서 비롯된 그의 간언을 중하게 받아들여 정사를 펼침으로써 중국 최고의 전성기를 이룩할 수 있었다. 간언을 서슴지 않은 신하와 그 충언을 대범하게 받아들인 군주가 어우러져 위대한 정치적 업적을 이룩할 수 있었던 것이다.

리더는 자신을 즐겁게 하는 칭찬의 소리만 들어서는 안 된다. 자신의 잘못을 냉엄하게 비판하고 직언하는 진정성 있는 쓴 소리와 충언에도 귀 기울여야 한다. 경청을 통한 소통은 리더 자신뿐만 아니라 조직을 건강하고 강하게 만들어준다. 그런데 당태종처럼 경청하며 소통하기가 말처럼 쉽지만은 않다. 왜 그럴까?

역설적이게도 직위가 높아질수록 시야는 좁아진다고 한다. 본래 인간은 자신이 보고 듣고 말하고 싶은 것만을 보고 들으며 얘기하려는 속성이 강하다. 따라서 본인이 꼭 보고 들어야 할 부분을 외면하기 쉽다. 게다가 한 조직의 최고위직에 있는 사람은 대개의 경우 그 누구의 견제나 비판도 받지 않는다.

반드시 보아야 할 것을 보지 못하면 끝내는 못 볼 꼴만 보고 당하게 된다. 필히 들어야 할 말을 듣지 않으면 결국 들어서는 안 될 험담만 듣게 된다는 사실을 직시해야 한다.

모든 사람은 완벽하게 불완전하다. 다만 리더는 그들의 직책이나 직위 때문에 완벽하게 보일 뿐이다. 반면 대부분의 사람들은 불완전한 면만 도드라져 보이기 때문에 불완전하게 보이는 것일 뿐이다.

경청은 자신의 잘못된 확신과 사태의 본질을 놓친 틈새를 알려준다. 바둑을 두는 사람보다 옆에서 구경하는 사람이 수를 더 잘 보는 법이다. 바둑을 두는 사람은 승부에 집착하기 때문에 객관적이고 냉철한 시각을 갖지 못하고 독단에 빠질 수 있다. 그래서 관람자가 볼 때는 뻔한 수라도 대국자는 보지 못하고 지나쳐 결국 승부를 망치기도 한다. 한발 물러서서 스스로를 성찰하고 주위의 충고와 지적을 받아들이면 정답이 보이는데도 말이다.

존경받는 리더는 경청하고 소통함으로써 사태를 더 객관적이고 냉정한 시각으로 바라볼 수 있다. 그래서 단 한 번의 패착敗着으로 일을 그르치는 상황을 사전에 막을 수 있는 것이다.

중국 고전《회남자》에 "여러 사람의 지혜를 모으면 천하를 가질 수 있지만, 자기의 독단에만 의존한다면 제 몸 하나 보존하기 어렵다"라는 내용이 나온다. 이 말은 소통하지 않는 리더들이 깊이 새겨듣고 반드시 실천해야 할 정곡을 찌르는 지적임에 틀림없다.

리더는 열정을 갖고 일에 몰두하는 것도 필요하지만, 자신의 생존을 넘어 한 조직의 운명을 위해 열린 마음으로 주변의 고언苦言을 겸허히 경청하는 소통법을 마땅히 익혀야 한다.

지친 뇌도
휴가가 필요하다

산과 바다를 찾아 평소 쌓인 심신의 피로와 스트레스를 날려버리고 싶은가? 그러나 어디론가 멀리 떠나기보다 집에 머물거나, 집을 떠난다 해도 가까운 곳을 찾아 휴식을 즐기는 스테이케이션staycation을 즐겨보자. 특히 인터넷과 스마트폰 등의 디지털 자극에서 벗어나 진정한 뇌의 휴식을 취해보자.

디지털 시대를 살아가는 현대인의 뇌는 늘 '처리 중' 상태다. 끊임없이 쏟아지는 지식과 정보의 홍수 속에서 우리의 뇌는 쉴 시간을 원한다. 뇌의 피로를 풀고 싶은 사람들이 휴식을 취하는 방법 중의 하나는 아무것도 하지 않고 '멍 때리는' 것이다. 왜 멍 때리기 식의 뇌 휴식이 필요한 걸까?

워싱턴대학교 의과대학 교수인 마커스 레이클은 빈둥거릴 때도 열심히 활동하는 뇌의 영역을 fMRI기능성자기공명영상를 통해 관찰하고, 이를 뇌의 디폴트 모드 네트워크DMN, Default Mode Network라고 명명

했다. 초기 상태를 뜻하는 디폴트 모드로 돌아가기 위해 전자기기는 끄면 되지만, 뇌는 끌 수가 없다. 대신, 적어도 멍 때리는 시간 동안 우리 뇌는 불필요한 정보를 정리하며 저장 공간을 늘린다.

레이클 교수는 만약 사람들이 전혀 멍 때리지 않으면, 불필요한 정보를 정리하지 못하고 뇌의 저장 공간이 줄어 결국 기억력이 떨어질 것이라 말한다.

멍 때리기는 우리의 의식 세계를 더 건강하게 하기 위한 자연스러운 심리학적 활동이다. 끊임없이 일하느라 피로한 우리의 뇌는 복잡하고 디지털화된 현실을 벗어나 낭만적 세상으로의 도피를 꿈꾸고 있다.

요즈음 많은 자기계발서가 끊임없이 뇌를 자극하고 계발하라고 다그친다. 그러나 현대인에게 필요한 것은 오히려 정보가 없는 무자극의 시간이며, 이것이 최고의 뇌 기능 항진법이다.

우리는 열심히 고민하면서 아이디어를 짜내면 멋지고 창조적인 아이디어가 떠오른다고 생각한다. 그러나 혁신적인 아이디어는 우리 뇌에 지시형 업무 수행을 하지 않을 때 작동한다. 죽어라 일만 하는 것보다는 뇌를 놀게 해주어야 오히려 문제 해결의 답이 될 수 있는 아이디어가 나온다는 이야기다. 목욕탕에 앉아 멍 때리며 목욕을 즐기던 아르키메데스도, 사과나무 아래서 멍 때리던 뉴턴도 뇌가 휴식하는 순간에 놀라운 발견을 하지 않았던가?

이러한 사실들은 과학적으로도 입증되고 있다. 사람들이 넋을 놓고 있을 동안 뇌의 디폴트 모드는 활성화되고 창의력이 촉진된다. 일본 도호쿠대학교에서 진행한 연구는 아무런 생각도 하지 말라는 지침을 받은 집단이 새로운 아이디어를 더 빨리 낸다는 사실을 발견했다. MRI를 촬영해보니, 아무 생각을 하지 않을 때 뇌의 백색질 활동이 증가하여 혈류의 흐름이 빨라졌는데 그 덕분에 새로운 아이디어를 신속하게 낼 수 있었던 것이다.

휴식이라 믿으며 게임을 하고 SNS를 즐기는 활동을 잠시 멈춰보자. 인터넷과 스마트폰 등의 디지털 자극에서 벗어나 뇌에게도 휴가를 보내주자. 우리에게 진짜 필요한 휴식은 육체의 휴식을 넘어선 뇌의 피로를 풀어주는 일이다. 일상 속에서 가끔씩은 딴 생각을 하거나 멍 때리는 것도 우리의 뇌에 잠깐의 휴식을 선물하는 창조적인 휴가가 된다.

삶은
반전의 연속

살면서 우리는 좋은 일이 일어나면 '나에게도 이런 기쁜 일이 생긴 다'라고 생각한다. 그러나 나쁜 일이라도 일어나면, '왜 하필 나에게 만 이런 좋지 않은 일이 일어나느냐'며 원망한다. 실패하면 좌절하 고 비관하면서 마치 이젠 인생이 끝장난 거라 단정해버린다.

그러나 긴 안목으로 보면 인생은 좋은 일과 나쁜 일, 기쁨과 슬픔, 행복과 불행이라는 실에 의해 짜이는 한 조각 옷감이다. 기쁨과 행복 또는 슬픔과 불행이라는 옷감으로만 만들어진 인생이라는 옷은 존 재할 수 없다는 말이다. 그러므로 왜 나에게만 이런 일이 일어나느냐 고만 생각하지 말고, 때론 나에게도 이런 일이 일어날 수 있다고 생 각해보자.

즐거운 행복과 근심스런 불행은 영원하지도 절대적이지도 않다. 즐거움 뒤에는 근심이 기다리고, 불행 뒤에는 행복이 온다. 그러니 지금 이 행복이 영원하리란 생각도 하지 말고, 또한 이 슬픔이 지속

되리란 염려도 하지 말자.

사람들은 행복이 찾아오면 그 기쁨에 빠져 행복이 영원할 것이라 착각을 한다. 그러다 그 행복이 지나가고 불행이 다가올 때 아무런 대비 없이 당황해한다.

노자의 《도덕경》을 보면 "아, 행복이여. 그 뒤에 불행이 기다리고 있구나! 아, 불행이여. 그 뒤에 행복이 기다리고 있구나!" 라는 내용이 있다. 행복과 불행은 늘 교차하며 인간의 삶에 끼어든다. 그러니 당장의 행복과 불행에 휘둘리지 않고 살아가는 지혜가 필요하다.

세상의 모든 움직임은 결국 극에 이르면 반전反轉이 된다. 달이 차면 기울고, 달이 기울면 다시 찬다. 성공이 있으면 실패가 있고, 행복 뒤에는 불행이 도사리고 있다. 나에게 다가온 영광이 크고 화려할수록 치욕 또한 치명적이다. 나에게 이익이 크면 그만큼 손해도 막심하다. 갑자기 돈을 벌어 재산이 늘어나면 그만큼 가족 간의 관계가 소홀해질 수도 있다.

나쁜 길로 접어들 기회도 비례하여 많아진다. 따라서 나에게 권력이나 이익이 다가오면 무조건 웃을 게 아니라 한 번 더 생각해보아야 한다. 이익과 손해는 늘 같이 다니고, 영광과 치욕도 형제처럼 함께 온다.

세상에 어떤 일도 완전히 이익만 되거나 온전히 손해만 되는 일은 존재할 수 없다. 지금은 손해 같지만 나중에 이익이 되어 돌아오고, 당장은 이득 같지만 훗날 손실이 되어 돌아오는 경우도 흔하다. 기쁜 일이 생기면 그 뒤에 슬픈 일이 뒤따르고, 많이 소유하면 또한 잃어 버리는 것도 감수해야 한다.

당장의 세상사를 좋고 나쁨만으로 쉬이 단정하지는 말아야 한다. 현재 좋은 일이 생겼다고 너무 날뛰고 자만할 일만도 아니다. 그렇다고 지금 불행한 일이 발생했다고 지나치게 낙담하거나 비관만 할 것도 없다는 얘기다.

살다보면 인생의 먹구름 뒤에 햇볕이, 햇볕 뒤에 먹구름이 몰려 올 수도 있다. 비록 말처럼, 생각 같이 쉽지만은 않지만 과도하게 일희일비하지는 말자. 크게 보면 우리의 삶은 새옹지마塞翁之馬 그대로다. 호사다마이고 전화위복인 것이 인생이다. 변방의 노인이 말을 잃어버린 것이 꼭 나쁜 일만은 아니었듯, 그렇다고 잃어버린 그 말이 암말 한 마리를 데리고 돌아온 일이 반드시 경사만은 아니었듯 말이다.

재물이 늘어나면 근심도 커지고, 지위가 높아지면 외로움과 위태로움도 더하는 법이다. 평탄하고 굴곡 없는 삶은 애당초 불가능하다. 꽃밭과 가시밭길이 공존하게 마련이다. 산이 높으면 골짜기 또한 깊은 법이다. 따라서 계속 좋거나 나쁘기만 한 삶은 있을 수 없다.

정도의 차이는 있지만 누구에게나 삶의 흐름은 공평하리만큼 희로애락이 순환하고, 새끼 꼬듯이 꼬아지는 과정의 연속이게 마련이다. 인생이라는 노를 저어가면서 세파에 일희일비하지 않고 평상심을 유지하려는 마음의 자세가 필요하고 중요한 까닭이다.

품으면 마음을 얻는
관용의 묘미

중국 춘추시대 두둑한 배짱이 재산인 초楚나라 장왕莊王의 절영지연絶纓之宴이라는 일화다.

어느 날 많은 신하들을 불러 모아 술을 마시면서 "오늘 밤은 무례함도 용서하마. 마음껏 마셔라" 며 군신 모두 부어라 마셔라 한참 흥청망청한 분위기가 이어졌다. 그런데 어디에서 바람이 불었는지 방안의 촛불이 모두 꺼져버렸다. 마침 이 틈을 노려 왕의 애첩에게 희롱을 건 장수가 있었다. 애첩은 재치 있는 여성이었기에 그 남자의 갓끈을 잡아 뜯은 후 장왕에게 고했다.

"갓에 끈이 없는 사람이 범인입니다. 빨리 등불을 켜서 잡아 주십시오."

그러자 장왕은 그 애첩을 제지하고 소리 높여 고함을 질렀다.

"사실을 말하자면 내가 술을 권해 일어난 일이니, 여자의 정조를 위해 부하를 욕보일 순 없다. 오늘밤은 무례를 범해도 상관없다. 모두 갓끈을 떼어내라. 갓끈을 떼어내지 않는 자는 엄벌하겠다."

불이 켜지자 신하 중 누구 한 사람 갓끈을 달고 있는 사람은 없었다.

그 후 몇 년 뒤 장왕은 강국인 진晉과 전쟁을 벌였다. 그런데 항상 아군의 선봉에 서서 용감무쌍하게 싸우는 장수가 있었다. 초나라는 그의 활약으로 결국 진의 군대를 물리칠 수 있었다. 싸움이 끝난 후 장왕은 그를 불렀다.

"자네 같은 용사가 있다는 걸 몰랐다니 내 부덕의 소치네. 그런 나를 원망도 하지 않고 목숨을 내놓고 싸우다니 무슨 연유라도 있는 건가?"

"저는 한 번 죽은 몸입니다. 술에 취해 무례를 저질렀을 때, 폐하의 덕으로 목숨을 연명했기에 이 목숨을 바쳐 그 은덕에 보은하려 노력했습니다. 그날 밤에 갓끈이 떨어진 것은 바로 저이옵니다."

장왕은 부하의 잘못을 너그럽게 감싸 덮어준 그 너그러움 덕분에 목숨을 건지게 된 것이다.

작은 일에 일일이 화를 내면 부하의 감복을 얻을 수 없다. 관용적이고 포용력이 있어야 부하의 마음을 얻고 감동을 줄 수 있다. 타인의 잘못과 허물을 덮어줄 줄 아는 넓은 도량이 필요하다.

조직 생활을 하다 보면 작은 일에도 일일이 발끈하여 화를 내거나 타인의 실수나 잘못을 낱낱이 들추어 지적하여 분노를 참지 못하는 상사 혹은 동료들을 간혹 본다. 능히 덮어주거나 넉넉히 감싸줄 수 있음에도 말이다. 물론 만사를 '이래도 홍, 저래도 홍' 만 할 순 없는 노릇이다. 그러나 생각해보자. 과연 사사건건 허물을 여과 없이 지적

해야만 직성이 풀리는 사람을 가까이하고 좋아할까? 아니다.

춘추시대 진秦나라의 군주였던 목공穆公은 그의 애마愛馬를 잃어버린 일이 있었다. 당시 그 말을 발견했던 기산 기슭의 주민들은 그 말이 목공의 애마라는 사실도 모르고 잡아먹었다. 관리들이 수색한 결과, 이 사실이 드러났고 말을 잡아먹었던 300여 명은 결국 체포되어 중형을 받게 되었다. 이 말을 들은 목공은 이렇게 말한다.

"군자가 어찌 축생畜生으로 인하여 인간을 죽이겠는가. 듣자하니 말고기를 먹고 술을 마시지 않으면 독이 몸에 밴다고 하는데 그래서야 쓰겠는가?"

목공은 그들의 죄를 용서해 준데다 술까지 먹여 석방했다.

얼마 후 진晉나라와의 전쟁이 벌어졌다. 진 목공은 전투에 친히 참가했다가 그만 적군에 포위당하여 자칫 사로잡힐 위기에 처했다. 그때 결사적으로 포위망을 뚫고 들어와 목공을 구하는 사나이들이 있었다. 감격한 사나이들은 목공에게 깊이 감복했고, 이번 싸움에 종군했다가 필사의 각오로 용전분투하여 주군의 위급을 구하고 은혜에 보답했던 것이다. 남의 허물을 덮어주고 감동시키면 결국 자신의 꿈을 이루고 심지어 목숨까지 건진다.

아주 먼 그 옛날, 얼마든지 신하의 생사여탈권을 초법적으로 기분에 따라 행사할 수 있음에도 불구하고, 통 큰 관용을 베푼 왕들이 있었다는 사실이 실로 놀랍고 또 놀라울 뿐이다. 너그러워 포용력이 있는 사람은 늘 모든 사람의 마음을 얻을 수 있으나, 무섭고 엄하기만

한 사람은 항상 많은 사람의 분노를 사게 마련이다.

　머리가 똑똑한 사람도 필요하지만, 품과 아량이 크고 넓은 사람, 가슴 따뜻한 사람이 되자. 상대방의 잘못과 허물을 감싸주고 덮어줄 줄 아는 관용이 필요하다. 사람은 근본적으로 비위를 거스르면 흩어지고 반감을 품지만, 포용하면 따르게 마련이다.

다정하게 말하는 데
돈 안 든다

《한비자》에 나오는 이야기다.

중국 송나라에 술을 만들어 파는 사람이 있었다. 주인은 술도 넉넉히 주고 손님에게도 정말 친절했는데 언제부터인가 손님이 점점 줄어들더니 급기야 술이 팔리지 않아 모두 쉬게 되었다. 결국 손님의 발길이 끊겨 문을 닫게 되자 주인은 그 동네에서 가장 지혜로운 어른에게 그 연유를 여쭈었다. 그 어른의 대답은 이렇다.

"자네 집의 개가 사나워서 그런 것일세. 손님이 오면 그토록 사납게 짖어대고, 심지어 어린아이가 심부름으로 술을 사러 오면 물어뜯으려 위협하니 어느 누구도 자네 집에 술을 사러 가지 않는 것이 당연하지 않겠는가? 아무리 술이 맛있어도 사나운 개가 있는 한 손님이 안 드는 것은 당연한 이치라네."

개가 사나우면 사람들이 두려워 피하듯, 상대방을 대할 때나 또는 대화 시에 얼마든지 부드럽게 대하거나 주장할 수 있음에도 불구하고, 늘 고성과 사나운 질타 혹은 매사를 평가하고 심판하듯 호통을 쳐가며 얘기한다면 주변에 사람들이 모여들지 않는다. 혹여 내가 표독한 개가 되어 다른 사람들을 쫓아내고 있지는 않은지 자문해볼 일이다.

말투란 말을 담는 그릇이다. 물을 어떤 그릇에 담느냐에 따라 세숫물이 되기도 먹는 물이 되기도 하듯, 말투는 그 나름대로 독립된 의미를 갖는다. 말투가 좋지 않으면 말하는 사람의 의도와 전혀 다른 의미로 변질된다.

아무리 좋은 말도 퉁명스럽고 거친 말투로 말하면 듣는 사람은 '나한테 화난 것일까?' 라고 오해할 수 있다. 거친 말투는 본인의 의도와는 상관없이 '나를 겁주고 무시하는 것일까?' 라는 메시지로 변하기 때문이다.

말이란 내용만 의미를 갖는 것이 아니라, 말하는 방법도 의미를 갖는다. 따라서 본인이 속마음과 달리 퉁명스럽고 거친 말투로 말을 한다면 당신은 주변 사람들에게 많은 오해를 받을 수밖에 없다.

교육학에 "형식이 내용을 지배한다"라는 유명한 말이 있다. 아무리 좋은 말이라도 버럭 화를 내며 호통 치는 듯한 어조로 말을 하면, 그 내용과 진의가 변질될 수밖에 없고 심지어 상대의 반감만 불러일으키기 십상이다. 그런 사람을 과연 어느 누가 좋아하고 가까이 하려 하겠는가?

차분하고 부드럽게 말해도 얼마든지 자신의 의사를 충분히 전달할 수 있다. 목소리의 '톤'이 높아질수록 '뜻'은 왜곡되게 마련이다. 흥분하지 말자. 낮은 목소리가 힘이 있다. 상대의 귀를 훔치지 말고 가슴을 흔들고 마음을 움직이는 말을 하자. 결국 버럭쟁이는 자신에게만 손해가 되는 것이 아니라 주위 사람까지 잃는다. 결국은 부메랑이 되어 나에게 돌아온다는 사실도 명심해야 한다.

흔히 겉치레는 별로 중요치 않다고 말하지만 실제로 우리는 드러난 겉모습을 통해 타인을 평가하고 판단한다. 누군가를 처음 만나면 아주 짧은 시간 안에 그 사람에 대한 첫인상을 형성한다. 그때 사람들이 가장 중요하게 취급하는 정보는 그 사람의 외모나 복장과 같은 것이다. 같은 이치로, 말투는 우리를 바라보는 사람들의 평가에도 영향을 미친다.

일전에 필자는 NH농협은행의 이대훈 은행장을 난생 처음 만나 대화를 나눈 적이 있다. 그는 필자를 모름에도 마치 전부터 무척 잘 알고 지내온 사이처럼 시종 부드럽고 온화한 말투로 대화했다. 깊은 감명을 받았음은 물론이다. 낮고 부드러운 목소리가 도리어 영향력이 있고 감명 깊다.

신은 인간의 내면을 보지만, 사람은 당신의 드러나는 겉모습을 먼저 본다는 말이 있다. 사람들을 신으로 착각하지 말자. 진의도 중요하지만 말투 또한 중요하다. 말투는 내면의 또 다른 표현이다. 부드러운 주장은 상대의 마음을 열게 하지만, 거친 말은 결국 상대의 마음을 닫게 하고 반감만 살 뿐이다. 아무도 가까이 오지 않아 늘 외롭고 쓸쓸하다. 따라서 주장은 당당하게 하더라도 말투는 온화하고 부드럽게 하자.

상대를 인격적으로 존중하는 예의 바른 대화법을 익히고 습관화하자. 깊이 듣고 다정하게 말하는 것이 커뮤니케이션의 기술이다. "다정하게 말하는 것에는 돈이 들지 않는다"라는 베트남 속담에 그 답이 있다.

정중하게
거절하는 법

어찌 보면 우리 일상의 삶은 부탁과 거절의 연속이다. 그런데 생각처럼 거절을 잘 하지 못하는 것이 현실이고 또한 사실이다. "내가 이걸 거절하면 상대방이 나를 싫어하겠지", "만약 거절하면 나를 나쁜 사람으로 생각할 거야……."

아마도 우리나라 사람들은 대부분 이렇게 생각할 것이다. 많은 한국 사람들이 어려서부터 '착한 사람'이 되도록 혹은 '순종'하도록 교육을 받아왔기 때문이다. 행여 부모님이나 선생님이 시키는 일에 대해 하지 않겠다고 말하는 아이가 있으면 으레 그 아이는 '나쁜 아이'로 낙인찍히거나 다시는 거절하지 못하도록 혼쭐이 난다. 이처럼 어린 시절부터 거절을 하면 죄책감을 느끼도록 교육 받은 사람들이 과연 어른이 되어서는 거절을 잘할 수 있을까? 아닐 것이다.

거절을 하면 '나쁜 사람'이 되는 우리 사회에서도 거절을 한다고 '나쁜 사람'이 되라는 법은 없다. 같은 말이라도 '어' 다르고 '아' 다르듯, 거절을 할 때 말을 적절한 표현으로 상대방의 기분을 덜 상하게 하면 된다. 정중하게 거절하는 간편하고 실용적인 표현 방법을 알아보자.

"생각할 시간을 좀 주실래요"라고 말하자. 그 자리에서 거절해야 하는 것이 명백한 순간에도, 한두 시간 정도 생각해본 뒤에 거절하자. 이렇게 하면 당장 매몰차게 거절하는 것보다 상대의 반발을 덜 사게 될뿐더러, 스스로도 자신의 상황을 판단해 볼 수 있는 시간을 갖게 된다.

"정말 좋은 제안이네요"라고 표현하자. 일단은 상대방의 제안을 경청하고 인정해주자. 그런 다음 다른 일 때문에 바빠서 그 제안을 수락할 수 없다며 거절하자. 다른 일이 어떤 일인지는 굳이 설명할 필요는 없다. 부탁보다는 제안을 거절할 때 사용하는 방법이다.

"저를 찾아주셔서 감사합니다" 하고 응답하자. 친구 사이에 본인이 그 부탁의 대상이 된 것은 당신이 그만큼 나름 쓸 만하다는 반증이다. 나를 찾아와준 것에 먼저 고마움을 분명하게 표시한 뒤, 부탁을 들어줄 수 없는 이유를 설명하자. 이 방법은 상대의 자존심을 다치지 않게 할 수 있다.

"원칙적으로 저는 그런 일을 하지 않아요" 하고 답하자. 가령 '자네 사정은 알겠지만, 난 친구 사이에는 돈을 빌려주지 않는 것을 원칙으로 하고 있어'라고 하는 것이다. 일정한 자신만의 확고한 기준이 거절의 이유라면 상대방의 반발을 덜 사게 되고 개인적인 이유로 거절하는 것보다 더 잘 받아들여질 수 있다.

"정말 안됐네요" 하고 답변하자. 상대방은 꽤 오랜 고민 끝에 나에게 부탁을 하는 것일 수 있다. 들어주기 어려운 부탁이더라도 거절하기에 앞서 그 사람의 이야기를 들어주고 처지를 공감해주자. 상대방은 거절을 당하면서도 당신에게 고마워할 것이다.

"지금은 곤란한데요" 하며 응수하자. 사실상 거절이지만, 당장 거절하기보다는 다음 기회로 미루자. 특정한 날 무엇을 해달라는 부탁을 받으면 "안 돼요. 하고 싶지 않아요"보다는 "그날은 어려워요"가 사람의 마음을 덜 상하게 한다.

"음… 안 되겠어요" 라고 말하자. 같은 거절이라도 잠시 뜸을 들여 고민하는 모습을 보여주자. 그런 후에 거절하자. 이때 중요한 것은 분명하게 거절하는 것이다. 그러지 않으면 아직도 마음의 결정을 내리지 못한 것처럼 보이기 때문에 상대에게 여지를 줄 우려가 있다.

손해를 보면서도 부탁을 들어주고 싶은 사람이 있으면 들어줘도 좋다. 단 그 부탁을 들어주고 싶다는 마음은 진심이어야 한다. 싫은 부탁을 억지로 들어주면, 부탁을 하고 들어주는 두 사람 모두 불편해질 수 있다.

"당신은 '예' 라는 대답에 진심을 담고 있어야 한다. 만약 당신이 그럴 마음이 없다면 '아니오' 라고 해야 한다."

메리 제인 라이언의 지적이다.

세 치 혀가
사람 살린다

우리 속담에 "세 치 혀가 사람 잡는다" 라는 말이 있다. 한마디 말이 때에 따라 독이 되기도 한다. 《명심보감》도 무서운 경고를 한다.

"입과 혀는 재앙과 근심의 문이고, 몸을 망치는 도끼다."

혀를 함부로 놀리지 말고, 말 한마디도 조심하라는 선현의 가르침이다.

그러나 상황에 맞는 시의적절하고 재치 있는 말 한마디는 도리어 사람을 위기에서 구하고 생명까지 살린다. 삶을 송두리째 반전의 기회로 뒤바꿀 수도 있다. 벗어나기 어려운 상황에서도 재치 있는 말 한마디로 일촉즉발의 위기를 모면할 수 있는 명약이 되기도 한다.

프랑스의 왕 루이 11세에 관한 재미있는 일화가 있다. 어느 점술가가 루이의 마음에 들지 않는 예언을 했다. 좋아하는 귀족 여인이 3일 안에 죽는다는 예언이었다. 그런데 그만 그 예언이 맞아떨어져 귀족 여인이 죽고 말았다. 루이는 점술가를 죽이려고 불렀다. 죽이기 전에 물었다.

"너의 운명과 내가 얼마나 오래 살 건지 말해보아라."

점술가는 자기가 죽을 거라는 걸 알고 침착하게 대답했다.

"제가 죽고 나서 며칠 후에 왕께서 죽습니다."

그 말을 듣고 왕은 점술가를 죽이기는커녕 도리어 귀하고 맛좋은 음식 제공은 물론 극진히 갖은 정성을 다해 돌보았다. 점술가의 죽음을 연장시키기 위해 최선을 다한 것이다. 후에 왕이 죽고 나서 점술가는 몇 년을 더 살았다고 한다. 당장 죽을 수도 있는 절체절명의 순간, 당황하지 않고 재치 있는 답변으로 목숨을 구한 것이다.

한국인 2세가 미국 국무부 외교관 공개 채용 시험에 합격하여 면접을 보게 되었다. 면접관이 질문했다.

"당신은 한국계 2세가 맞습니까?" 면접자가 '그렇다' 라고 말하자, 곧이어 면접관의 질문이 이어졌다.

"만약 최종시험에 합격하여 미국 정부의 외교관으로 활동하는 과정에서 미국의 이익과 한국의 이익이 충돌하는 현장에 있게 되면 당신은 어느 쪽의 이익을 선택하겠습니까?"

만약 미국편에 선다고 하면 거짓말이나 정체성이 없는 사람으로 평가할 것이고, 한국 편이라고 대답한다면 미국 외교관으로는 부적절한 사람으로 평가받을 수 있는 아주 난감한 상황에 직면한 것이다. 그러나 면접자는 차분히 답했다.

"저는 미국이나 한국, 그 어느 편에도 서지 않을 것입니다. 다만 정의Justice의 편에 설 따름입니다."

흔히 우리는 이분법적 사고에 익숙하게 젖어 있어, 이 면접생과 같은 기막히게 재치 있는 답변을 하기가 결코 쉽지 않다. 재치 넘치는 답변이 위기의 난감한 상황을 합격이라는 영광의 기회로 만든 것이다.

한고조 유방이 한신과 더불어 여러 장수들의 능력에 대해 이야기를 나누고 있었다. 먼저 고조가 묻는다.

"나는 얼마나 되는 군사를 다룰 수 있겠소?"

"폐하께서는 잘해야 10만 명 정도의 군사를 거느릴 수 있습니다."

"그럼 경은 어떠하오?"

"신은 많으면 많을수록 좋습니다. 다다익선多多益善이지요."

그러자 고조는 울화통이 터질 듯 몹시 불쾌했지만 비웃으며 응수한다.

"그렇게 군사를 잘 거느린다면서 어떻게 사로잡혀 내 부하 노릇을 하고 있소?"

"폐하께서는 군사를 거느리는 데는 능하지 못하지만, 그 군사를 거느리는 장수를 다스리는 데는 능하십니다. 그리고 그 능력은 하늘이 주신 것인데 사람이 감히 어떻게 할 수 있겠습니까?"

놀랍도록 극적인 반전의 한마디다. 고조와 한신 자신은 소위 차원 자체가 다르기 때문에 감히 비교조차 할 수 없다고 말한 것이다. 더 이상의 극찬이 없을 만큼의 탁월한 언변이 아닐 수 없다.

같은 말도 앞뒤를 바꿔 다르게 표현하는 것 역시 중요하다. 위문후魏文候가 잔치를 베풀어 대부들에게 자신을 솔직하게 평가해보라고 했다. 모두가 문후의 마음에 들게 말하는 중에 임좌任座의 차례가 되었다.

"임금님은 어리석은 군주입니다. 중산中山의 왕에 임금님의 동생을 보내지 않고 아들을 보내셨으니 이것이 바로 어리석은 증좌입니다."

문후가 몹시 불쾌해하자 임좌는 그 자리에서 물러날 수밖에 없었다. 그 다음 적황의 차례가 되자 적황이 말했다.

"임금님은 현명한 군주입니다. 제가 듣기로 군주가 현명하면 그 신하의 말도 정직하다고 합니다. 임좌의 말이 정직한 것을 보면 임금님이 현명하다는 것을 알 수 있습니다."

실제로는 같은 뜻의 말이지만 상황을 뒤집어 밝은 쪽을 먼저 거론한 적황의 말에 문후의 기분은 급격히 좋아지게 되었다. 결국 임금의 마음이 풀어졌고, 자신에게 직언을 했던 임좌를 다시 찾게 된다. 그리고 문 앞에 있던 임좌가 다시 들어오자 뛰어나가 맞아들였고, 죽을 때까지 임좌를 높이 받들 것을 다짐했다고 한다.

이뿐만이 아니다. 《전국책》에 나오는 이야기다. 연燕나라 왕의 노여움을 받아 도망을 가던 장축이 국경의 경비대에 붙잡히자 이렇게 말한다.

"연왕이 나를 죽이고자 하는 것은 내가 가진 보물을 빼앗고자 함이다. 하지만 나는 이미 그 보물을 잃어버렸고, 지금 가지고 있지 않다. 만약 그대가 나를 연왕에게 보내면 나는 그대가 내 보물을 빼앗아 삼켜버렸다고 할 것이다. 그러면 연왕은 당신의 배를 열어볼 것이다. 탐욕이 끝이 없는 임금에게는 아무리 이득으로 설득하려 해도 소용이 없다. 어떻게 할 것인가?"

한마디 말에 생명이 왔다 갔다 하는 상황에서 어떻게 그 위기를 벗어날 것인가? 물론 그런 상황에 처하지 않는 것이 가장 바람직하지만 인생사가 어디 그리 순탄하기만 하겠는가? 내 뜻과는 아무 상관없이 막다른 최악의 상황에 처하기도 하는 것이다.

위기의 순간에 결정권을 쥐고 있는 상대를 차근차근 논리적으로 설득하는 것은 불가능하다. 상대가 들으려 하지 않기 때문이다. 이때는 결정적으로 상대가 옴짝달싹할 수 없는 비장의 한마디를 던질 수 있어야 한다. 아무리 어려운 상황에서도 상대의 마음을 정확하게 읽고 제대로만 접근할 수 있으면 원하는 것을 얻고 목숨까지 건질 수 있다.

이처럼 재치 있고 절묘한 사례를 평소 기억해두자. 그리하여 난감한 위기 상황에서 적극 활용해보자. 세 치 혀가 사람을 능히 살릴 수도, 신神의 한 수가 될 수도 있다.

말의
위력

가정에 충실한 남편이 아내의 생일에 케이크를 사들고 퇴근을 하다 교통사고를 당했다. 다행히 목숨은 건졌지만, 한쪽 발을 쓸 수가 없었다. 아내는 발을 절고 무능한 남편이 점차 싫어졌다. 그녀는 남편을 무시하며 '절뚝이' 라 불렀다. 그러자 마을 사람들이 모두 그녀를 '절뚝이 부인' 이라고 놀렸다. 그녀는 창피해서 더 이상 그 마을에 살 수가 없었다. 부부는 모든 것을 정리한 후, 낯선 마을로 이사를 갔다. 마침내 아내는 자신을 그토록 사랑했던 남편을 무시한 것이 얼마나 잘못이었는지 크게 뉘우쳤다. 그녀는 그곳에서 남편을 '박사님' 이라 불렀다. 그러자 마을 사람 모두가 그녀를 '박사 부인' 이라고 불러주었다. 뿌린 대로 거둔다. 상처를 주면 상처로 돌아오고, 희망을 주면 희망으로 돌아온다. 남에게 대접받고 싶은 만큼 먼저 남을 대접할 줄 알아야 한다.

"말이 입힌 상처는 칼이 입힌 상처보다 깊다" 라는 모로코의 속담이 있다. "말은 깃털처럼 가벼워 주워담기 힘들다" 라는 탈무드의 교훈도 있다. 상대를 낮추며 자신을 올리려는 사람들이 있다. 그러나 상대를 무시하면 자신도 무시당하게 되어 있다. 배려와 존중의 말로 자신의 격을 높여가야 한다. 날개는 남이 달아주는 것이 아니라, 자기 몸을 뚫고 스스로 나오는 것이다.

우리 속에 숨어 있는 꿈의 날개를 활짝 펴고, 높이 비상하는 사람이 되자. '황금천냥미위귀 득인일어승천금黃金千兩未爲貴 得人一語勝千金'이라 했다. 황금 천 냥이 귀한 것이 아니고, 남의 좋은 말 한마디 듣는 것이 천금보다 낫다는 뜻이다.

누군가의 3초간 경솔한 입술의 떨림이 누군가에게는 30년간 가슴에 딱딱한 대못이 된다. 무심코 던지는 숱한 말들이 누군가의 가슴을 멍들게 한다. 수십 년 또는 평생 자신의 가슴 속에 매달고 살기도 한다. 그래서 우리는 말을 특히 조심해야 한다.

아울러 타인을 향해 하는 말도 중요하지만 자신에게 던지는 혼잣말 역시 중요하다. 작가 루이스 헤이는 "마음으로 생각하거나 입으로 말하면 이루어진다"라고 말했다. 말은 다른 사람에게 하는 것이나 혼잣말이거나 모두 자신의 생각을 밖으로 선포하는 의미가 있다. 일단 말을 하면 생각이 세상을 향해 선포되는 것이고, 우리의 무의식은 그것을 이루기 위해 노력하게 되므로 자신이 말한 것은 결국 이루어진다는 것이다. 혀를 다스리는 것은 나지만, 내뱉은 말이 거꾸로 나를 다스린다. 인간은 자신의 생각만이 아니라 '말의 씨앗'도 받고 사는 존재임을 다시 한 번 상기하자. 대수롭지 않게 여기기 쉬운 말 한마디에도 신중을 기하자.

유머는
갈등을 이긴다

각양각색의 인간들이 어울려 살아가는 세상이다 보니, 사람들 사이에 갈등이 빚어지는 것이 어쩌면 당연한 일이다. 저마다 성격도 다르고 생각하는 바가 틀리기 때문이다. 이렇다 보니 '삶은 갈등 해결의 연속'일 수밖에 없다.

원래 갈등葛藤이란 말은 등나무와 칡이 서로 반대 방향으로 감겨 올라가는 데에서 유래되었다고 한다. 따라서 금세 풀기가 힘든 상황이 갈등이라는 것이다. 이처럼 얽히고설킨 상황을 쾌도난마처럼 해결하는 가장 확실한 방법은 문제의 본질을 찾아내는 일이다.

볼링에는 핀이 열 개 있다. 한 번에 열 개의 핀을 다 쓰러트리려고 맨 앞에 보이는 1번 핀을 정면으로 맞추면 대부분의 경우 실패한다. 맨 뒷줄 양끝 쪽 핀들이 쓰러지지 않고 남아 있거나 쓰러뜨리기 힘든 핀들이 스페어로 남게 되기 때문이다. 전문가들은 1번과 그 뒤쪽 옆 3번 핀 사이 뒤에 숨어 있는 5번 핀을 겨냥해야 열 개의 핀을 모두 쓰러트리는 스트라이크가 나올 확률이 가장 높다고 한다. 그래서 뒤에 숨어 있는 5번 핀을 볼링에서는 '킹핀King pin' 이라고 한다. 이 킹핀을 '급소' 라고도 하고 '문제의 핵심' 이라고도 한다.

킹핀은 원래 볼링 용어가 아니었다. 아마존이나 인도네시아 밀림에서 벌목한 나무를 강물에 띄워 수송할 때 나무들이 서로 뒤엉켜 내려가지 못하는 경우가 생긴다. 이때 엉키는 원인이 되는 나무 한두 개를 건드려주면 다시 내려가는데 이 나무를 킹핀이라고 불렀다 한다. 문제는 1번이나 3번 핀과 달리 5번 핀은 다른 핀들 뒤에 숨어 잘 보이지 않는다는 점이다. 마치 밖으로 나타난 현상은 잘 보이는데 그 속에 숨은 근본 원인이라는 뿌리는 잘 보이지 않는 것처럼 말이다.

볼링 경기처럼 문제의 핵심을 건드려야 갈등을 풀 수 있다. 손가락으로 달을 가리키는데 달은 잊어버리고 손가락을 쳐다보는 경우가 많다. 이른바 '견지망월見指忘月' 이다. 사안의 본질이나 핵심을 보지 못하고 겉으로 나타난 현상만을 보는 경우다. 그러다 보니 문제의 근본적 원인 해결이 아니라, 현상의 치료에 매달리는 우愚를 범하게 된다. 이 경우 문제가 해결되기는커녕 오히려 더 왜곡되기도 한다.

이런 일이 발생하는 원인은 바로 진짜 문제의 핵심이 무엇인지 모르거나, 또는 알더라도 해결방법을 모르기 때문이다. 갈등은 문제의 핵심이나 근본 원인을 찾아 해결하는 것이 최고로 확실한 방법이다. 그러나 이는 말처럼 쉽지만 않다는 게 항상 문제다. 그렇다면 차선책은 없을까? 그 방법을 선인들의 지혜에서 찾아보자.

조선 세조 때의 일이다. 세조는 어느 날 구치관이라는 사람을 새로운 정승으로 임명했다. 그런데 구치관은 전임자였던 신숙주와 관계가 좋지 않았다. 이를 눈치 챈 세조는 전임자와 후임자 사이의 갈등을 풀기 위해 고민을 하던 중, 어느 날 그 둘을 어전으로 불렀다. 그리고 임금의 물음에 틀린 대답을 한 사람에게 벌주를 내리겠다고 말했다.

세조는 우선 "신 정승" 하고 불렀다. 신숙주가 대답했다.

"예, 전하."

"내가 언제 신申 정승을 불렀소? 신新 정승을 불렀지. 자, 벌주를 드시오."

신숙주는 벌주를 한 잔 쭉 들이켰다. 이번에는 세조가 "구 정승" 하고 불렀다. 구치관이 대답했다.

"예, 전하."

"허허, 난 구具 정승을 부른 게 아니오. 구舊 정승을 부른 게지. 자, 벌주를 드시오."

이렇게 해서 구치관도 벌주를 마셨다. 세조는 다시 "신 정승" 하고 불렀다. 이번에는 구치관이 대답했다.

"예, 전하."

"허허, 또 틀렸군요. 이번에 신新 정승이 아니라 신申 정승을 부른 것이오. 또 벌주를 드셔야겠소."

세조는 이런 식으로 두 정승에게 계속해서 벌주를 주었다. 결국, 두 사람은 잔뜩 취하여 서로의 속마음을 털어놓게 되었다고 한다.

한 나라의 임금으로서 무엇 하나 아쉬울 것 없는 세조가 아랫사람들의 갈등을 풀어주기 위해 묘책을 생각해낸 것이다. 결국 세조의 의도대로 두 정승은 서로 간의 응어리를 풀고 돈독한 관계를 맺게 되었다고 한다.

사람들이 갈등을 겪는 가장 큰 이유 중 하나는 대화가 부족하기 때문이다. 이처럼 대화할 수 있는 기회를 자연스럽게 만들어주면 갈등도 쉽게 풀릴 수 있다. 특히 그 유도하는 방법이 재치 있는 유머일수록 갈등은 어렵지 않게 해결될 수 있다. 갈등 해결을 굳이 심각하게 고민하고 어렵다고 포기할 일만은 아니다. 문제의 핵심은 늘 가까이에 있을 수 있다.

윈스턴 처칠 전 영국 총리가 예정 시간보다 30분이나 늦게 의회에 참석했다. 정적政敵들이 게으른 사람이라 야유하며 비난했다. 처칠은 머리를 긁적이며 "예쁜 부인을 데리고 살면 일찍 일어날 수가 없습니다. 다음부터는 회의가 있는 전날은 각방을 쓰겠습니다"라고 대답했다. 일순간 의회가 웃음바다로 변했다. 재치 넘치고 익살스러운 몇 마디 말이 '게으른 사람'이라는 비난을 한순간에 날려 보낸 것이다. 여야 간 갈등의 골이 극도로 깊은 우리 정치인들이 타산지석으로 삼았으면 한다.

사람은 함께 웃을 때 서로 가까워지는 것을 느끼는 법이다. 그러면 갈등도 한결 쉽게 풀린다. 갈등 해결의 실마리를 주위에서 찾아보자.

· 5장

·

·

·

살다보니
알겠네요

·

·

맥락을 알고 소통하면 명절이 즐겁다

민족의 명절인 추석과 설은, 많은 사람이 손꼽아 기다리는 최대의 잔치다. 그러나 며느리들에게는 명절이 아닌 '명절'이 되는 경우가 많다. 그 이유 중 하나는 시댁 어른들과 맥락적 소통을 하지 못하기 때문이다. 일상에서 소통이 화두지만 소통에도 기술이 필요하다.

어르신들께 전화를 드리면 대개는 "바쁘면 명절에 내려오지 마라"라고 하신다. 이 말을 문자 그대로 해석하고 "네, 그렇게 할게요. 어머니 감사합니다"라고 하면 시어머니의 눈 밖에 날 확률이 매우 높다.

며느리 중 시어머니가 하는 "힘드니 오지 마라"라는 말씀이 진담이라고 여기는 사람은 10명 중 1명뿐이라는 흥미로운 조사 결과도 있다.

2014년 기혼여성 커뮤니티 포털 아줌마닷컴이 기혼여성 회원 110명을 대상으로 명절에 시어머니 말씀 중 '명절에 힘드니 오지 마라'라는 말씀에 어떻게 대처해야 할까에 대해 설문조사를 했다.

가장 많은 응답은 '그대로 했다가 낭패를 볼 수 있으니 조심하라'

가 68퍼센트를 차지했다. 이어 '남편에게 맡겨라'는 답이 21퍼센트였고, '진심일 수 있다'는 응답은 10퍼센트에 불과했다.

며느리들은 억울하다 하소연할 것이다. 오라고 하면 갔을 텐데 왜 직접적으로 얘기하지 않고 돌려 하느냐고. 상대방 말의 내용을 있는 그대로 해석하는 것을 문자적 해석이라고 한다. 그러나 어르신들이나 CEO들은 문자적 소통보다 맥락적 소통을 주로 활용한다. 요구를 직접적으로 하지 않고 돌려서 하는 것이다. 아랫사람들은 이해가 안 된다. 피곤하게 이야기를 돌려 해서 못 알아듣겠다는 것이다.

효율성이 떨어지는 맥락적 소통을 하는 이유는 뭘까? 찔러서 절 받으면 감성적 보상이 줄어들기 때문이다. "바빠도 내려오거라" 하는 말에 찾아온 며느리는 크게 기쁘지 않다. 지시에 따른 것이지 자발성이 느껴지지 않기 때문이다. 내려오지 말랬는데 내려온 며느리가 반갑고 기쁜 것이다.

CEO가 하는 "오늘 시간 있어?"라는 말도 시간이 있는지 묻는 것이 아니다. "나를 위해 지금 약속 취소하고 시간 내줄 수 있어?"라고 묻는 것이다. 맥락적 소통을 잘하지 못하면, 즉 말의 속뜻을 알아채지 못하면 사회생활이 피곤해지기 쉽다. 따라서 말하지 않는 것까지도 알아듣는 맥락적 경청이 중요하다. 말 자체가 아니라 어떤 맥락에서 나온 말인지, 즉 말하는 사람의 의도, 감정, 배경까지 헤아리면서 듣는 것이다.

커뮤니케이션 학자들에 의하면 말은 전달하려는 메시지의 단 7퍼센트만을 운반할 뿐이라 한다. 나머지 93퍼센트의 의미는 음성과 어조, 표정, 제스처 등에 실려 전달된다는 것이다. 그러니 피상적으로 표현된 말만 듣는 것은 그야말로 거대한 빙산의 일각만 보는 것과 같다.

설 명절에 한복 곱게 입고 음식 준비하는 시어머니께 "어머니 불편하실 텐데 옷 갈아입으세요" 하면 썩 내켜 하지 않는다. 설은 자신의 희생으로 키운 자녀들에게 심리적 보상을 받는 날이기 때문이다. 바로 시어머니 자신이 주인공인 것이다.

"어머니 정말 곱고 멋지세요"가 정답이다.

"음식 준비하느라 너무 힘들었다"라고 말씀하시는 어머니께 걱정한다고 "내년부턴 하지 마세요"라고 하면 어머니들은 섭섭해한다.

"우리 어머님 손맛 음식이 최고예요"라고 말해야 뿌듯해한다. 돈으로 사랑을 살 수는 없지만 표현은 할 수 있다.

사람은 스스로 힐링하는 일이 쉽지 않다. 누군가 자기를 따뜻하게 바라볼 때 응어리진 마음이 눈처럼 녹는다. 그래서 맥락적 소통이 필요하다. 어르신 말씀을 한 번쯤 뒤집어보자. 그리고 시어머니와 입장을 바꿔 생각해보면 그게 바로 현명한 답일 수 있다. 그래야 모두가 즐거운 명절이고 정겨운 잔치가 될 수 있다.

피로시대에 생각하는
가족의 의미

"가족끼리 왜 이래?"

흔치 않은 대화 중 하나다. 서로 내 몸의 일부인 까닭에 세상에서 가장 가까운 관계지만 가족끼리도 범해서는 안 될 약속이 있다. 그 무언의 약속이 무참히 깨지는 상황을 보며 탄식하는 소리가 "가족끼리 왜 이래?"라는 말이다.

가족과 친족의 법적 범위는 다르지만, 둘 다 혈血과 연緣을 끈으로 하고 있다. 철학자 괴테는 "왕이건 농부이건 자신의 가정에서 평화를 찾아낼 수 있는 자가 가장 행복한 인간"이라고 했다. 가정은 가족원의 이유 없는 안식처이자 종족보존의 터전이다. 가족 간 파열음이 많은 요즘 한 번 더 가족의 의미를 생각해보자.

모성애가 지배하는 가정이 되어야 한다. 건강한 가정은 인류의 지속 발전을 위한 전제조건이다. 어머니는 신의 화신이며 모성애는 신이 인간에게 맡겨놓은 신의 성품이라 한다. 동서고금을 막론하고 어머니는 삶에 지친 가족원에게 울타리이자 사랑의 샘이었다.

미국 위스콘신주에 사는 에린 여사는 갑작스러운 괴한의 총격으로 세 발의 총을 맞고도 두 자녀를 지켜냈다. 네팔 지진 지역에서는 무너지는 건물 잔해 밑에서 자신을 희생하면서 갓난아이를 지켜낸 어머니의 사연이 가슴을 울렸다. 침략자 이토 히로부미를 저격하고 형장에선 아들 안중근 의사에게 "일제에게 목숨을 구걸하지 말고 당당히 죽으라"고 편지를 보낸 분도 어머니였다. 우리 근대화의 주역도 전천후 어머니의 역동성이었으니 때로 어머니는 애국자이기도 하다.

그런데 최초의 살인자 카인의 후예인 까닭일까? 최근 일부 어머니는 그런 아가페적 사랑의 화신과 다른 모습이었다. 통계청에 따르면 2014년 한 해 이혼 건수만 11만5,000건에 이르렀고, 갈라선 어머니 가장들은 생계를 유지하고 가사와 육아까지 도맡아야 했다. 정말 견뎌내기 버거울 것이다.

그렇지만 어린 자녀를 방치하거나 동반 자살하며 무참히 제 손으로 살해하는 상황은 어떻게 이해해야 할까? 결손 가정에 대한 기초적 지원은 물론 우선적인 취업지원부터 고려해보자.

가정교육이 정말 중요하다. 모든 실수와 실패, 시기와 분노, 슬픔과 아픔을 기쁨과 즐거움으로 녹여내는 사랑의 용광로가 가정이고 가족이다. "사랑하는 사이엔 미안하다는 말은 않는 거란다." 영화 《사랑》에 나오는 유명한 대사다.

그러나 경찰청 자료에 따르면 친족 대상 범죄 건수가 2011년 1만

8,901명에서 2013년 2만3,654명으로 2년 새 25퍼센트 늘었다. 서울시 통계로는 전년 서울에서 학대를 당한 어르신 420명 중 가해자의 40.9퍼센트는 아들이었고 배우자17퍼센트, 딸15.4퍼센트, 며느리5.8퍼센트 등 가족이 대부분이다. 이쯤 되면 가족은 가족이 아니다.

둘이 넷이 되는 생물학적 분열도 의미 있지만 건강한 가정은 건전한 사회의 기반이다. 특히 유년시절, 적어도 네 살까지 가정교육과 환경은 인격 형성에 절대적인 영향을 준다고 한다.

건강한 가정은 개인의 행복을 보장하고 든든한 국가의 기초 체력이 된다. 종종 매스컴에 등장하는 세대 간 갈등 양상을 보면 동방예의지국과는 거리가 멀다는 생각이 든다. 다윈식 적자생존 방식이 검증된 사회 발전방법 중 하나이긴 하지만, 이면의 부작용도 냉정히 짚어보아야 한다. GDP가 낮은 나라의 행복지수가 높다는 사실은 국민소득 3~4만 달러가 행복을 보장해주지는 못한다는 반증이다. 돈 없이도 명성과 행복을 누리다 간 사람도 많고 돈 때문에 더 불행해진 주변 상황을 보면 돈이 행복의 충분조건은 아니다.

심리학자 아들러의 지적처럼 미움받을 용기만 있다면 사랑으로 가정을 충분히 꾸릴 수 있다. 행복하길 원한다면 행복하게 사는 법을 가르치고 배워야 한다. 행복하려면 수시로 가정의 울타리를 확인하는 노력과 기술이 필요하다.

지혜로운
한가위 대처법

'더도 말고 덜도 말고 한가위만 같아라'는 말처럼 가장 손꼽아 기다리는 최대의 잔치지만 한편에서는 '명절'이 아닌 '멍절'이 되기도 한다. 명절을 전후해서 스트레스를 많이 받고 가족관계에서 상처를 받는 사람들이 많기 때문에 마음에 멍이 든다는 표현인 것이다.

한 매체에서 추석 연휴기간 염려되는 점에 대한 설문을 한 결과, 남성은 귀성 및 귀경길 교통체증과 추석 선물 비용에 대한 부담이 각각 1, 2위로 조사됐다. 여성은 음식 차리기 등의 가사노동과 차례상 비용에 대한 부담이 1, 2위로 나타나 남녀 간에 확연한 인식차를 드러냈다. 이러다 보니 명절에 가짜 깁스는 물론 명절용 창백한 화장을 하기도 한다. 그렇다면 함께 즐겁고 기다려지는 뜻깊은 추석이 되려면 어떻게 해야 할지 알아보자.

먼저 부부간에 함께 계획하고 준비하는 소통이 필요하다. 이번 추석은 어떻게 보낼 것인지 서로 대화해보자. 예산은 어느 정도로 준비하고 선물은 무엇으로 할까, 양가에 며칠씩 머무르며 무엇을 할 것인지 등 더 구체적으로 얘기해보자.

또한 가정 내에서 상대의 고충을 헤아리고 역할을 분담해 스트레스를 줄이고 진정으로 서로를 이해하자. 역지사지로 상대의 마음을 헤아려 역할을 분담해보자.

이제는 명절에 성차별을 당연시하는 태도 또한 버려야 한다. 여자라서, 아내이기에, 며느리로서 당연하다는 식의 인식과 태도 말이다. 명절을 지내고 귀갓길에서 '당신 많이 힘들었지?' , '정말 고생 많았어' , '수고했어요' 하고 위로하는 것이다. '말 한마디에 천 냥 빚 갚는다' 라는 속담처럼 상대방의 노고를 인정해 주고 배려하는 말 한마디가 무엇보다 큰 힘이 된다.

명절증후군은 가족 간의 대화와 역할 분담, 그리고 따뜻한 배려와 인정이 치료의 핵심이라는 점을 명심하자. 그리하여 오랜만에 모인 자리에서 마음 편하고 행복한 대화를 나누면서 추석 명절의 의미를 되새겨보자.

동방예의지국이던 이 나라가 이제 '불효자 방지법' 제정을 논하고 있으니 변화하는 세태가 안타까울 뿐이다. 그러나 변화는 모두에게 현실이고 생존방식이기도 하다. 가족 화목과 부부의 정을 돈독히 해 마음이 풍성한 가정이 됐으면 한다.

부부 사랑에도
재건축이 필요하다

부부가 30대에는 마주 보고, 40대에는 천장 보고, 50대에는 등지고 자며 60대에는 어디서 자는지 모른다는 우스갯소리가 있다. 세월이 지나면서 부부간의 정이 점점 더 소원해지고 무관심해져 가는 세태를 풍자한 씁쓸한 말이다.

불화의 근원은 '말'이다. 통계청 발표에 따르면 우리나라의 이혼 건수는 11만5,000여 건이다. 원인은 성격 차이가 44.6퍼센트, 경제 문제가 11.3퍼센트, 그리고 정신적·육체적 학대와 가족 간 불화 및 기타가 33.5퍼센트로 나타났다.

가장 큰 원인이 되는 성격 차이란 도대체 무엇일까? 결혼 전날까지 다른 가정에서 자란 타인들끼리 만나 한집에서 매일 사는데 성격이 맞는 게 어쩌면 이상한 일이 아닐까?

따라서 처음 꺼내는 말부터 조심해야 한다. 갈등과 반목을 사전에 막고 행복한 부부 사이를 가꾸기 위해서는 험담을 삼가고 칭찬과 인정의 말로 입맞춤부터 잘해야 부부 사랑도 재건축이 가능하다.

가까운 사람에게 받은 상처일수록 더욱 오래가는 법이다. 비난과 경멸 등 험담은 아예 입 밖에 꺼내지 않도록 미리 연습하자. 말 때문에 부부가 평생 씻을 수 없는 상처를 입을 수도 있다.

특히 부부간에는 서로 잘 알기 때문에 나중에 치유하려 해도 쉽사리 아물지 않는다. "혀 아래 도끼 들었다"는 속담이 공연히 생겨난 것이 아니다. 자기가 한 말 때문에 곤경에 처하는 것은 물론이고 실제 죽임을 당하는 경우도 있었기에 이러한 속담이 생겨난 것이다. 부부지간에도 화날 때일수록 신중하게 말을 해야 뒤탈이 적다.

더불어 칭찬과 인정, 그리고 따뜻한 격려의 말은 자주 주고받자. '칭찬은 귀로 먹는 보약'이다. 칭찬에 인색하거나 주저하지 말자. 당연시하는 태도를 줄이고 감사의 마음은 그때마다 전하자.

감사하는 마음을 기르려면 일상의 사소한 일에서부터 감사할 일을 찾아보아야 한다. 감사할 일을 찾다보면 감사할 일이 더 많이 눈에 띈다. 감사란 그냥 저절로 느껴지는 것이 아니며, 선택해야 하는 것이고 배우면서 훈련해야 하는 것이다. 감사란 고마워하기를 선택한 사람만 느낄 수 있는 의도적인 감정이다. 오늘, 지금 그리고 즉시 가족에게 감사할 일 하나를 찾아 반드시 전해보자.

부부 사랑에도 재건축이 필요하다. 내가 좋다고 상대방도 다 좋을 수 없다는 것은 긴 세월 동안 같이 살아보아서 서로가 잘 안다. 천국에서 가장 많이 쓰는 말은 '사랑해요, 고마워요, 잘 했어요!'라고 한다. 가정의 행복과 부부의 사랑을 만드는 것은 물질만이 아니다. 한

마디 험담이 돌이킬 수 없는 파국을 자초하고, 칭찬하는 간단한 말이 부부의 사랑을 지속시켜줄 수 있다. 중요한 것은 누가 먼저 사랑이 담긴 아름다운 한마디 말을 전할 것인가에 있다.

탈무드에 "부부가 진정으로 서로 사랑하고 있으면 칼날 폭만큼의 침대에서도 잠잘 수 있지만, 서로 반목하면 폭이 10미터나 넓은 침대도 너무 좁다"라는 말이 있다. 칭찬과 격려의 말로 비좁은 갈등과 반목의 침대가 넉넉한 사랑과 행복의 금슬 침대가 됐으면 한다.

여보,
사랑해!

부부 관계는 사소한 일 때문에 틈이 생긴다. 큼지막한 국내·외적 문제로 싸우는 부부는 없다. 아침에 밥 안 먹는 자식들 때문에 싸우고, 설거지나 청소 등 지극히 사소한 문제 때문에 다툰다. 그 틈이 점점 더 벌어져 정이 떨어지고 사느니 못 사느니 하는 단계까지 발전한다.

이때 남편이 알아야 하는 딱 한 가지 원리가 있다. 부부는 서로 자기를 알아달라는 싸움을 한다는 것이다. 고생한 것을 알아주는 이야기를 하면 서로 미워할 수가 없다. '남편이 내 고생을 알아주는구나' 하는 생각이 들면 남편이 고마워진다. 아내들은 대한민국 남편들이 이런 원리를 모른다는 것이 이해가 가지 않겠지만, 정작 이런 원리가 있는 줄도 모르는 남편들이 대부분이니 이를 어쩌면 좋겠는가?
배우자란 '배우자한테 배우자'란 뜻이라고 한다. '부부는 서로 자기를 알아달라고 싸운다!'라는 사실을 배우면서 살자. 이 같은 인식을 바탕으로 가정을 행복하게 유지하는 최선의 방법은 무엇일까를 고민해보자.

첫째, 내가 먼저 사과하자.

대부분의 경우, 부부간에 미안하다는 말을 거의 하지 않거나 하더라도 아주 가끔 한다. 사과한다고 해도 마지못해 퉁명스럽게 하는 경우가 많다. 사람들은 상대방의 잘못보다는 그 잘못에 대해 사과할 줄 모르는 태도에 더 분노하는 경향이 있다.

미안하다는 말은 사랑하는 사람들끼리 주고받아야 할 가장 중요한 말 중 하나다. 그러나 먼저 사과하는 것이 말처럼 쉽지 않다. 그 까닭은 사람들은 사과하는 것이 자신의 과오를 인정하는 것이고, 과오를 인정하면 상대방에게 지는 것이라고 생각하기 때문이다. 즉, 사람들이 사과하지 못하는 가장 큰 이유는 지기 싫어서, 다시 말하면 자존심을 잃고 싶지 않기 때문일 것이다.

나빠진 관계를 회복할 방법 중 가장 효과적인 것은 누군가가 먼저 사과하는 것이다. 이왕 사과하려면 공개적으로 그리고 가능한 한 빨리하는 것이 좋다. 변명은 나중에 하고 일단 사과부터 먼저 하자.

아울러 당연시하는 태도를 감사의 마음으로 바꿔보자. 또한 가끔은 마지막이라는 생각으로 가족들을 바라보자. 다시는 못 만날 사람처럼 바라보면 모든 것이 다르게 느껴진다. 그동안 무심코 넘겼던 가족들의 웃음, 잔소리나 부탁이 완전히 새롭게 느껴진다. 내일 당장 다시는 가족을 만나지 못할 거라고 상상해보자. 그게 사실이라면 우리가 지금처럼 생각하고 행동할까?

그동안 잊고 지낸 감사함을 찾아보자. 감사하는 마음을 기르려면 일상의 사소한 일에서부터 감사할 일을 찾자. 감사 쪽지를 남기고 전화를 걸자. 음성이나 문자 메시지를 남기고 이메일을 보내보자. 당연하게 여기지 말고 감사를 표현하자. 작은 일에 감사하는 습관을 들이면 더 크게 감사할 일들이 일어난다. 오늘, 지금, 당장 가족에게 감사할 일 하나를 찾아 즉시 전해보자.

부부 싸움의
테크닉

　부모 자식 간은 일촌이고 형제는 이촌이다. 그러나 부부는 무촌이다. 부부는 헤어지면 남이기 때문에 무촌이기도 하지만 '나이가 들면 부부밖에 없다' 하여 자식보다 가까운 무촌이다.

　그러나 성장환경과 사고방식 등이 상이한 남남이 만나 결혼생활을 하다보면 숱한 갈등과 충돌을 겪을 수밖에 없다. 그런 과정에서 부부싸움을 하고나면 생활 속에서 더 불편을 겪는 것은 당연히 남자 쪽이다. 식사 문제, 집안 물건 찾기, 옷 입기 하나하나까지 불편하기 그지없다. 이에 반하여 여자들은 가장 먼저 말을 하지 않고 남편을 투명인간 취급하면서 무시하고 본격적인 복수전에 돌입하는 경우가 흔하다.

　싸우지 않고 사는 부부는 거의 없다. 현실이 그렇다면, 잘 싸우되 원만히 화해하는 방법이 중요하다. 그 테크닉을 알아보자.

첫째, 삼사일언三思一를 하자.

세 번 생각하고 한 번 말하자. 발설하는 것은 내 자유이지만, 부부 싸움 중 감정이 격해져서 내뱉어진 말이 앞으로 내 감옥이 될 수 있다. 3초 만에 뱉은 말이, 상대의 가슴에 30년 상처로 남을 수 있다. 우리 뇌는 부정적인 말을 긍정적인 말보다 더 정확하게 오래 기억하기 때문이다.

따라서 평소에 상대가 안고 있는 상처를 파악하고, 절대로 건드려서는 안 되는 핵심 콤플렉스는 기억해놓는 것은 매우 중요하다. 우리 속담에 "세 치 혀가 사람 잡는다" 라는 말이 있다. 아무렇게나 내 던지는 말은 단지 배설일 뿐이지 대화는 아니다.

둘째, 비난이나 무시, 증오하는 말은 서로 피하자.

"당신은 그 버릇을 평생 못 고쳐", "오늘만 그랬냐? 당신은 항상 그 모양이야", "너나 잘해", "지나가는 강아지도 알아들을 말을 당신만 왜 못 알아들어!" 등 비난하고 무시하고 증오하는 말들은 지금의 상황을 해결하는 데 아무 도움이 되지 못한 채 상대방의 감정에 상처만 낸다.

셋째, 물귀신 작전을 쓰는 것은 더 큰 싸움을 일으킨다.

'지금', '이 문제' 만 가지고 싸워야 한다.

"당신은 옛날에도 그랬어. 평생 못 변해!", "당신 부모도 그렇고, 당신 형이나 동생은 또 어떻고!" 남자보다 여자가 과거 일을 현재 싸움에 끌어와서 상대를 비난하는 기술이 더 뛰어나다. 여자가 그렇게 하면 남자가 겪는 심리적 좌절감은 매우 크다. 따라서 부부싸움에 상대 가족을 언급하는 것은 절대 금물이다.

넷째, 1시간 휴전 법칙을 정하자.

서로의 감정이 격해져서 대화가 잘 되지 않고, 상대의 진심을 알기 어려울 때는 잠시 휴전하는 시간을 갖자. 그러면 상황을 객관적으로 파악하면서 자신과 상대가 화난 이유는 무엇인지, 서로 오해하고 있는 것은 없는지 생각할 기회를 가질 수 있다. 무엇보다 흥분한 상태에서 말실수를 할 가능성을 줄이게 된다. 또 '존댓말'로 싸우다 보면 확전을 방지할 수 있고, 싱겁게 끝날 수도 있다.

끝으로 아이들은 어른의 말은 귀담아듣지 않지만 행동은 꼭 따라 한다는 점을 명심하자. 사람은 자기가 미워하는 사람을 절대 닮지 않겠다고 하면서 자기도 모르게 닮아가는 적대적 동일시, 또는 병적인 동일시의 경향이 있다. 따라서 자녀가 본받을 수 있도록, 특히 가정이 전쟁터가 아닌 아늑한 안식처로 인식될 수 있도록 지혜로운 부부싸움의 테크닉을 익히고 실천하자.

행복의 원천,
가족

벨기에 작가 모리스 마테를링크가 쓴 《파랑새》는 행복이 바로 곁에 있다는 걸 모르고 먼 곳으로 찾으러 간 어리석음을 표현한 작품이다. 행복은 멀리 있는 것이 아니다. 늘 가까이 있다. 우리 속담에도 "등잔 밑이 어둡다"라는 말이 있다. 너무 가까이 있기에 오히려 그 소중함과 가치를 모르고 지나치기 쉽다는 의미이기도 하다. 마치 흔한 게 공기라서 평지에서 마음껏 호흡할 때는 산소의 고마움을 모르고 당연시하다가, 산소가 희박한 히말라야 고봉에 올라서야 그 소중함을 깨닫는 것과 같다.

생명 유지에 필수불가결한 산소처럼, 가족은 늘 가까이서 서로 마주 보며 함께 생활하는 사람들인지라 곧잘 그 고마움과 소중함 그리고 존재 가치를 잊기 쉽다. 그러다 배우자가 곁에 없는 삶을 상상해 보라. 서로 바라보고 지켜주며 마음의 의지처가 되는 사람이 없다면, 세상에 홀로 남겨진 것처럼 외롭고 공허할 뿐만 아니라 살아야 할 이유나 의미까지도 사라진다.

늘 곁에 있기에 그 소중함을 잊고 사는 우리의 아내와 남편에게 이 세상 마지막 순간까지 온 마음과 정성을 다해 사랑할 일이다. 가족보다 더 소중한 것은 없다. 우리가 희망을 갖고 살아야 하는 이유도 바로 가족이 있기 때문이다. 꿈과 소망을 함께 키우며 사랑의 동반자로 동행하는 세상에 둘도 없는 소중한 사람은 바로 자신의 남편과 아내임을 새삼 명심하자. 아는 게 힘이 아니라 실천하는 것이 진정한 힘이다. 어느 유행가 가사처럼 때늦은 후회만 할 것이 아니라 '있을 때 잘하자!' 진정성 있는 행동으로 말이다.

'여보' 라는 표현은 부부가 서로를 부를 때 하는 말이다. '같을 여_如', '보배 보_寶' 로 '보배같이 귀중한 사람' 이라는 의미다. 또한 부부 사이에 상대편을 높여 '당신' 이라 부른다. '마땅할 당_當', '몸 신_身' 이 합쳐져 '내 몸 같다' 는 뜻이다. '사람' 을 발음하면 입술이 닫히고, '사랑' 을 발음하면 입술이 열린다. 굳게 닫힌 사람의 관계는 오직 사랑으로써만 서로를 열게 할 수 있다.

누구나 자신의 손안에 있는 행복은 작아 보인다. 그러면서 늘 밖에서 더 큰 행복, 더 오래 지속되는 행복을 찾는다. 그러나 안타깝게도 더 큰 행복을 좇다보면 지금의 행복마저 잃고 만다. 가장 가까이에 있는 내 가족을 귀하게 여기지 않는 사람에게 행복은 결코 머물지 않는다. 우리는 가족의 단란한 행복이 떠난 뒤에야 그 행복이 얼마나 소중했는지 깨닫고 뒤늦게 후회한다.

지금 내 손 안의 행복을 크게 보고 귀하게 여기자. 가족 간의 이 행복이 내 삶을 지탱하는 에너지임을 잊지도 말자. 그러다 보면 고구마 뿌리에 달린 고구마처럼 또 다른 행복도 함께 줄줄이 딸려온다. 아마도 이것이 진정한 행복의 비밀이 아닐까 한다.

만약 사랑하는 가족이 없다면 많은 재물을 모으고 부귀영화를 누린다 한들 무슨 의미와 즐거움이 있겠는가? 비록 무뚝뚝한 남편이나 바가지와 잔소리꾼의 아내라 할지라도 서로는 서로에게 보이지 않는 그늘이자 의자이며 마음의 버팀목이다. 아내와 남편이란 이름은 우리가 세상을 꿋꿋하고 당당하게 살아갈 수 있게 하는 힘의 원천이다.

자꾸 밖으로만 향해 달리는 마음을 거두자. 공연히 딴 데 가서 찾을 것 없다. 이제 눈을 소중한 가족 안으로 돌릴 일이다. 행복의 근원은 가족에게 있음을 알자.

"화목하지 않은 가정에서 태어난 것은 죄가 아니지만, 당신의 가정이 화목하지 않은 것은 당신의 잘못이다"라는 빌 게이츠의 말을 새겨들어야 한다. 더 늦기 전에 가족은 행복의 원천이라는 사실을 자각하고 가족의 울타리 안에서 행복을 느끼고 찾아보자.

늑대의 부성애를
본받자

인간은 대체로 부성애보다는 모성애가 더 강하고 헌신적이다. 자식 있는 부부가 이혼했을 때, 자녀 양육은 아빠가 아니라 엄마가 맡는 경우가 대부분이다. 아이가 어릴수록 특히 그렇다.

1992년에 미국 인구조사국이 실시한 유동인구 조사에 따르면 이혼 후 자녀를 양육하는 부모 중 86퍼센트는 엄마다. 이런 현상이 일어나는 이유는 뭘까? 이는 후천적인 문화에 의한 것이 아니라 인간의 본성에 연유한다는, 즉 진화 심리학적 관점으로 보는 것이 더 타당하다.

남자와 여자는 최대한으로 가질 수 있는 자손의 수에서 엄청난 차이를 보인다. 여자는 아무리 노력해도 평생 자식을 기껏 20~30명밖에 가질 수 없지만 남자는 수백 명도 둘 수 있다. 실제로 과거 황제들은 슬하에 자식을 수십에서 수백 명까지 둔 적도 있었다. 이는 자식 한 명 한 명에 대한 가치가 남자보다는 여자가 더 높음을 의미한다.

또 다른 이유는 부성의 불확실성이다. 친엄마는 확실히 확인할 수 있지만, 친아빠임을 확신하기는 무척 어렵다. 지금이야 유전자 검사도 있지만, 옛날에는 내 아내가 낳은 자식이 내 친자식임을 확신하지 못하는 경우도 있었다. 이런 차이 때문에 자식에 대한 헌신에 있어서 차이를 보인다.

또한 사람은 개입 비용이 큰 것에 대해 더 높은 가치를 부여한다는 사실이다. 자신이 엄청난 노력을 기울인 일에 대해서는 노력에 비례하여 그만큼 더 가치를 부여한다. 어렵게 구한 물건에 더 큰 애착을 보이고, 힘들게 얻은 이성이 더 사랑스러운 이유도 개입 비용이 큰 것에 높은 가치를 부여하기 때문이다.

자식을 얻는 데 대한 개입 비용은 남자와 여자 간에 있어 현격한 차이를 보인다. 속되게 표현해서 남자는 30분 정도만 잠자리를 가지면 자식이 생기지만, 여자의 경우는 보통 10개월이라는 인고의 세월을 거쳐야 자식이 생긴다. 이 같은 개입 비용의 차이도 부성애보단 모성애를 더 강하게 만드는 강력한 요인이 된다.

동물을 연구하는 사람 중에는 늑대에게 빠지는 사람이 많다고 한다. 늑대는 철저히 일부일처제를 유지하고 지킨다. 늑대 수컷은 암컷과 새끼를 위해 목숨까지 바쳐 싸우는 유일한 포유류다. 사냥을 하면 암컷과 새끼에게 먼저 음식을 양보한다. 새끼들이 서로 다투지 않고 먹을 수 있도록 몇 번에 걸쳐 따로 토해놓는 배려도 잊지 않는다. 가족이 음식을 먹는 동안 자신은 주위를 살피며 경계를 하다 온 가족이다 먹고 난 후에야 먹는다. 암컷이 죽으면 수컷은 새끼들이 독립할 때까지 보살핀 후, 암컷이 죽은 그 자리에 가서 굶어 죽는다는 말도 있다.

한 소설에서는 수컷 늑대를 잡는 방법이 나온다. 수컷은 머리가 영리하고 전략적이기 때문에 잡기가 여간 힘든 게 아니다. 이때 암컷을 잡으면 수컷을 잡을 수 있다. 수컷은 자신의 위기상황을 알면서도 사랑하는 암컷을 위하여 인간들에게 잡혀준다는 것이다.

또한 늑대는 독립한 후에도 종종 부모를 찾아와 인사를 한다고도 한다. 우리가 추구하는 인간의 도리를 늑대는 이미 실천하고 있는 것이다. 남자를 보고 함부로 늑대라 부르지 말자. 남자가 늑대만큼만 살아간다면 여자는 울 일이 없다.

어렵고 힘들 때일수록 늑대처럼 가족을 무한 책임지고 배려하며 돌보자. 남자들이여! 늑대의 헌신적 부성애를 본받자.

가족
대화법

흔히 가족 간의 대화는 타인과의 대화보다 더 어렵다 한다. 대부분의 남자들은 밖에선 대화를 잘 하는데, 집안에서는 그렇지 못하다는 핀잔을 듣는다. 그 이유는 아마도 아버지와 자녀 간의 대화가 대개 훈계인 경우가 많기 때문이다. 충고나 지적, 나아가 야단을 치는 상황이 비일비재하다. 그래서인지 우스갯소리로 '대놓고 화를 내는 것이 바로 대화' 라고까지 꼬집는다. '소통' 하기 위해 대화를 시작한 게 '호통' 이 되고, 문제를 풀고 해결한다는 게 도리어 더욱 얽히고 꼬이게 된다. 끝내 '불통' 으로 마무리되는 경우가 허다하다.

먼저 가족 구성원 간에도 서로 존중하는 대화 자세를 갖추자. 우리는 가족이기 때문에 함부로 대해도 된다는 안이하고 잘못된 생각을 갖기 쉽다. 예의를 벗어나 말을 무례하게 퍼부어도 상관없다고 여긴다. 그러나 거꾸로 내 가족이기에 서로 더 존중하고 예의를 지키면서 대화하려는 태도가 필요하다. 형식이 내용을 지배하듯, 특히 부부간에도 존댓말을 사용하여 말을 하면 더 품격 있는 대화가 가능하다.

기본적으로 대화란 수평적인 관계가 아니면 절대로 이루어지지 않는 속성이 있다. 이 때문에 항상 강자가 먼저 손을 내밀어야 한다. 집 안에서 가장 발언권이 센 사람이 우선 우호적인 태도로 대화를 시도하자. 그리고 미리 대화할 주제와 정보를 준비하여 논리적이고 합리적인 대화 연습을 해보자. 이를 위해 평소 가족 간의 대화 기술과 의사소통의 기교를 익혀두자.

짧게, 한 번만 하자. 길어지면 잔소리로 흐르기 십상이다. 인간의 집중력에는 한계가 있다. 일부 언어학자는 성인의 최대 집중력이 18분이라고 주장한다. 18분이 넘게 일방적으로 대화가 전개되면 아무리 좋고 옳은 얘기일지라도 참을성 있게 들어줄 사람이 드물다는 얘기다. 어른도 이럴진대 집중력이 떨어지는 아이들은 오죽하겠는가?

마크 트웨인은 "설교가 20분을 넘으면 죄인도 구원받기를 포기한다"라고까지 말한다. 하염없이 말이 길어지다 보면 해묵은 감정까지 끄집어내거나 절대 해서는 안 될 말까지 거르지 못해, 끝내는 집안싸움이 나거나 가족 간 감정의 골만 깊어질 뿐이다.

맛있는 음식을 먹으면서 대화의 시간을 갖자.

사람은 맛있는 음식을 먹으면 기분이 매우 좋아진다. 쾌적한 상태에서는 심리 상태도 덩달아 개방적이 되고, 덤으로 서로 친밀감도 한층 높아진다. 때로는 상식과 지식보다 맛있는 음식을 함께 먹는 회식會食이 더 큰 역할을 발휘하기도 한다. 같이 음식을 먹는 행위는 단순

히 신체적 배고픔만을 채우는 생물학적 행위를 넘어 정신적 허기를
보충하는 행위이기도 하다.

웬만한 일은 상대방에게 결정권을 넘겨주고 자신의 입으로 직접
다짐이나 얘기하도록 기회를 주자. 사람은 타인의 강요를 받지 않고
자신이 직접 선택하고 결정한 일에는 책임감을 느끼게 마련이다. 인
간은 자기가 말해 놓고 지키지 않으면 불편한 감정을 느낀다. 인지부
조화가 생기면 사람들은 본능적으로 말과 행동을 일치시켜 불편함
을 해소하고자 하기 때문이다.

가족 간의 진정성 있는 대화와 소통만이 가정의 동맥경화를 사전
에 예방하는 화목의 필수 영양제임을 재차 환기하자. 불통의 답답한
집안 분위기에 속까지 시원히 식혀줄 소통의 통풍이 솔솔 잦아들 수
있도록 어른들부터 실천해보자.

그 이름을 입에 올릴 때
무릎을 꿇어라

지구상의 동물 중에서 가장 미숙한 상태로 태어나는 것이 바로 인간이다. 여타 동물들은 태어나자마자 걸어 다니고 스스로 먹이를 구하기까지 한다. 그러나 인간은 태어나서 1년이 지나도 겨우 일어서서 걸음마를 배울 정도밖에 이르지 못한다. 최소 3년 정도는 지나야 부모 곁을 떠나 혼자 숟가락질을 하고 대소변을 가린다. 이처럼 인간은 세상에 태어나 3년 정도는 한시도 부모의 눈에서 떨어져서는 살수가 없다.

아버지를 뜻하는 '부父' 자와 도끼를 의미하는 '부斧' 자를 들여다보면 비슷하다. '부父' 자는 남자가 두 손에 도끼를 들고 서 있는 모습을 본떠서 만든 글자로 풀이하기도 한다. '어머니 모母' 자는 가슴에 있는 두 젖꼭지 모양을 나타낸 것이다. '좋아할 호好' 자는 어머니가 사랑하는 어린 자식을 꼭 껴안고 있는 모습이다. 세상에 이보다 더 행복하고 좋을 일이 또 어디 있겠는가? 어머니는 자식에게 젖을 먹여 보듬어 기르고, 아버지는 도끼로 먹을 것을 잡기도 하고 침입자를 막아 처자식을 보호하면서 살아온 것이다.

대부분의 동물은 그저 짝짓기만 하고 떠나버리는 반면, 인간은 자식을 키우는 데 오랜 세월 동안 지극 정성을 다한다. 게다가 어머니의 힘만으로는 양육하기 힘들기 때문에 아버지의 역할 또한 필요한 것이다.

이성이나 감정도 없을 듯 싶은 어류와 조류들의 자식 사랑도 인간 못지않게 감동적이다. 깊은 물속에 사는 어미 연어는 알을 낳은 후 한쪽을 지키며 자리를 뜨지 않는다고 한다. 갓 부화되어 나온 새끼들이 먹이를 찾을 줄 모르기 때문에 어미는 극심한 고통을 참아내면서 자신의 살을 새끼들이 쪼아먹으며 성장할 수 있도록 하기 위함이다.

연어만이 아니다. 가물치는 알을 낳은 후 바로 눈이 먼다고 한다. 그 후 먹이를 찾을 수 없는 어미는 배고픔을 참아내야 하는데, 이때 알에서 부화되어 나온 수천 마리의 새끼들이 그 어미가 굶어죽지 않도록 한 마리씩 자진하여 어미 입으로 들어가 굶주린 배를 채워주어 끝내 어미의 생명을 연장시켜준다고 한다. 그렇게 새끼들의 희생에 의존하다 어미가 눈을 뜰 때쯤이면 남는 새끼의 수는 10퍼센트도 생존하지 못하고, 대부분의 어린 새끼들은 기꺼이 어미를 위해 희생한다. 그래서 가물치를 '효자 물고기'라 부른다.

우리가 익히 알고 있는 새끼 까마귀의 효성도 반추해보았으면 한다. '반포지효反哺之孝'란 까마귀 새끼가 다 자란 뒤에 늙은 어미에게 먹이를 물어다 주는 지극한 효성을 뜻한다. 자식이 자라서 길러준 그 부모에게 은혜를 갚지 않는다면, 사람은 까마귀보다 못한 존재다. 그러고서야 어찌 인간이라 말할 수 있겠는가? 참으로 묻지 않을 수 없고, 반드시 되물어야만 한다.

인간은 자식이 어렸을 때 부모가 돌보지 않으면 그 자식은 온전히 생존할 수가 없다. 그렇기 때문에 부모가 연로하면 그 은혜에 보답하는 것이 인지상정이고 응당한 인간의 도리다. 이제는 우리가 받은 만큼이라도 되돌려 드리는 것이 마땅하다. 우리 자신도 곧 부모님처럼 늙을 수밖에 없다. 이는 거역할 수 없는 삶의 순리이자 뻔한 사실임도 잊지 말자.

사람들에게 살아오면서 가장 후회되고 회한으로 남는 것이 무엇이냐 물으면, 돌아가신 부모님께 효도하지 못한 것이라고 한다. 부모님을 생각하면 누구나 마음이 아려오고 눈물이 난다. 더 후회하기 전에 살아 계신 부모님께 한 번이라도 더 찾아뵙고, 더 자주 안부 전화를 드릴 일이다.

마지막으로 덧붙인다. 2,000페이지가 넘는 《레 미제라블》완역판 마지막 페이지에 나오는 장발장의 죽음에 대한 이야기다. 생명처럼 아끼며 키웠던 코제트에게, 그녀를 위해 모든 것을 희생한 생모의 이름을 알려주며 유언처럼 말한다.

"이제 네 어머니 이름을 말해줄 때가 된 것 같구나. 이 이름을 잊지 않도록 해라. 이 이름을 입에 올릴 때는 반드시 무릎을 꿇어야 한다." 무너지듯 무릎을 꿇는다. 부모님! 아, 우리 부모님!

아늑해야
가정이다

고단한 심신을 뉠 가정을 생각하면 아늑함과 편안한 행복감을 느끼게 마련이다. 낮에는 일터나 학교에서 육체적 정신적 노동을 하며 막대한 에너지를 소모한다. 각양각색의 인간들과 부대끼고, 복잡다단한 업무 등을 처리하다 보면 어느새 온몸이 파김치가 되어 기력이 소진된 자신을 발견하게 된다. 그러면 지친 새들이 둥지를 향해 되돌아가듯 즐거운 기대를 품고 집으로 돌아간다. 가정이란 보금자리는 진정으로 마음 편히 쉴 수 있는 공간이기 때문이다.

삶의 덫에 걸리면 가슴속에서 울화가 맺혀 응어리가 되기도 한다. 때때로 깊은 좌절을 맛보기도 하며 인간관계에서 크고 작은 걸림돌을 만나기도 한다. 그러나 귀가하면 이런 모든 것들이 구름처럼 흩어지고 아늑함과 즐거움이 그 자리를 대신한다.

집에서 느끼는 아늑함은 형언할 수 없는 편안한 감정이다. 비록 낮에는 갑옷을 입고 투구를 쓴 채 전쟁터를 누볐을지라도 집에서는 이 모든 것을 벗는 무장해제가 가능하다. 밖에서는 겸손한 척, 대범한 척 보이기 위해 다소 연기를 해야 할 때도 있지만, 가정에서는 겉치레가 필요치 않다. 자기 본연의 모습으로 돌아가면 그만이다. 세상에 이보다 더 즐겁고 행복한 일이 또 어디 있겠는가?

그러나 자신의 집이라고 해서 다 즐겁고 아늑한 것만은 아닐 것이다. 부부 또는 부자지간의 혈연관계가 절대적인 아늑함을 보장해주지는 못한다. 사람마다 성격과 취미, 습관, 신념 등이 다르고, 또한 모두가 살아 숨 쉬면서 희로애락을 느끼는 인간이기에 때론 정서가 불안정해져 가족 앞에서 여과 없이 감정을 발산하기도 한다. 사소한 일로 서로 다투고 날마다 잔소리를 퍼붓기도 한다.

이럴 땐 어떻게 대처해야 할까? 집안에서 발생하는 이런 사소한 일들을 처리하는 방법은 진심과 인내다. 이 두 가지 덕목만이라도 잘 기억해 실천하면 가정불화를 현저히 줄일 수 있다.

"작은 것을 참지 못하면 큰일을 그르칠 수 있다"라는 말이 있다. 이 말을 우리의 가정에 적용하면 작은 것을 참지 못하면 가정을 그르칠 수 있다는 표현으로 바꿀 수 있다.

부부간, 부자간 그리고 자녀들 간에 때로는 의견 대립과 충돌이 일어날 수도 있지만, 가족이 터무니없는 짜증이나 화를 내더라도 한 발 물러나 양보하면 폭풍우를 잠재울 수 있다. 상대가 화를 낸다고 해서 냉정함을 잃고 맞받아치면 더 큰 사태로 번져 가정이 무너질 수도 있다. 작은 일을 참지 못해 끝내 이혼까지 하고 가족이 뿔뿔이 흩어진다면, 이 얼마나 슬픈 일인가.

부모 형제 사이도 마찬가지다. 화목하던 가정이 작은 갈등으로 무너져 버릴 수도 있다. 생각만 해도 끔찍한 일이 아닐 수 없다.

가정이란 공동체는 반드시 아늑해야 한다. 아늑함은 그냥 주어지지 않는다. 가족 구성원 모두 서로 관심을 갖고 노력해야만 만들어질 수 있다.

가족 간에 서로를 진심으로 대하자. 이해하려고 포용하자. 특히 마음속으로 '참을 인忍' 자를 세 번 이상 새겨보자. 그리하여 우리 모두 진정으로 아늑한 가정을 가꾸자.

칭찬은
귀로 먹는 보약

미국의 심리학자 윌리엄 제임스는 "모든 사람의 가장 큰 욕구는 칭찬을 받는 것이며 대부분의 사람들은 칭찬의 물방울을 기다리는 마른 스펀지와 같다"라고 했다. 물론 아이가 잘못한 경우에는 반드시 그에 따른 훈계 등 정신적 매질도 필요는 하다. 그러나 아름다운 꽃을 피우기 위해 거름이 필요하듯 아이의 '재능이라는 꽃'을 탐스럽게 개화시키기 위해서는 끊임없이 칭찬의 물을 주어야 한다.

2009년 9월 모 프로축구단에서 칭찬에 관한 의미 있는 실험을 했다. 클럽하우스 식당 입구 양쪽에 고구마가 심겨 있는 화분 두 개를 놓았다. 한쪽에는 '예쁜 말 고구마', 다른 한쪽에는 '나쁜 말 고구마'라는 이름표를 붙였다. 선수들은 식당을 오갈 때마다 '예쁜 말 고구마'를 향해 긍정적이고 따뜻한 말을 하고, '나쁜 말 고구마'에게는 욕설 등의 부정적인 말을 건넸다.

그 결과 발육의 차이가 확연히 드러났다. 예쁜 말 고구마는 잎이 풍성하게 자란 반면, 나쁜 말 고구마는 앙상하게 마른 것이다. 식물도 이럴 진데 하물며 인간이야 오죽하겠는가.

평소 사람들이 말하는 모양새를 '말씨'라 부른다. 이는 '말이 씨가 된다'는 통찰이 반영된 표현이다. 그렇다면 아이들을 성공으로 이끄는 효과적인 칭찬은 무엇일까?

먼저, 구체적으로 칭찬하자.

구체적이고 근거가 확실한 칭찬을 하면 칭찬을 해주는 부모에 대한 믿음도 배가된다. 더불어 구체적인 근거를 제시하면 칭찬하는 말을 진실이라고 믿으며 신빙성도 더해진다.

둘째, 결과뿐 아니라 과정도 칭찬하자.

칭찬을 통해 더 나은 상태로 유도하려면 성과에만 초점을 맞추지 말고 점점 더 나아지고 있는 상태와 노력하는 과정도 칭찬하자. 그러면 더욱 분발하고 열심히 노력하게 된다.

셋째, 예상 외의 상황에서 칭찬해보자.

질책을 예상했던 상황에서 잘못한 점을 지적한 다음 칭찬으로 마무리 지으면 훨씬 효과가 크다. 부정적인 점을 지적하고 칭찬으로 마무리 짓는 것은 마치 상처에 치료약을 발라주는 것과 같기 때문이다. 끝으로, 아이가 미처 몰랐던 장점과 잠재력을 찾아 칭찬하고 격려하자. 인간이란 존재는 칭찬받은 일은 기뻐서 열심히 하게 된다. 열심히 하니까 덩달아 재능도 늘게 되는 선순환이 이루어진다.

설렘과 희망을 품고 새로운 출발점에 선 젊은이들에게 칭찬이라는 보약을 선물하자. 칭찬은 사람을 성공이라는 행복으로 이끌 수 있고 적극적인 생활 태도로 변화시킬 수 있는 마음의 키이기도 하다. 비록 힘들어도 나쁜 말은 목구멍에서부터 꾹 눌러버리고 칭찬의 말을 자주 끄집어내고 곧바로 표현하자.

칭찬하는 데는 비용이 들지 않는다. 그러나 그 효과는 대단하다. 칭찬이 질책의 매질보다 훨씬 더 낫다. 칭찬이라는 귀로 먹는 보약은 분명 우리 젊은 세대를 건강한 인격을 겸비한 진정한 성공인으로 거듭나게 할 것이다.

강조컨대 물론 따끔한 훈계와 적절한 코칭 그리고 피드백도 잊지는 말되, '사랑하면 가까워지고, 이익을 주면 모여들며, 칭찬해주면 부지런히 일하고, 비위를 거스르면 흩어지는 것' 이 바로 사람의 본성이라는 사실도 명심해야겠다.

노인에게 배우는
삶의 본질

젊은이들에게 '노인老人' 하면 무슨 생각이 들고, 어떤 느낌을 받느냐 물어본다면 어떤 대답들을 내놓을까?

아마도 나이 들고, 늙고, 병들고 혹은 귀찮은 존재 등 부정적인 응답이 대부분일 듯싶다. 과연 그게 전부일까? 아니다. 그분들은 오랜 인생의 경륜을 통해 삶과 인생의 지혜를 축적한 'know人' 임에 틀림없다.

임금이 전국에 방을 내렸다. "불탄 재灰로 새끼를 꼬는 사람에게 후한 상을 내리겠다"라는 내용이었다. 온 나라 젊은이들이 나서 보았지만 성공하는 사람이 아무도 없었다. 고민 끝에 한 젊은이가 늙은 아버지께 그 사연을 아뢰고 도움을 청했다. 아버지가 아들에게 일러준다.

"새끼를 불에 태워라."

물론 논리적으로 따진다면 당연히 맞지 않는다. 그러나 결과론적 시각에서 본다면 수긍이 간다. 이게 바로 노인의 지혜인 것이다.

아프리카 속담에 "한 노인이 숨을 거두는 것은 도서관 하나가 불타는 것과 같다"라는 말이 있다. 문자가 없는 문화권에는 고대로부터 내려오는 이야기를 정확하게 보존해오는 구전 문화가 있다. 이러한 문화는 옛이야기, 격언, 전설, 짤막한 노래 한 곡도 의미와 목적을 가지고 있다.

영국에도 이와 비슷하게 "노인이 갖고 있는 지식은 도서관의 책보다 많다"라는 속담이 있다. 그만큼 노인이 가진 경험과 지혜를 높게 평가한다는 의미다.

지금은 바야흐로 4차 산업혁명 시대다. 이 혁명의 전개 속도는 과거 변혁기의 선형적線型的 속도와 달리 상상을 초월할 만큼 가히 기하급수적이다. 그러다 보니 노인들의 지식과 지혜는 낡고 쓸모없어 변화를 가로막는 것쯤으로 폄훼하기 쉽다.

그러나 명심할 점이 있다. 과학기술은 이전의 토대에서 출발하기 때문에 발전한다. 이전 세대가 이룩한 성과 위에서 시작하기 때문에 세대가 거듭될수록 출발지점도 앞으로 당겨진다. 그러나 인간은 누구든 태어나서 '원점'에서 다시 시작한다. 따라서 인간은 변화하고 성장하는 존재가 아니라는 사실이다.

이처럼 과학기술의 지식은 발전하고 증가할지언정 에나 지금이나 인생의 진리와 인간의 본질 등 삶의 지혜는 변함이 없다는 사실이다. 따라서 노인들의 삶의 지혜와 인생의 슬기는 우리가 마땅히 존중하고 본받아야 한다.

젊었을 때는 용기가, 장년기에는 신념이, 늙어서는 지혜가 필요하다고 한다. 지혜를 갖추지 못한 노인들은 사회로부터 외면받고 버림받기 쉽다. 따라서 지혜를 겸비하기 위해서는 공부를 계속해야 한다. 학생으로 계속 남아 있어야 한다는 얘기다.

배움을 포기하는 순간 우리는 폭삭 늙기 시작한다. 노년에도 행복을 찾아 누리는 사람은 공부를 시작하는 사람과 취미활동을 계속하는 사람, 봉사활동에 참여하는 사람들이라고 한다.

인생을 더 오래 살고 나이가 많다고 반드시 인격과 인품이 훌륭한 어른이 되는 것도 아니다. 사회로부터 기대와 존경을 받기 위해서는 젊은이들이 본받을 수 있도록 모범을 보여야 한다는 점도 기억하자.

이를 위해 20살 이내 차이의 사람에게도 반말 대신 존댓말을 사용하자. 존경은 꼭 위로만 향하는 것이 아니다. 아래로 가도 아무런 문제가 없다. 더불어 부탁받지 않은 충고는 굳이 하지 말자. 늙은이의 기우와 잔소리로 오해받기 쉽다.

죽음에 대해서도 자주 말하지 말자. 죽음보다 확실한 것은 없다. 인류 역사상 어떤 예외도 없었다. 확실히 오는 것을 일부러 맞으러 갈 필요는 없는 것이다. 그래서 다르게 살아보기로 결심한 사람들 빼고 말이다. 어김없이 젊은 우리도 조만간 노년기를 맞을 수밖에 없는 '예비 노인'이다. 지금 곁에 계신 'know人'을 공경하고, 그분들의 삶의 지혜와 인생의 슬기를 소중히 본받고 마땅히 존중할 일이다.

명절의 갈등
해결법

　어릴 적엔 명절이 다가오면 마냥 설레고 기다려졌다. 그러나 성년이 된 뒤로는 왠지 중압감이 앞선다. 경제적인 부담감과 책임감도 커지고, 게다가 심적인 관계 스트레스도 가중된다. 명절을 전후한 상황이 이렇다 보니 부부지간은 물론 시댁과 처가 부모님과의 갈등도 다반사로 발생한다.

　명절에는 많은 부부가 부모와의 마찰로 그동안 쌓였던 배우자와의 갈등이 심화되기도 한다. 실제로 명절 전후에 이혼 상담과 이혼이 급증한다. 법원행정처 통계에 따르면, 2017년 하루 평균 298건 이던 이혼이 설날과 추석 전후의 10일 동안에는 577건으로 무려 2배 가까이 증가했다. 급증 원인 1위는 시댁 또는 처댁 부모님과의 마찰21.8퍼센트, 2위는 양가 간 차별 대우16.9퍼센트, 3위는 양가 집안 방문 일정15.8퍼센트 등의 순이었다. 즉, 명절 이혼의 가장 큰 원인은 양가 문제, 부모님과의 마찰이었다.

　이처럼 명절에 발생하는 시댁과 처댁 부모님과의 갈등은 부부의 가정생활을 힘들게 하고 극단적인 결과로 이어질 수 있다. 명절 때의 갈등을 최소화하는 방법을 알아보자.

첫째, 양가에 머무르는 기간은 부부가 상의한 후 부모님께 공손히 말씀드리자.

명절에 머무르는 기간을 먼저 알려드리면 부모님도 마음의 준비를 한다. 눈치 보면서 떠날 시간을 기다리는 것보다 먼저 알려드리고 마음 편히 가는 것이 좋다.

양가 중 어디를 먼저 갈지 부부가 논의해서 상황에 따라 융통성 있게 정하는 것이 바람직하다. 가령 "차례 지내고 저희 먼저 가보겠습니다"와 같은 말은 부모님에게 일방적으로 통보하는 것처럼 느낄 수 있다. 따라서 "처댁시댁에 인사드리고 집에 가려면 교통상황이 조금이라도 좋을 때 출발하는 것이 나을 것 같아요. 혹시 차례를 지내고 나서 먼저 가봐도 될까요?" 처럼 부드러운 어투로 말씀드려 보자.

둘째, 부모님과의 대화 내용에 너무 예민하게 반응하지는 말자.

아내의 경우, 부모님이 "아범아, 왜 이렇게 말랐냐? 밥은 잘 먹고 다니는 거냐?" 라는 말을 들으면 '아니, 내가 남편을 잘 못 먹였다고 비난하시는 건가?' 라고 생각하기보다는 '아, 어머님께서 자식 걱정을 많이 하시는구나' 라고 생각하는 게 좋다. 마치 우리가 자녀를 걱정하는 것처럼 말이다. 부모님의 말씀에 너무 민감하게 반응하지 않는 것이 우리의 정신 건강을 지키는 데 도움이 된다.

또한 남편의 경우, 처가 부모님이 "다른 집 사위는 해외여행도 보내준다는데……" 같은 말을 할 때 "저는 우주여행을 보내드리려고 하는데 준비할 게 많네요"라고 재치 있게 웃어넘기고 부모님의 말씀을 마음에 담아두지 않고 흘려버리는 게 좋겠다.

셋째, 부모님이 감당치 못할 것을 요구하실 때, 부부가 논의해서 의견을 잘 전하자.

부모님의 말씀을 거절하는 것은 실제로 쉽지만은 않다. 그러나 부부가 직접 말하지 않으면 부모님은 본인이 요구하시는 것을 다 감당할 수 있다고 오해하실 수도 있다. '못하겠어요.', '어렵겠어요'라고 말을 꺼내는 것 자체가 처음에는 어렵겠지만 정확히 알려드려야 다음부터 요구를 하지 않으신다.

어느 부부는 어머니의 외가 모임까지 가고, 친척들 용돈까지 드려야 하는 상황이 부담스러워서 본가에 머무는 것까지만 가능하다고 말씀드렸다. 처음에는 어머니가 크게 당황해하셨지만 수용해 주셨고, 그 후로 명절에 시댁에 가는 것이 불편하지 않게 되었다 한다.

이처럼 부부가 부모님께서 요구하시는 어느 것을 얼마만큼 감당할 수 있는지를 판단하고 정확하게 의사를 밝혀, 서로의 의견을 조율해 마찰을 줄여야 한다.

넷째, 이방인인 배우자를 배려해주자.

내 가족과 내 본가는 참 익숙하고 편하지만 배우자에게는 시간이

지나도 여전히 낯설 수 있다. 이런 입장의 배우자가 무엇을 어려워하고 불편해할지 먼저 살펴보자. 이방인과 같은 배우자가 혼자서 내 집에서 많은 것을 감당할 때 옆에서 도와주자.

예를 들어 다른 가족들과 오랜 시간 집에만 있는 것을 불편해할 때 잠깐 함께 산책을 나가거나 카페에 가서 커피 한 잔 마실 동안의 쉼을 갖도록 배려해주는 것도 좋다. 남편의 입장에서 아내는 듣도 보도 못한 남편 조상님의 차례를 힘들여 준비하는 사람이 아니겠는가?

다섯째, 갈등 해결이 어려운 상황은 불편한 감정을 해소해보자.

우리가 변화시킬 수 없는 상황이 분명 있게 마련이다. 그런 상황은 그대로 수용하지만, 그 상황에서 느낀 불편한 감정에 대해서는 배우자와 이야기해서 해소하거나 혼잣말을 해서라도 불편한 감정을 해소하는 것이 좋다. "어휴, 힘들다", "정말이지 짜증 나고 화난다", "나는 이 정도면 최선을 다했으니, 내 잘못은 아니야" 등의 표현을 하는 것이다.

감정을 해소하는 배우자의 감정을 받아줄 때는 "당신 정말 그 상황이 힘들었겠다", "정말 짜증 나고 화났겠다"라는 말을 곁들여 공감해주면 된다. 다만, 배우자가 자신의 감정을 받아주지 못할 경우에는 자칫 싸움으로 번질 수 있으므로 혼잣말로 순간의 불편한 감정을 해소하자.

여섯째, 상대방의 가족을 부정적으로 보거나 비난하는 것은 자제하자.

부정적인 시각과 말은 관계를 깨뜨리는 요소다. 긍정적으로 보고, 말을 하다보면 관계가 호전되고 친밀해진다. 배우자와 그 가족들에 대해 본인의 부모님에게 부정적으로 전하거나 비난하는 것은 서로의 관계를 악화시킨다. 배우자의 실수와 잘못은 부부 사이에서 끝내는 것이 좋고, 자신의 부모님께 전하지 않는 것이 지혜롭다.

마지막으로, 수고한 것에 대해 서로 격려하고 격려받자.

부모님께도 "애 많이 쓰셨다, 고맙다"라고 말씀드리자. 배우자와 자녀들에게도 "수고했다"라며 격려해 주자. 그리고 자신에게 격려도 받자.평소에 갈등 해결을 잘하는 부부는 명절 갈등도 잘 해결한다. 갈등은 대화만 잘해도 해결이 될 수 있다.

"내 생각에는 이번 명절에 양가 부모님의 선물로 이것을 해드리면 좋겠어요.", "당신이 부모님한테 나에 대해 이야기할 때, 내가 당신에게 중요한 사람이 아닌 것 같은 느낌이 들어 서운해요.", "나는 내가 설거지를 다 마쳤을 때 당신이 '정말 수고했어' 라고 말해주고 따끈한 커피 한 잔 타줬으면 좋겠어요" 등과 같이 오해가 되지 않게 내 생각, 감정, 요구를 서로 나누어보자.

일 년에 명절은 두 번, 대략 5~6일이다. 이 기간의 갈등으로 남은 360일이 고통스럽지 않도록, 즐거운 명절이 마음의 깊은 상처가 되는 '멍절' 이 되지 않도록 서로를 배려해 관계를 지켜나갔으면 한다.

가족 화목의
비결

인간은 살면서 때때로, 아니 자주 마음의 상처를 입곤 한다. 그러면 우린 어김없이 나를 사랑하는 가족의 곁으로 달려간다. 가족은 우리를 비난하지도, 섣불리 충고하지도 않는, 내 아픔을 함께해주는 마지막 안식처이기 때문이다. 그래서 가정은 기본적으로 화목해야 하고 마땅히 따뜻한 보금자리여야 한다. 그런 의미에서도 가정이 화목해야 모든 일이 잘 풀린다는 가화만사성家和萬事成이란 말은 동서고금을 망라해 인간사를 관통하는 삶의 지혜가 담긴 통찰이 아닐 수 없다.

가정이 화목하지 않은 상태에서 바깥 일이 잘 풀리기 힘들고 설사 잘 풀리더라도 지속적으로 유지되기는 더욱 어렵다. 그렇다면 모든 삶의 바탕이자 에너지원인 가족과 가정의 화목은 어떻게 하면 이루고 잘 유지할 수 있을까?

중국 당나라 때 장공예張公藝라는 사람은 9대를 내려오며 자손 100여 명이 한 집안에서 살았다. 그럼에도 그 가족은 언제나 서로 위하고 화목하게 살았다. 이러한 사실이 황제인 고종의 귀에까지 들어갔다. 고종은 이를 기특하게 여겨 그 집을 직접 행차해 가족 화목의 방법이 무엇이냐고 물었다.

이에 장공예는 종이와 붓을 가져와 대답 대신 무릎을 꿇고 앉아서 묵묵히 글로 대답했다. '참을 인(忍)' 자 100자를 써서 올린 것이다. 장공예가 써 올린 글을 받아 본 황제는 말없이 고개를 끄덕이면서 선물을 하사했다 한다.

어느 집안이고 갈등과 대립은 현실적으로 존재할 수밖에 없다. 그러나 화목하게 지내는 이유는 그 갈등과 대립을 일단 참고 또 참고 끝까지 참으면서 시간적 여유를 두고 그 원인을 풀어간다는 의미였다.

누구나 알고는 있지만 대부분 실천하지 못하는 것이 바로 '참는 것'이다. 가족 간에 갈등이나 반목이 발생하면 '참을 인' 자 100개는 아니더라도 몇 개만이라도 마음에 새겨보자. 그냥 참으라고 하면 좀 억울하겠지만, 참는 것이 용서라고 생각해보자.

영국의 시인인 한나 무어는 "용서란 마음의 경제학"이라고 말한다. 용서는 분노의 비용을 절감시켜 영혼을 낭비하지 않도록 돕는다고 주장한다. 결국 참으면서 용서하는 것이 나뿐만 아니라 가족에게도 경제적으로 이익이라는 말이다.

행복한 결혼생활의 조건 또한 다르지 않다. 체질도 생각도 살아온 환경과 방식도 다른 두 사람이 한집에서 행복하게 살려면 자기 권리의 절반을 포기할 자세가 되어 있어야 한다. 배우자에게 맞춰 자기 권리의 절반을 포기하고 인내할 각오가 되어 있어야 한다.

맹자는 "하늘의 시운이 지리적 유리함만 못하고, 지리적 유리함은 사람 간의 화합만 못하다天時不如地利, 地利不如人和"라고 했다. 화합과 화목이 이길 수 없는 것은 이 세상에 아무것도 없다는 이야기다. 삶의 무게가 가혹해질수록 가족 간의 화목이 더욱 절실한 이유다.

가족 화목의 비결은 다름 아닌 바로 참고, 참고 또 참는 것이다. 화목한 가족이란, 작은 인내와 용서로 쌓아 올린 탑이다. 그 작은 돌중에서 으뜸은 인내다. 집집마다 인내의 돌로 화목의 금자탑을 쌓아 올리자.

가족 사랑,
지금 실천하자

가정의 달인 5월 중에서 21일을 '부부의 날'로 한 까닭은 둘(2)이 하나(1)가 되는 날이기 때문이라고 한다. 가정의 핵심인 부부 관계의 소중함을 일깨우고 부부가 화목해야 청소년 문제, 고령화 문제 등 각종 사회문제를 해결할 수 있다는 취지다.

그런데 우리는 가족이 베푼 사랑에 대해 고마움을 느끼면서도 그것을 당연하게 여기고 표현하지 않는다. 가족은 붙박이처럼 늘 그리고 항상 거기에 있을 거라 쉽게 생각하기 때문이다. 가정의 달을 맞아 마음과 영혼의 안식처인 가정의 의미를 되새겨보고 가족의 근간인 부부 사랑을 재차 점검해 보자.

미국 9·11 테러 사건 당시 월드트레이드센터에 갇혔던 베로니크 바워가 마지막으로 엄마와 통화한 내용은 이렇다.

"엄마! 이 건물이 불길에 휩싸였어. 벽으로 막 연기가 들어오고 있어. 도저히 숨을 쉴 수가 없어. 엄마, 사랑해. 안녕……."

또한 같은 장소에서 실종 직전에 남긴 케네스 밴 오켄의 전화 메시지도 참으로 숙연하고 눈물겹게 애잔하다.

"사랑해, 지금 월드트레이드센터에 있는데 이 빌딩이 지금 뭔가에 맞은 것 같아. 내가 여기서 빠져나갈 수 있을지 모르겠어. 여보! 정말 당신을 사랑해. 살아서 당신을 다시 봤으면 좋겠어. 안녕……."

우리 또한 다르지 않다. 대구 지하철 참사 당일 엄마와 딸 간에 주고받은 문자다.

"오늘은 용돈 받는 날, 평소보다 이날이 더욱 기다려진 건 수학여행 준비로 용돈을 좀 더 받지 않을까 하는 기대 때문이다."

"참고서 사랴 학용품 사랴 정말 3만 원 가지고 뭘 하라는 건지 엄마에게 화풀이하고 집을 나섰다."

수학여행을 앞둔 딸이 엄마한테 용돈을 받았는데, 겨우 3만 원이었다. 부족한 용돈에 화가 난 딸이 엄마에게 잔뜩 화풀이를 하고 집을 나선 것이다. 엄마에게 전화가 왔지만 화가 난 딸은 받지 않고 배터리를 빼버렸다.

귀가해 뉴스로 지하철 화재 사고 소식을 접한 딸이 문득 불안해서 엄마한테 전화를 했다. 엄마가 받질 않아 핸드폰을 켰는데, 엄마한테 2통의 마지막 문자가 와 있었다.

"용돈 넉넉히 못 줘서 미안하다. 쇼핑센터 들렀다가 집으로 가는 중이야. 신발하고 가방 샀어."

"미안하다. 가방이랑 신발 못 전하겠어. 돈가스도 해주려고 했는데……. 미안……. 내 딸아, 사랑한다."

이 문자에 눈물이 왈칵 쏟아진다. 참으로 가슴이 먹먹할 뿐이다. 아, 나의 어머니!

온 국민의 가슴을 울린 세월호 참사의 카톡은 또 어떤가? 배 침몰 직전 동생이 누나한테 남긴 최후의 메시지는 이렇다.

"누나, 배가 이상해."

"쿵 소리 났어."

"누나, 사랑해."

"그동안 못해줘서 미안해."

"엄마한테도 전해줘."

"사랑해."

"나 아빠한테 간다."

죽음을 목전에 둔 희생자의 문자가 계속 마음을 울려 뭉클하다. 어떻게 살아야 하는지를 나 자신에게 다시 한 번 되묻지 않을 수 없다.

이쯤에서 우리 인생이 몇 분밖에 남지 않았다고 가정해보자. 그렇다면 우리 모두는 휴대전화를 꺼내들고 소중한 사람들에게 전화를 걸어 더듬거리며 '사랑한다'라고 말할 것임에 틀림없다. 후회는 아무리 빨라도 늦지만, 실천은 아무리 늦어도 빠르다.

귀곡천계貴鵠賤鷄, "고니는 귀하게 여기고 닭은 천하게 여긴다"라는 말이다. 가장 가까이 곁에 있는 현실적인 것은 소중히 여기지 않는다는 경구다. 가까이 있기 때문에 너무 당연시하고, 항상 곁에 있었기에 그 소중한 가치에 오히려 둔감하다. 눈을 멀리 돌리지 말고 가까운 곳에서 찾고 감사해야 한다.

가족만이 아니다. 주위에서 가까이 지내는 사람들에게도 사랑을 자꾸만 뒤로 보류하지 말자. 그런 면에서 톨스토이의 후회도 안타깝기는 마찬가지다. 그가 여행 중 한 주막에 들러 하룻밤을 묵게 되었다. 그 주막에는 병을 앓고 있는 어린 딸이 있었는데 톨스토이의 빨간 가방이 갖고 싶다고 울며 보챘다. 톨스토이는 가방 안에 중요한 짐이 있어 지금은 줄 수 없으니 여행이 끝나면 가방을 가져다주겠다고 약속했다. 얼마 후 가방을 가지고 그 주막에 찾아갔을 때 그 아이는 이미 죽은 뒤였다. 톨스토이는 아이의 비석에 이렇게 적었다.

"사랑을 미루지 마라."

스티브 잡스의 죽기 전 마지막 말도 의미심장하다.

"내 인생을 통해 얻은 부를 나는 가져갈 수 없다. 내가 가져갈 수 있는 것은 사랑이 넘쳐나는 기억들뿐이다. 가족 간의 사랑을 소중히 하라. 배우자를 사랑하라."

삶이 얼마 남지 않았다면 여러분은 지금 누구에게 무슨 말을 하겠는가? 새로운 시작에 완벽한 타이밍이란 없다. 그러니 이왕 마음먹고 하기로 결심했다면 미루지 말고 지금 당장 배우자에게, 가족에게, 그리고 가까이 있는 사람들에게 '사랑해!' 라고 진심을 담아 외치고 실행하자.

평범한 일상 속에 깃든 행복을 찾아

우리는 고대광실의 호화로운 집과 고가의 자동차를 소유하고 남들이 부러워 할 높은 지위에 올라야만 행복하고, 그렇지 못하면 불행하다는 행복의 커트라인을 정해 놓고 살아갑니다. 그러나 진정 소중하고 귀한 것은 늘 가까이 '평범' 이란 가면을 쓰고 있는 듯합니다. 행복은 거창한 것이 아니라 소소한 일상의 '과정' 과 '감사' 하는 마음이 아닐까 합니다.

늘 더 큰 행복만을 쫓다보면 안타깝게도 지금의 확실한 행복마저 잃고 맙니다. 손 안의 행복이 진짜 확실한 행복입니다. 지금 있는 행복을 크게 보는 것이 중요합니다.

"기적은 하늘을 날거나 바다 위를 걷는 것이 아니라, 땅에서 걸어다니는 것" 이라는 중국 속담이 있습니다. 숨 잘 쉬고 멀쩡히 걸어다닐 수 있는 것만도 이미 충분히 행복한 삶입니다.

평범한 일상에 감사할 일입니다. 감사하지 못하는 사람에게는 기쁨이 없고, 기쁨이 없다는 것은 결국 행복하지 않다는 말입니다. 감사하는 사람만이 행복을 느끼고 움켜쥘 수 있습니다.

아울러 성공적인 삶을 위해선 난관에 봉착했을 때 절망하지 않으면서 적극적인 해법 모색이 필요합니다. 중국 당나라 때 안록산이 반란을 일으켜 옹구성을 포위했을 때의 이야기입니다. 성 안은 더 이상 쏠 화살이 모자랄 정도로 상황이 좋지 않았습니다. 그야말로 실탄이 거의 소진된 절체절명의 위기상황에 놓였습니다. 이대로 가면 모두 그대로 전사할 상황이었는데, 장순이라는 지휘관이 한 가지 계책을 생각해냅니다.

장순은 병사들을 시켜 볏짚으로 1,000여 개 정도의 인형을 만들어 검은 옷을 입혔습니다. 한밤이 되자 새끼줄로 인형을 묶어 성벽에서 내려뜨리게 했고, 이를 본 반란군은 성 안의 병사들이 야간 습격을 시도한다고 착각하고는 앞다투어 화살을 쏘아댔습니다. 덕분에 장순은 순식간에 적의 화살 수십만 개를 축내게 했고, 게다가 손쉽게 수십만 개의 화살을 확보하게 되었습니다.

그러나 이는 다음 작전을 위한 준비 단계에 지나지 않았습니다. 장순은 다음 날 밤이 되자 이번에는 진짜 병사들을 성벽에서 내려 보냅니다. 반란군은 이번에도 볏짚으로 만든 인형일 거라 생각하고는 화살을 전혀 쏘지 않았습니다. 덕분에 500여 명의 병사가 순조롭게 성벽 아래로 내려갔고, 이들은 반란군 진영을 급습했습니다. 이 작전의 성공으로 패배의 위기에 몰렸던 장순의 군대는 오히려 반란군을 물리칠 수 있었습니다.

우리 삶의 역경을 대하는 인식과 태도도 마찬가지입니다. 전혀 방법이 없는 것이 아니라 진지한 고뇌가 부족한 것이고, 해답이 없는 것이 아니라 그 문제에 대한 치열한 고민이 부족한 탓이며, 능력이 부족한 게 아니라 열정과 노력이 모자라기 때문일 수 있습니다. 비록 사방이 막혔어도 땅 밑이나 하늘 길은 열려 있고, 문이 닫혔어도 창문이 있다는 것을 기억했으면 합니다.

문제를 대하는 태도와 인식만 살짝 바꾸어도 인생은 기회로 가득 차 있습니다. 헬렌 켈러의 지적처럼 "세상은 고통으로 가득하지만 한편 그것을 이겨내는 일로도 가득 차 있습니다." 난관 극복의 해법은 얼마든 있다는 적극적이고 긍정적인 사고가 중요합니다. 바라건대 이 책이 독자 분들의 삶에 친절한 길 안내자가 되고 실용적인 제안이 되었으면 합니다.

달콤한 제안

초판 1쇄 인쇄 2018년 10월 30일   **2쇄** 발행 2018년 11월 26일
      1쇄 발행 2018년 11월 15일

지은이   김광태
발행인   이용길
발행처   **모아북스**
            MOABOOKS

관리   양성인
디자인   이룸

출판등록번호 제 10-1857호
등록일자   1999. 11. 15
등록된 곳   경기도 고양시 일산동구 호수로(백석동) 358-25 동문타워 2차 519호
대표 전화   0505-627-9784
팩스   031-902-5236
홈페이지   www.moabooks.com
이메일   moabooks@hanmail.net
ISBN   979-11-5849-087-4   03810